獨愛小虎妻

上

陸戚月 著

風文創 307

目錄

序

陸戚月

這個故事是我一次新的嘗試，嘗試著寫一個溫暖輕鬆的故事，沒有大起大落，沒有椎心糾結，更沒有種種爭鬥，只是關於一對彼此有情的兒女，從打打鬧鬧到攜手一生，再到相許生生世世的溫馨故事。

文中的女主角柳琇蕊雖有不平凡的身世，但自幼長於鄉間，家中親人寵愛，有些嬌氣，有些霸道，可也有農家女子的勤勞善良。她會乖巧地幫著家裡做事，也會霸氣顯露地打抱不平，即使後來回復世家千金身分，可依然保留著純樸與率真的美好本質。對待心中所愛，她堅定果敢，雖然也有尋常姑娘的害羞不安，卻能正視心意，大膽勇敢地承認。正是因為她身上這種矛盾又和諧的獨特氣質，才吸引住大才子紀淮的目光，最終使得紀大才子失心淪陷，多方籌謀欲抱得佳人歸。

而男主角紀淮才名遠播，有著學子典型的書生氣質，待人接物溫文有禮，本質上卻非刻板酸腐之人。情不知所起，一往而深，只有這樣毫不迂腐的紀公子，才會為了奪得佳人心而做出許多讓人又好笑又好氣的事來。

紀淮與柳琇蕊，這樣一對天作之合，詮釋的是細水長流的脈脈溫情，以及「有花堪折直須折，莫待無花空折枝」的這般情懷。

然而人世間除了有紀、柳兩人這樣的圓滿，也有諸如柳敬南與高淑容、李世與與洛芳芝這樣的不圓滿。最初的那個人，也是陪你到最後的那個人，這是世上最大的福氣。可是，也會有這一種人，他踏過了千山萬水，曾經滄海，最終卻是千帆過盡，才走到你的身邊，這樣的結合，對深愛對方的那一位來說，難免有所遺憾，縱使舉案齊眉，終究有些許意難平。

是執著於過去，還是珍惜當前？其實，幸福也許就在你的身邊，你缺的不是幸福，而是發現幸福的一雙眼睛。當曾經的不圓滿影響到現在以及將來的圓滿，那為何不勇敢地拋棄那些曾經？

願天下有情人皆能擁有幸福的「圓滿」！

楔子

承德二年秋，大將軍慕錦毅大敗西南兩國聯軍，持續三年之久的戰事終得以平息。

京城一處府邸，滿頭白髮的老婦人怔怔望著丈夫與兩個兒子的靈位，久久不能言……

相隔不遠的另一座府邸內，秋風陣陣，高大的樹上綴著幾片枯黃的葉子，藉著風力緩緩飄落，使富麗堂皇的宅院增添幾分蕭瑟淒涼之感。

書房裡，男子怔怔地握著手上的筆，良久，才若有還無地嘆息一聲，低頭望了望鋪在書案上的雪白宣紙，像是下定了決心一般，舉筆一筆一畫地在上頭寫下——

放妻書。

落下了最後一筆，將筆搭在筆架上，親手拿起這張恍若千斤重的紙，男子一步一步地走到坐在紅木雕花椅上的女子跟前。

「公主，如妳所願，妳我夫妻緣盡於此，從此男婚女嫁再不相干，柳家，自此退出京城！」

第一章

二十年後——

燕州城轄內的祈山村，位於永昌鎮東南邊，三面環山，是鎮內相對較為富裕的村落，村裡共百來戶人家，其中章姓是村中大姓，但乃不乏葉、梁等姓氏。

「阿蕊，剛洗完衣服回來啊？」坐在樹底下歇息的中年女子遠遠便衝著正朝自己走來的小姑娘打招呼。

「對，嬸子這是打哪兒回來啊？」端著木盆的小姑娘走到她身邊笑盈盈地道。

「剛從鎮裡回來，哎，這位妳沒見過吧？這是我娘家大姊。」

「大嬸子。」柳琇蕊朝旁邊身著藍布衣的婦人笑了笑，嘴角兩邊的淺淺梨渦若隱若現。

「好俊俏的閨女！」藍衣婦人上下打量了她一番，見她生得眉清目秀，尤其那對似是含著一汪秋水般的清澈杏眼，襯得整個人水靈靈的，加上膚色亦比普通農家女子要白皙得多，再配上輕柔的嗓音，活脫脫一個富貴人家的小姐，只可惜卻是一身粗布衣裳，讓人不禁感嘆，這姑娘實在太不會投胎了。

柳琇蕊害羞地垂下頭，片刻才稍帶歉意地道：「兩位嬸子，爹娘還在家中等著，阿蕊這便先回去了。」

「哎，回去吧，別讓家裡人等急了。」

柳琇蕊又微微笑了笑，這才繼續往村頭方向走去。

見她走遠了，藍衣婦人才問：「這是哪家的閨女啊？讓人見了心裡就歡喜！」

「是村頭柳家老二的閨女。」

「我瞧她這通身氣派，跟咱家閨女倒不一樣。」

「這也難怪，妳可知她親娘是誰？高淑容！高舉人的女兒！想來這丫頭是像她外祖。」

「當年我倒曾聽聞高舉人家的閨女嫁了祈山村一個外來戶，原來竟是這丫頭的親爹！」

「可不就是他！」

那些議論柳琇蕊自然是聽不到了，她走了一會兒，又轉了幾個彎，一陣「噠噠噠」的馬車行駛聲自她身後響起，她往路邊靠了靠。

馬車從旁經過，直直向前駛去，隨後卻在前方不遠處停了下來。

不一會兒，車上下來一位一身藍色襴衫、頭戴儒巾的年輕書生，待柳琇蕊走近了些，他便迎上前作了個揖。「姑娘，小生有禮。」

柳琇蕊見是個酸書生，不由自主地後退了幾步。對這種滿口之乎者也的讀書人她一向敬而遠之，皆因她的嫡親外祖便是個老舉人，最愛對人說教，開口閉口便是「聖人曰」、「聖人云」，讓她雲裡霧裡；再加上二哥柳耀海自小便對她耳提面命，要她日後見到這種渾身散發著酸味的書生一定要離得遠遠的，以免被那陣酸氣沾染上了。

紀淮見她這般反應不由得微怔，暗悔自己唐突了，這小丫頭瞧著一副乖巧嫻靜的模樣，想來在家中頗為受寵，極少見生人。

他退後一步，拉開兩人距離，再次作揖問道：「敢問姑娘，往福河村是否走這條道？」

柳琇蕊見他生得白白淨淨，衣裳整整齊齊，和她外祖父一般無二，心裡忍不住嘀咕，這便是二哥說的百無一用的白面書生吧！

她抿了抿嘴才脆聲回道：「不錯，福河村是走這條道，你沿著路一直走便能到了。」

紀淮見她抿嘴時嘴角露出兩個小梨渦，加上一口標準的燕州方言，襯著輕柔悅耳的嗓音，讓人如沐春風，他不禁暗嘆，好一個討喜的小丫頭！

「多謝姑娘！」他又深深作了個揖，這才上了馬車，吩咐車伕繼續趕路。

待馬車走遠，柳琇蕊拐進一旁的小道，再走片刻，便到了坐落在村頭的家。

輕輕推開院子的木柵欄，即見柳耀海正扎著馬步、雙手扠腰、頭頂木盆、滿頭大汗地立在院裡，幾隻母雞圍在他腳邊咕咕咕地叫個不停，似是在看笑話一般。

柳琇蕊見怪不怪地衝著屋裡喊。「娘，我回來了，家裡的雞可都餵了？」

柳耀海見寶貝妹妹居然只關心那幾十隻雞，對他的水深火熱視若無睹，不禁哀怨地望了她一眼。

「都餵過了，快把衣服晾了吧。」高淑容從屋裡探出頭來回道。

「好！」

將洗乾淨的衣服在院裡搭著的竹竿上晾好，柳琇蕊四下瞧瞧，便輕手輕腳地挪到柳耀海身邊，彎著腰笑咪咪地問：「二哥，你又惹爹生氣了？」

柳耀海朝她扮了個鬼臉。「以爹的黑臉樣，誰能瞧得出他生不生氣，怎的偏說是我惹了他呢？」

柳琇蕊掩著嘴嘻嘻直笑。「不是你惹他，怎的又被罰？」

「妳這小丫頭不懂事，二哥這是在練武懂不懂？不勤些練武又怎對得住『打遍全村無敵手』的名頭？哪像妳，只會兩下三腳貓功夫！」柳耀海搖頭晃腦，頭頂上的空木盆眼看著就要掉下來了，嚇得他趕緊伸手一把抓住。

好險好險，若是盆子掉了，又得加一個時辰！

柳琇蕊見他還死鴨子嘴硬，嘴角兩邊的小梨渦顯得更深了。

「阿蕊有二哥護著，又何須練什麼武。」

「倒也是！」柳耀海得意了，哪個不長眼的敢欺負他唯一的妹妹，先問問他的拳頭！

柳耀海與柳琇蕊這對兄妹相差兩歲，上有親兄長柳耀河及堂兄柳耀江，下有堂弟柳耀湖。柳家這五個孩子中柳耀江年紀最長，性子沈穩，對弟弟、妹妹自是十分照顧；柳耀河瞧著循規蹈矩，其實是滿肚子壞主意；柳耀海則是兄弟當中武藝最好的，每每跟著父兄打獵，收穫都比兄長們要豐，可他卻也是最讓家人頭疼的，三頭兩日大小禍事闖個不停，甚至得了個小霸王的名頭，讓他親爹柳敬南恨不得一掌將他拍回娘胎裡。可偏偏這樣一位號稱打遍全村無敵手的小霸王對妹妹卻是言聽計從，只要柳琇蕊對他撒撒嬌，保管比他親爹罵一百句還有用！

柳琇蕊又與柳耀海說了會兒話，便見三嬸關氏臉色青紅交加的從大伯母李氏屋裡出來，她大惑不解，大伯母是個寬厚慈和之人，極少落人面子，更不必說是對自家人。

待關氏進了自己的屋，柳琇蕊才壓低聲音問柳耀海。「二哥，大伯母與三嬸這是怎麼了？」

「還能有什麼，就堂哥的親事唄，上回三嬸介紹的那家據說祖上曾拜官至丞相的姑娘，被人發現與人私通，還懷了骨肉，大伯母得知三嬸大力推薦的姑娘竟然如此不知廉恥，再好脾氣也忍不下去了。」柳耀海頂著空木盆左搖一下、右擺一下，那只木盆在他頭頂上轉來轉去的居然還沒掉下來。

「要我說，我瞧英梅姊就挺好的啊，只是不知大伯母為何不同意。」想到溫柔、孝順又肯幫人的葉英梅，柳琇蕊就覺得可惜，若是她成了自己的堂嫂該多好啊！

「管他呢，只要堂哥喜歡就好！」柳耀海腦袋轉得更快，空木盆被他舞得虎虎生風，仍是堅強地黏在頭頂上。

「咳！」

一聲中年男子的咳嗽聲在兄妹兩人身後響起，柳耀海暗叫不好，頭上的動作一頓，木盆咻地一下被甩了出去，在地上骨碌碌地滾了幾圈，才晃晃悠悠地滾到了男子腳邊。

「爹！」兄妹倆齊齊出聲。

柳敬南狠狠瞪了小兒子一眼。這個混帳，連受罰都不正經！

可是想想方才他舞弄木盆的樣子，柳敬南心中又是好氣又是好笑，這渾小子什麼都不行，就是學武有些天分，這樣的處罰才用了兩次他便上手了，再過幾年，他都懷疑自己也想不出什麼好主意來懲罰這個老闖禍的小兒子了。

柳敬南無奈地搖搖頭，彎下腰撿起那只木盆，走到仍扎著馬步的柳耀海跟前，柳耀海笑嘻嘻地伸出手欲接過。「爹，頭誤頭誤，兒子馬上重新再頂上去！」

柳琇蕊「噗哧」一下便笑了。

柳敬南一掌拍開柳耀海的手，親自將木盆放回他頭頂上，側頭吩咐女兒。「阿蕊，去舀一勺水來。」

「好咧！」柳琇蕊清脆地應了聲，轉身走到不遠處的水缸旁，拿起木勺舀了一勺子清水。「爹，來了！」

柳敬南接過木勺，將水慢慢倒進兒子頭頂那只木盆裡。

「爹……」柳耀海苦著臉。爹又換整人的方式了，有完沒完啊！

柳琇蕊同情地望了望兄長，默默用眼神給予無限支持。二哥，頂住啊！

柳敬南將空木勺交給女兒，然後拍了拍手。「好了，若再不老實，下次便不止這一勺水了。」

柳耀海臉拉得更長了。

柳敬南也不去理會兒子可憐兮兮的表情，揹著手、踱著步子往屋裡走去。柳琇蕊不敢再逗留，乖巧地追上去像條小尾巴似地跟著，嘴裡嘰嘰咕咕地說個不停。「爹，娘做了些好吃的，你高不高興？明日你陪我和娘到鎮裡不？外祖父的壽辰你也會去吧……」

柳敬南臉上依然瞧不出表情，可眼底卻帶了絲笑意。這丫頭，每次心虛了便囉囉嗦嗦地沒話找話說。

父女兩人先後進了屋，高淑容繫著圍裙從廚房裡出來，見女兒又嘰嘰喳喳的，不禁白了她一眼。「又做了什麼事怕惹惱了妳爹？」

「哪有！」柳琇蕊大聲反駁。

高淑容不理她，只是對著丈夫說：「明日卯時一刻我與章大嫂子約好了坐他們家的車到鎮裡，你可還有什麼需要添置的？」

「沒了。」柳敬南搖搖頭，片刻後像是想到了什麼，又問了一句。「大哥、三弟與四弟那邊妳可問過了？」

「都問過了。」高淑容將圍裙解下，掛在架子上。

柳家兄弟四人雖仍同住在一個大院子裡，卻相當於分家了，每房均有獨立的大屋，連小輩的排行也是各家排各家的，只不過兄弟幾人感情好，這些年雖存了點錢，也只是把家裡擴大了一些，倒沒想過搬離此處。

除了至今未娶的柳敬北，其他三人均已有妻有子，對這個立志終身不娶的弟弟，柳敬南除了嘆氣外也不知該如何勸他。

到了次日一早，高淑容與柳琇蕊母女倆坐上章家夫婦的牛車，柳琇蕊上了車才發現章家的女兒章碧蓮也在，不禁高興地坐到了她身邊，兩人一路說說笑笑，倒也不覺得悶。

「對了，這幾日梁金寶那小子怎的見了妳便掉頭走，往日他不是最愛跟在妳身後轉的嗎？」章碧蓮突然想起這事便低聲問。

「沒什麼，前些日子他跑到我面前，說等他與村長家的章大妞成親後便稟明父母要納我為妾，我就把他剝得剩套裡衣綁到了樹底下。」柳琇蕊撿起一旁的稻草，拿在手上不停地轉著圈，心不在焉地道。

「噗哧！」章碧蓮忍不住笑出聲來。「妳還真敢這樣做啊？也不怕他嚷嚷出來？」

「不怕！連姑娘家都打不過，這樣丟臉的事他才不會說，況且，他也怕我二哥揍他。」

「其實梁家是村裡的富戶，那麼有錢，便是做妾也是不虧的。」章碧蓮開玩笑地道。

「別說我不與人為妾，便是我的相公，想納妾也得問問我的拳頭！再說，那梁金寶明明是捨不得村長的家世，偏說得好像是人家章大妞硬要嫁他一般，真讓人瞧不起！」柳琇蕊不屑地撇撇嘴。

兩人天南地北地聊著，不知不覺便到了鎮上，章碧蓮拉著柳琇蕊，與長輩們約好了碰頭的時辰、地點，高淑容又叮囑了女兒一番，這才讓兩人離去。

「碧蓮姊，妳要帶我到哪兒去啊？」初次來鎮上的柳琇蕊看什麼都感到好奇，可章碧蓮卻拉著她穿街走巷，也不讓她停下來細看。

「我、我想先去見一個人……」章碧蓮停下腳步，有些害羞地說。

柳琇蕊稍想一下便明白了，章碧蓮有個訂親兩年多的未婚夫，正是鎮裡米鋪老闆黃萬福的兒子黃吉生，據說這個黃吉生不但人品好，書還讀得很不錯，小小年紀已是秀才，章家對這個未來女婿可是滿意到了極點。

「哦，原來是去瞧未來姊夫，早說嘛！」她望著章碧蓮爬滿了紅暈的臉，戲謔道。

「死丫頭，連我都取笑！」章碧蓮羞惱地做了個要撕她嘴的姿勢，兩人霎時鬧成一團。

正鬧得起勁，柳琇蕊似是發現了什麼，扯扯章碧蓮的衣袖，朝前方努努嘴。「碧蓮姊妳瞧，那是不是未來姊夫？」

章碧蓮順著望去，果見黃吉生抱著一名女子，嘴巴直往對方臉上湊去，她臉色大變，不敢置信地直盯著兩人卿卿我我的纏綿樣。

直到女子發現她們，輕輕推了推黃吉生提醒他有外人，黃吉生才側頭望過來，見是未過門的妻子章碧蓮和同村裡的小霸王的妹妹柳琇蕊，不禁嚇得一把推開那名女子，整整衣服走了過來。

「碧蓮，她……」

章碧蓮泫然欲泣地望著他，片刻，用力跺了跺腳，掩面飛奔而去。

「碧蓮姊！」柳琇蕊擔心地追上前去，可她人生地不熟的，哪追得上七拐八彎便沒了蹤影的章碧蓮。

她回頭望了望站在原地一臉無辜的黃吉生，猛地走上前去，用力一腳踢到他小腿上。

黃吉生被踢得抱腿直叫。「妳做什麼！」

話音未落，柳琇蕊又是一腳，這次踢到他另一小腿上，單腳直立的黃吉生便撲通一下倒在了地上。

柳琇蕊順手再撿起地上的枝條，用力往他身上抽。「打死你這個花心大蘿蔔！」

黃吉生被她抽得哇哇大叫，畢竟柳琇蕊可不是一般柔弱女子，她幼時也跟著柳敬南學過一陣子武藝，雖確如兄長柳耀海說的不過是些三腳貓功夫，但比起普通女子可是有力氣得多，對付黃吉生這種弱不禁風的富家子綽綽有餘了。

她直打得黃吉生大聲求饒，再三保證不敢了，這才停手。

「負心多是讀書人，呸，還秀才呢！」柳琇蕊充分表示不屑後，又轉頭對那名女子道：「這偽君子，訂了親還拈花惹草，也就妳這種人才看得上！」

女子臉上青紅交加，卻不敢反駁。

柳琇蕊鄙視地掃了他們一眼，便轉身去尋章碧蓮。

黃吉生見她走了一段距離，才破口大罵。「柳琇蕊，妳這死丫頭，日後生兒子沒屁眼——不，是一輩子嫁不出去當老姑娘！」

此時，在不遠處將一切看得清清楚楚的紀淮，見那打了人的小姑娘轉身回來了，默默地端起茶碗抿了一口。嗯，嘴巴太臭，確實討打。

可哪想到事實出人意料，小姑娘竟然從荷包裡掏出一把銅錢砸到躺在地上的男子身上！「藥錢！」

紀淮一個沒留意被茶水嗆了一口，他背過身去劇烈地咳嗽起來，待好不容易止住了咳，回身便見離開了的小姑娘又走了回來，他心裡納悶，難不成給了錢還不夠，還要親自帶他到醫館？

正撿著地上銅板的黃吉生，見柳琇蕊再次去而復返，不由先虛張聲勢。「又想做什麼？看在妳主動給藥錢的分上，我便大人不記小人過了！」

可柳琇蕊卻沒理他，直接狠狠一腳踢到他身上。「錢給太多啦！」

聞言紀淮一口茶噴了出來，再次背過身去咳得驚天動地。

這丫頭，藥錢給太多了，所以要回來補上一腳，以免人家有賺?!

「死丫頭，才十三個銅板，連一帖藥都不夠，這樣還太多了？」

黃吉生氣急敗壞的聲音傳了過來，令紀淮咳得更厲害了。

「紀兄，可是身子不適？怎的咳得這般厲害？」推門進來的學子見他這模樣，不禁擔心地問。

紀淮拭了拭嘴角，平靜地道：「讓夏兄見笑了，在下不過是瞧見隻會咬人的兔子，心裡一時有點震驚罷了。」他記性極好，認得那位正是昨日在祈山村為他指過路的姑娘，原以為是隻乖巧怕生的小兔子，想不到卻是隻披著兔子皮的小老虎！

「俗話說，兔子急了也會咬人，果不其然。」

「正是正是，是在下大驚小怪了。」

柳琇蕊兜了幾圈都找不著章碧蓮的蹤跡，心裡又急又怕，可她方才像隻沒頭蒼蠅一樣到處亂走，早就分不清東南西北了。

摸了摸餓得咕嚕直叫的肚子，心裡後悔不該將全身家當全給了那花心大蘿蔔，好歹也要留一半啊，那可是她存了好久的錢呢！本還想著趁這難得的機會到鎮裡買些甜糕，明日好拿給最疼愛她的外祖母嚐嚐的，現在全泡湯了……

她沮喪地垂著腦袋，心裡悔得腸子都斷了，應該再多踢幾腳的，那可是她全部家產呢！

一陣誘人的香味飄來，讓她肚子裡的空城計唱得更響了，她看向不遠處白白胖胖的肉包子，不自覺地咽了咽口水。

賣包子的老婆婆見她直直地望過來，便招呼道：「姑娘可要來幾個？老婆子的肉包子在永昌鎮可是有名的好味道！」

柳琇蕊不好意思地笑了笑。「不了，我還不餓，多謝婆婆。」

「咕嚕嚕……」一陣肚子發出的抗議聲，讓話音剛落的柳琇蕊刷地一下紅了臉。

老婆婆笑呵呵地拿出兩個包子塞到她手裡。「好孩子，婆婆請妳吃。」

「不不不，您賺錢也不容易，我不能要！」柳琇蕊慌忙推辭。

「沒事，不過兩個包子而已，拿去吃吧，婆婆不差這兩個。」老婆婆又推了過去。

柳琇蕊拒絕不了，想了想便摘下頭上別著的珠花。「婆婆，我用這個抵吧。」

老婆婆笑了。「傻孩子，兩個包子哪抵得了妳這珠花啊，別推辭了，拿去吧！」

柳琇蕊見她不肯要，又推辭不得，不禁急得滿臉通紅。

「孫婆婆，她的錢讓我來付吧！」雙方正僵持不下，忽聽身後有人出聲，兩人同時一看——

「紀公子！」

「白……書生？」

第二章

「姑娘，小生有禮。」紀淮笑咪咪地朝她作了個揖，頓了一下又道：「小生紀淮，非姑娘所言的白書生。」

「人家想說的是白面書生……」柳琇蕊小聲嘀咕。

紀淮失笑。這丫頭，看來對讀書人不大待見啊！

他轉過身對老婆婆道：「孫婆婆，這姑娘不忍心白要您的包子，不如就讓小生替她付錢吧。」

孫婆婆尚未出聲，柳琇蕊便奇道：「我與你非親非故的，為何要讓你替我付錢？況且大哥再三叮囑我，無事獻殷勤，非奸即盜，要我千萬小心，莫要貪一時便宜，以致悔恨終身！」

紀淮被她嗆得一口氣堵在咽喉，這還是他頭一回被人當成奸盜之輩！

他不過是告別了朋友正欲返家時，恰巧見這隻偽兔子正與孫婆婆推推搡搡著，細細聽了片刻才恍然大悟，果然她藥錢給太多了，以致自己連買個包子的錢都沒了。

「紀公子不是壞人，而且他是咱們永昌鎮幾十年來頭一個解元呢！」孫婆婆忍不住替他辯解。

「哦，可我與他非親非故啊，怎能讓他破費。」柳琇蕊堅持。

紀淮佯咳一聲，滿臉誠懇地道：「姑娘昨日曾替小生指路，滴水之恩自當湧泉相報，若不是姑娘指明了正確之路，小生險些誤了與人相約之時辰，我輩讀書人視信譽等同於性命，姑娘替小生挽回聲譽，這區區幾個包子錢實在不足為道。」

柳琇蕊納悶地望著他一張一合的嘴巴，不過兩個包子而已，怎的跟讀書人的信譽扯上關係了？這些書呆子果然不可思議！

生怕對方又會扯些有的沒的，她手腳麻利地拿過他手上幾個銅板塞到孫婆婆手中，再接過那兩個肉包子。「多謝婆婆，多謝白公子。」

「紀公子。」紀淮無奈地強調。

「多謝紀公子。」柳琇蕊從善如流。

「柳姑娘，妳要找的那位姑娘如今在西大街城門口邊上。」紀淮見她捧著包子要離開，便出聲提醒。

柳琇蕊也來不及細想他為何會知道自己姓柳，急急抬頭，滿眼亮晶晶地望著他。「你見過她？」

紀淮被她眼中的光彩晃得愣了片刻，他定定神。「方才小生路過那處，確實曾見到她。」

柳琇蕊大喜，可一會兒又警覺地盯著他。「你如何知道我要尋的人是誰？」

紀淮暗嘆，這好人不易做啊！

「在此之前小生曾見過兩位，故才有印象，姑娘若是信不過儘管到那兒一看便知，西大街人來人往，妳要尋之人便在那裡。」
柳琇蕊想了想，倒也是。
「多謝啦！」走了幾步，又紅著臉回頭。「那、那個……西大街要怎麼走？」
紀淮嘆口氣，認命地替她指路。
「直走見了雜貨鋪便往東邊拐，過了三個路口再轉西邊，順著……」說了片刻他才注意到對方一臉懵懵懂懂，再次嘆口氣。「姑娘，可否容小生為妳帶路？」
柳琇蕊此刻也相信他是一片好意了，有些尷尬地摸摸鼻子，小小聲地道：「多謝你了。」
兩人一前一後地往西大街去，紀淮趁著轉彎的機會不動聲色地瞄了她一眼，見小姑娘乖乖巧巧地邁著小碎步跟在自己身後，活脫一隻嬌嬌怯怯的小兔子，哪還有方才打人那潑辣氣勢。
他暗嘆，這丫頭生得一副好相貌，性子卻相差了十萬八千里。
腦裡想著其他事，紀淮腳步不知不覺地慢了下來，柳琇蕊低著頭跟著，一不留神便撞上他後背。
「你做什麼？」
紀淮本想道歉，但見原先乖巧的小兔子瞬間變成了張牙舞爪的小老虎，嘴角不由得勾了起來。真是個有意思的丫頭！
他咳了咳。「柳姑娘，到了，妳瞧瞧前方布莊門前是否有妳要尋之人。」

柳琇蕊順著他所指的方向望去，果然見到章碧蓮站在那裡，一旁還有自己的娘親高淑容及章家父母。

她高興地朝紀淮躬了躬身。「多謝了！」隨後加快腳步朝高淑容走去。

「娘！」

「死丫頭！讓妳好好跟著妳碧蓮姊，做什麼又到處亂跑，讓人著急了半日！」急得六神無主的高淑容見小女兒平安歸來，先是大喜，接著便是大罵。

柳琇蕊乖乖地垂頭認錯。「娘，是我不好。」

「嬸子，阿蕊這也是第一次到鎮裡來，一時看花了眼迷了路也在所難免。」章碧蓮上前幾步勸道。

正走近的紀淮聽見這話，奇怪地望了她一眼。

章家父母也上前來勸說。「人沒事就好，哪個孩子第一次到鎮裡不好奇的？」

高淑容也是心裡太過著急這才罵了幾句，這個女兒自小在家中便最為得寵，不說他們夫妻，她的伯父、伯母還有兩位叔叔對她也是寵愛有加，以致這丫頭一向膽大包天，外人瞧著她乖巧聽話，殊不知她實際的性子和那小霸王兄長相比也好不到哪裡去。

柳琇蕊見娘親神情和緩下來，輕輕拉拉她的衣袖。「娘，我錯了，再也不敢了。」

高淑容被她這副可憐兮兮的模樣整得脾氣都沒了，用力點了一下她的額頭。「妳呀！」

柳琇蕊乘機抱著她的手臂撒嬌。

高淑容笑罵了她幾句後，這才留意到紀淮的存在。「這位公子是？」

紀淮朝她作了個揖。「晚生紀淮，敢問夫人，令尊可是瑠安村舉人高老先生？」

高淑容向他回了個禮，瑠安村能被讀書人尊稱為老先生的也就只有她親爹了。「確是，公子認識家父？」

「高老先生乃晚生授業恩師。」紀淮解釋道。自那名男子叫出「柳琇蕊」這名字他便覺得有些熟悉，似是在哪兒聽過，後來細想才恍然大悟，那不正是恩師當年替外孫女起的名字嗎？加上昨日兩人是在祈山村相遇的，而恩師獨女便是嫁到了祈山村，這樣一來，還有什麼不清楚的？

「娘，就是他告訴我你們在這兒的。」柳琇蕊插口。

高淑容瞪了她一眼後，對紀淮感激地道：「小女頑劣，多得公子相助。」

「夫人不必客氣，不過是舉手之勞。」紀淮眼尾掃到柳琇蕊安安靜靜地站在娘親身後，又成了乖乖女兒，不禁露出幾分笑意。

謝過了紀淮，高淑容見天色不早，此趟該買的東西都買齊了，故便決定啟程回村裡。

紀淮目送著他們離開，想想今日這兩番巧遇，嘴角不由自主揚起……

另一頭，上了車後，章碧蓮滿是歉意地道：「阿蕊，對不住啊，把妳一個人丟在了那裡。」

柳琇蕊不在意地擺擺手。「無妨，只是，妳真的不打算告訴大叔、大嬸那黃吉生拈花惹草之事嗎？」想到章碧蓮對這事的態度，她有些不確定地問。

「告訴他們又有何用？這門親事早就已經訂下了。」章碧蓮苦笑道。

她一直以有這樣一位家境富裕、又有才華的未來夫婿而驕傲，覺得村裡家世最好的村長之女章大妞、長得最好看的章紫雲親事都沒有她的好；可如今黃吉生的所作所為卻讓她如同被人潑了冷水一般，澆了個透心涼。

不說父母同不同意替她退了這門親事，就連她自己也不確定是不是真的不願意嫁到黃家去。退過親的姑娘家哪能再尋到好親事，她這兩年來享受了不少村裡姑娘的豔羨目光，要她日後面對那些或同情、或幸災樂禍的眼神，只要想想她便覺得痛不欲生。

柳琇蕊雖覺得那種人真的是嫁不得，但見章碧蓮一臉苦澀難受，勸說的話便咽了下去。罷了罷了，等她心情好些再勸吧！

牛車一路晃晃悠悠地駛向祈山村，天邊的晚霞升起，在地上灑滿了陣陣紅光……

簡簡單單的兩扇朱漆大門，上方一左一右懸掛著書著「紀府」兩字的紅燈籠，與相隔不遠處那座富麗堂皇的府邸形成鮮明對比。

只是，瞧著樸實無華的紀府，大門口卻車如流水，來往之人絡繹不絕。

紀淮無奈地搖搖頭，腳步一轉，拐到了西角門處。

「少爺，你回來了！」小書僮書墨遠遠見紀淮走過來，兩三下將手中的綠豆糕塞進口中，胡亂嚼了幾下便咽了下去，這才急急迎了上來。

紀淮含笑望了他一眼。「下回偷吃記得抹掉證據。」

書墨疑惑地摸摸後腦勺。少爺又怎知他偷吃了？

「少爺少爺，你是怎麼知道的？」不懂便要問個清楚！

紀淮斜睨著他亦步亦趨的身影，暗暗嘆氣，當初怎麼就挑了這樣一位貪吃又聒噪的書僮！

「少爺少爺，書墨今日將書房又整理了一遍。」

「少爺少爺，下回你出去便帶上書墨吧！」

「少爺少爺，燕州城內的百味樓新出了款點心，夫人一定會喜歡的！」

「少爺少爺……」

紀淮目不斜視，依舊慢悠悠地踱著步，路經後園，瞧見前方有僕婦拎著個竹籠子，籠裡一團雪白動來動去，他停下腳步仔細一看，原來是隻大白兔！他定定地瞧了一會兒在籠裡驚慌地竄個不停的兔子，嘴角慢慢揚了起來。

「書墨。」

「少爺！」

「去把那隻兔子要來。」

「少爺你要吃兔肉嗎？書墨建議燉得軟軟爛爛的比較好，當然，烤著吃也不錯……」小書僮喋喋不休，讓紀淮滿腔無奈。

「我是要養著牠，讓牠壽終正寢！」他沒好氣地打斷囉囉嗦嗦的書墨。

「啊？喔……」書墨有些失望，咕噥了幾句便順從地截住了僕婦。

紀淮笑咪咪地抱起大白兔，看著小東西驚得一抖一抖的樣子，語氣溫和地道：「從今往後你便叫……阿隱吧！」

掌燈時分，高淑容推開女兒的房門走了進去。

「娘！」柳琇蕊放下手中做了一半的鞋墊，起身迎上前去挽著高淑容的右臂。

高淑容拍拍她的手背。「給妳小叔叔做鞋墊呀？」

「嗯，娘瞧阿蕊做得可好？」柳琇蕊扶著娘親在榻上坐下，拿過鞋墊遞給她。

這個小叔叔指的便是柳敬北，他至今未娶，又無兒女，日常一些衣物、鞋襪便是嫂嫂們及姪女阿蕊替他準備。其實嚴格來說，柳敬北應該是柳家幾位小輩的堂叔，他與柳敬東兄弟三人並非同父至親兄弟，而是他們的堂弟，只是這幾人自小感情甚篤，與嫡親兄弟無差，是故柳家小輩都稱他為小叔叔。

高淑容接過來細細看了一番，才點點頭道：「比上回做的又進步了許多，可見這段日子是有用心學了。」

得到娘親的肯定，柳琇蕊抿嘴一笑，誘人的小梨渦又浮現出來。

高淑容捏了捏她的臉蛋，愛憐地問：「今日可是發生了什麼事？妳怎會與碧蓮丫頭走散？」

自己女兒是怎樣的性子難道她會不清楚？雖是有些膽大，可卻不會貪玩不知輕重，人生地不熟，若不是事出有因，又怎可能到處亂走令家人擔心。

柳琇蕊膩在她身邊，抱著她的手臂將腦袋枕到上頭，將今日發生之事一五一十向她道來。

「這樣說來，是碧蓮撇下妳先跑了？」聽了女兒的話，高淑容原本撫摸著她長髮的動作便停了下來。

「不是撇下我，而是她太傷心了，一時接受不了才跑開了，碧蓮姊不是有意的！」柳琇蕊抬起頭替章碧蓮辯解。

高淑容眼神一暗，她介意的並不是這個，而是對方當時向父母及她所說的那番話，字裡行間在在暗示是自己的女兒貪玩才會與她走散。姑娘家不願將這種事訴諸於人她能理解，亦明白她並非有意，可一旦牽扯上自己的寶貝女兒，要她心裡沒疙瘩是不可能的。

「她既然決定不將此事告知父母，妳也便將此事徹底爛在肚子裡，不要再對任何人提起，更不必再就此事去勸解她，這是她的終身大事，只有讓她自己做決定，將來才能安安分分地過下去。」高淑容拉著女兒的手沈聲吩咐。

不是她小人之心，只是這種事外人確實不方便插手，萬一將來人家過得不如意，將一切怪罪到當初向她勸說的人頭上來，那豈不是自找麻煩？

「好。」柳琇蕊乖巧地點頭，雖然不大明白娘親的意思，但也知道這都是為了自己好。

高淑容又與她說了會兒話，這才起身回自己屋裡。

次日，便是�安村高舉人，亦即柳琇蕊嫡親外祖、高淑容親爹高老先生的六十歲壽辰。

身為方圓數百里內頗受人尊敬的唯一舉人，雖早就表明不願大辦，但也阻止不了絡繹不絕上門賀壽之人。

高淑容一大早便讓柳耀河兄妹三人收拾妥當，又將李氏等人送來的賀禮分門別類打包好，這才與柳敬南帶著兒女往瑁安村而去。

柳琇蕊兄妹三人對去外祖家這事是又喜又憂，喜的自然是外祖母及各位表兄弟待他們極好，憂的是又要聽外祖父念叨之乎者也了。

進了瑁安村，一路遇到不少村民與他們打招呼。

「柳娘子回來替舉人老爺祝壽嗎？」

「這位是妳閨女吧？長得可真俊，比妳當年還要俊！」

「張大娘，許久不見了，您身子可好？鄧叔，您老又要抱孫了，還沒恭喜您呢！」高淑容左手提著包袱，右手拉著女兒的手跟在丈夫身後，滿臉喜氣地招呼著眾人。

柳家父子幾人見怪不怪，高淑容在瑁安村相當有名氣，除了因為她爹是大名鼎鼎的舉人老爺外，還因為她親娘鄧氏是村裡的屠夫鄧百萬的女兒。鄧百萬有五個兒子，個個熊腰虎背，對唯一的寶貝女兒可是疼入了骨子裡，就連對外孫女高淑容亦是寵愛有加。

要問這有功名又一表人才的堂堂舉人老爺為何最終會娶了屠夫的野蠻女兒，這一點，瑁安村幾代人想破了腦袋都想不明白，最後只能歸於高舉人是被鄧家逼婚，這才不得不娶了鄧氏。

柳琇蕊幼時到外祖家亦曾聽到村民議論外祖父母的親事，她好奇地跑去問高淑容，結果挨了好一頓罵，小姑娘委委屈屈地抹著眼淚去找爹爹，柳敬南只是摸著她的腦袋瓜子道：「不過是周瑜打黃蓋罷了。」

她懵懵懂懂的也聽不明白，但見一向嚴肅的爹爹臉上難得露出了些笑容，小姑娘便乘機抱著他的脖子一個勁兒地撒嬌賣乖。

「小姑姑、小姑丈、阿蕊表妹回來了！」

高家剛出現在眼前，就有幾個十三、四歲的少年歡叫著往屋裡跑去。

柳琇蕊瞬間笑眯了一雙大眼，高家、鄧家陽盛陰衰，這一輩就得她一個姑娘，每每她到外祖家都如眾星捧月一般。瞧！明明一家五口齊齊回來，可柳耀河、柳耀海哥兒倆便被表兄弟們習慣性忽視了！

「我的小阿蕊來了？」正在屋裡招呼著兒嫂姪兒的鄧氏聽聞寶貝女兒一家到了，歡喜得一掌推開站在她身邊的小兒子，樂顛顛地跑出門去。

剛踏進院門的柳琇蕊見外祖母迎了出來，不禁高興地飛奔上前，一把抱著鄧氏圓滾滾的腰身。「外祖母！」

鄧氏樂得眼睛都眯成了一道縫，一雙布滿老繭的手在柳琇蕊臉上摸來摸去，又上上下下打量了她一番，這才滿意地點點頭。「小阿蕊又長高了。」

「外祖母還是那般硬朗。」

祖孫兩人樂呵呵地抱作一團，直到高淑容等人走近，鄧氏才抽空望望女兒、女婿及兩名外孫。

「小婿見過岳母大人。」柳敬南躬身行禮。

鄧氏擺擺手，示意他不必多禮，柳耀河兄弟兩人亦急忙上前見禮。

鄧氏一左一右地拉著兄弟倆笑呵呵地道：「不必學你外祖父那套，咱們鄉下人不講究那些。」

「咳！」一陣咳嗽聲從幾人身後響起。

柳琇蕊兄妹三人立即齊刷刷站好，低頭垂眉。「外祖父。」

頭髮花白的高舉人穿著一身喜慶的長袍，揹著手從屋裡踱步出來。「嗯，你們兄妹三人，跟我來。」

「是。」三兄妹暗暗嘆氣，在表兄弟們同情的眼神目送下乖乖地跟著進了屋。

「聖人有云，好勇鬥狠，以危父母，五不孝也。耀海，這番聖人之語汝要銘記於心，收心養性，切莫再好勇鬥狠。」高舉人揹手立於書案前，滿臉嚴肅地望著柳耀海。

柳耀海不敢反駁。「外祖父教導的極是，耀海必將謹記於心！」

「嗯，知錯能改，善莫大焉。」高舉人滿意地點點頭，片刻，又轉頭望著柳耀河。

柳耀河立即恭恭敬敬地道：「道德仁義，非禮不成，耀河始終謹記外祖父教導，不敢有違。」

高舉人捋捋花白的鬍鬚。「甚好甚好，望汝謹記，敖不可長，欲不可從，志不可滿，樂不可極。」

「是。」柳耀河躬身回道。

柳琇蕊心中一突，來了來了，輪到她了，每次到外祖家都免不了的例行訓導。

「修身莫若敬，避強莫若順。故曰敬順之道，婦人之大禮也。而女有四行，一曰婦德，二曰婦言，三曰婦容，四曰婦功……」

柳琇蕊柔順地垂首站立一旁，耳邊嗡嗡嗡地響著外祖父那些老生常談，除了機靈的大哥，她與二哥總是少不了被念叨一遍。

「祖父，紀家公子來給您賀壽了！」她正暗暗思量著這次不知要被唸多久，門外便響起了天籟之音。

得救了！

高舉人先是一怔，繼而笑容滿面，他平生教授學生無數，只得這一位堪稱他得意弟子。

「請他到正堂。」頓了一下，他又望著柳家兄弟道：「你們倆，隨我去見見紀家公子。」

柳耀海臉上如釋重負的笑意頓時僵住了。

柳琇蕊暗自慶幸，虧得她是女子！

第三章

從外祖父的書房裡出來，柳琇蕊便見三舅舅的小兒子——她的小表哥——衝著她笑道：「阿蕊表妹，外祖母他們都在等妳呢！」

「舅姥爺、舅舅與舅母他們可都在？」柳琇蕊心中一喜，迫不及待地問。

「都在都在，一大幫人都在呢，祖母說鄉下人就別裝大戶人家守那些規矩了，左不過都是親戚，還講究什麼呢！」

柳琇蕊抿嘴一笑，這話也就外祖母說出來有用，否則以外祖父那迂腐的性子，還真沒人敢這樣男男女女共處一處。

她歡天喜地地跟在小表哥身後，到了廳裡，果見鄧氏及鄧家人都在，鄧氏等人見她進來，笑著朝她招招手。「阿蕊過來！」

柳琇蕊臉上全是抑制不住的歡喜笑容，她快步上前見過了各位長輩，幾位舅母即拉著她問長問短，屋裡言笑晏晏。

柳敬南夫婦一進來便見女兒如陀螺一般在長輩間轉啊轉的，這個拍拍她的小手，那個摸摸她的小臉，眾人無一例外全笑容滿面。

夫妻兩人對望一眼，均搖頭失笑，別人家是重男輕女，到了高、鄧兩家則調了過來，男丁早就不稀罕了，就愛將花朵一般嬌嬌柔柔的小姑娘捧著；不過有這麼多輩分高的長輩寵著，還好沒將女兒寵得刁蠻任性，單這一點就讓柳家夫婦慶幸不已。

跟著恩師高舉人向廳內走來的紀淮，遠遠便見那隻偽兔子笑得如同盛開的鮮花一般，一會兒膩在師母高老夫人鄧氏懷中，一會兒又跑到高家長媳身邊搖著她的手賣乖，他不自覺地揚起一絲笑容。

這會兒瞧著倒是隻活潑討喜的小兔子了！

一會兒乖巧嬌怯，一會兒大膽潑辣，一會兒活潑愛嬌，不知這隻偽兔子還有沒有其他面目？

想到未來即將有一段時日能經常見到這隻多變的兔子，他的心情驀地大好……

「紀淮見過師母。」

鄧氏抬頭即見一身藍衫儒巾的年輕公子，定睛一看，不由得大喜過望。「哎呀，這不是慎之嗎？」

「多年未見，師母仍認得紀淮，紀淮榮幸至極。」紀淮笑道。

「你那先生教了一輩子的書，總共才出了這麼一個解元學生，往日總愛向老婆子炫耀，老婆子日日聽，又哪會記不住啊！」鄧氏爽朗大笑。

高舉人老臉一紅，握拳掩嘴佯咳一聲。

「行了行了，不說了不說了。」鄧氏識趣地斂起笑聲。這老頭子，一輩子都這般要面子！

高舉人早些年在永昌鎮的書院裡當過幾年教書先生，紀淮那會兒便是他的學生，對這位溫文有禮、滿腹才學的弟子，高舉人自是萬分讚賞，及至今年聽聞他高中解元，更讓他驚喜萬狀，那股歡喜勁兒，甚至比他當年中舉還要強上許多。

「這位是老夫那不肖長孫，慎之可還記得？」紀淮的字便是慎之，往日高舉人即是這般稱呼他。

「自然記得，學緯兄。」紀淮微微一笑，接著朝著高學緯躬了躬身。

「紀淮兄。」高學緯慌忙起身還禮。

高舉人又引著紀淮見過了在場眾人，直到走至外孫女柳琇蕊面前，他眉頭不自覺地蹙了蹙。

柳琇蕊見他這般模樣，膽怯地朝鄧氏身後縮了縮。外祖父不會當著這麼多人的面又對她唸《女誡》吧？

鄧氏見老頭子嚇到了嬌嬌外孫女，不高興地瞪了他一眼。

高舉人無聲嘆息，罷了罷了。他轉頭又對著紀淮道：「這便是老夫的外孫女。阿蕊，這是紀公子。」

「阿蕊姑娘，小生有禮。」紀淮含笑朝柳琇蕊作了個揖。

柳琇蕊不敢作怪，老老實實地朝他福了一福。「紀公子。」

紀淮戲謔地望了她一眼。他還以為這丫頭會叫自己白公子呢！

隨後各路客人陸陸續續到來，有高舉人的友人、教授過的學生、抑或是慕名而來的學子等，高家人忙不過來，做為親家的鄧家男子便義不容辭上前幫忙了。

來客多是男子，廚房裡的大小事幾位舅母又已準備得妥妥當當的，柳琇蕊本想幫忙，卻被趕出來陪外祖母招呼客人。鄧氏帶著她與一些老太太寒暄，老太太們大多是往日與高、鄧兩家交好之人，哪會不清楚兩家人對這小姑娘的寵愛；加上小姑娘左一句「老奶奶」，右一句「老婆婆」，邊叫還邊奉上甜甜的笑容，讓人看了打心眼高興，老人家們本還有些是看在鄧氏面上才稱讚幾句的，如今倒是添了幾分真心喜愛。

而此時坐在一邊的紀淮，遠遠望著混得如魚得水的柳琇蕊，眼中笑意更深……

從瑠安村賀壽歸來的這一日，紀淮如同往常一般去向父母請安，穿過重重院落，經過曲徑遊廊，便是紀家夫婦所居之處。

紀家一脈以書香傳家，歷代家主持家經營有道，累積至此，早已頗有家產，只可惜紀家子嗣不豐，至紀淮這一輩已是九代單傳，幸而紀父亦看得開，也不因膝下只得這一根獨苗而廣納侍妾，只道子嗣多寡乃天意，天命不可違。

而隨著紀淮年紀漸長，紀家父母便有些坐不住了，紀家九代單傳，雖是「單」，但也好歹「傳」了啊，豈料獨子一心唯有聖賢書，彷彿除了書本外再無其他可引起他的興趣一般，更別提要與他相守一輩子的媳婦了。

每回提起親事，都會被紀淮用各種理由搪塞過去，催得緊了他便正色道：「妻者，終身之伴侶也，福禍相依，患難與共，淮之妻，必乃淮心之所繫！」

這讓紀家父母萬分無奈，實際上，紀家家境殷實、家風清正，紀淮又年輕有為，欲與之結親的人家並不在少數，偏偏紀淮始終沒有娶妻的意向，兩老心中清楚獨子執拗的性子，因此也不敢自作主張訂下親事，只盼著他早日開竅，好讓他們能早些抱孫。但這麼多年過去，兒子如今年已十八，仍是日日埋首書堆，從未見他對哪位姑娘上過心，親事也只能這麼延宕下來。

屋外的婢女遠遠便見自家少主子的身影，不敢耽擱，輕輕挽起門簾進去回稟。「夫人，少爺來了。」

紀淮邁著步子進到屋裡，見母親及表兄範文斌均在，便依禮先向母親請過安，再與範文斌彼此見禮。

紀家人丁稀少，正經的主子除紀家父母及紀淮三人，還有便是這位表少爺範文斌。範文斌生母原是紀父庶妹、紀淮親姑姑，他九歲那年父母雙亡，家產被族人奪去，幸得一忠僕將其護送至永昌鎮投奔舅舅，紀父憐惜他的遭遇，待其視如己出，與獨子紀淮一般無二。

「你來得正好，幫娘親勸勸你表哥。」雍容華貴的紀夫人見兒子進來，便似見到救星一般求助道。

紀淮一怔。「這是怎麼了？」

「你表哥欲獨自一人出門遊歷，娘親怎麼勸他都不聽。」紀夫人嗔怒道。

「表哥……」

範文斌嘆道：「先生常言，讀萬卷書不如行萬里路，如今趁著這光景出門遊歷一番也算是增長見聞，舅母又為何不依呢？」

「你若是單純想著增長見聞，舅母自然不會阻止，就只怕你心中仍記掛著那件事，想著要避開家人。」紀夫人幽幽回道。

範文斌比紀淮年長一歲，七歲那年由父母作主，與雍州城內洛家的嫡長女洛芳芝訂下了親事，三年前洛芳芝生母病逝，兩人的親事便被拖延了下來，按理說如今洛芳芝三年孝期已過，本應遵照兩家約定嫁入範家，可是前不久紀家卻收到了洛家的退親信函。

紀家父母原想親自到雍州替外甥討個公道，可範文斌卻道結親本是結百年之好，現在對方既然不願，那亦無須強求。他既如此表態，紀家父母亦只能遵照他的意思將兩家訂親信物歸還，從此範、洛兩家男婚女嫁再不相干。

紀淮心中暗嘆，自遭退親之後，本就沈默安靜的表哥便越發不愛說話，每日都將自己關在房中，若非必要絕不出門，不怪母親聽聞他欲外出遊歷會如此反應。

他定定地望著表哥，只見範文斌語氣平淡地對紀夫人道：「往日之事不可追，外甥雖愚鈍，亦清楚這個道理，舅母不必憂慮。」

紀夫人聞言，只是懷疑地望著他，良久，才嘆息道：「你既心意已決，舅母亦不再阻止，只望你記得，無論何時，這裡都是你的家，我們都是你的親人。」

範文斌喉嚨一哽，微垂眼瞼，片刻後誠懇地道：「舅父、舅母待文斌恩重如山，文斌必不敢忘，文斌雖姓範，但心中也只當舅父、舅母還有表弟是自己家人。」

「你出門去也好，現下府中不得安靜，你舅父原尋了個幽靜之處好讓你們倆靜心唸書，既然你另有打算，那便罷了吧。」紀夫人溫和地道。

今科鄉試，範文斌與紀淮同時高中，紀淮甚至高居榜首，一時間在永昌鎮上引起轟動，每日上門求見新科解元之人接踵而至，紀父雖婉拒了不少人家，但有一大部分仍是推辭不得，這使得連月來紀府熱鬧非凡，讓喜靜的紀淮與範文斌兩人不勝煩惱。

紀家父母擔心打擾了外甥及兒子唸書，打算讓兩人暫且搬出去避一避，求得一方清靜，好為接下來的會試做準備。其實紀淮倒不認為有這必要，只是先前聽紀父介紹所覓之處，他心思一動，便應允了下來。

從璿安村回來後，柳琇蕊每日幫著高淑容做些家務事，間或約上小姊妹章月蘭一起到河邊洗衣服或是做做繡活，偶爾亦會跟著兄長到山上去採摘些野果子等，日子過得平淡而自在。

「前幾日隔壁屋子來了幾個人把屋裡屋外都打掃了一遍，看樣子是有人要搬來住了。」高淑容一邊補著手中的衣服，一邊閒聊著。

「也不知搬來的是什麼人，容不容易相處。」柳琇蕊的伯母李氏在繡架上落下一針，隨口回道。

「我瞧著那些人的打扮還有談吐禮節像是大戶人家的下人，連下人都這般懂禮，想來這戶人家家風極嚴，就是不清楚為何要跑來這鄉下地方住了。」高淑容將補好的衣袍抖了抖，前前後後、裡裡外外查看了一番，確定再無錯漏之處，這才將其疊得整整齊齊的。

「伯母，這一處要怎麼繡？」一直安安靜靜地坐在一旁繡著花的柳琇蕊，苦惱了許久，終是湊到李氏身邊開口請教。

「伯母看看。」李氏接過來細看了下，輕聲指點。「這裡妳便弄錯了，不應該這樣的，要這樣繡才對。」

兩人一個教一個學，倒也其樂融融。

高淑容也忍不住湊上去看，見女兒繡的百鳥朝鳳比月前又精細了些，不禁點頭道：「不錯，看來還是大嫂會教，這丫頭的刺繡才有這般大的進步。」

「哪是我會教，也要阿蕊聰明肯學才行啊！」李氏笑道。

柳家早些年在村頭一處買了塊地，蓋了間大屋子，舉家遷到祈山村，而這麼一個外來戶，多多少少一定會受到本地村民排斥。

可柳家大伯母李氏及柳三嬸關氏本是大家女子，跟隨夫君到了祈山村，新來乍到哪會做洗衣、煮飯這些往日下人們做的事，頭一年柳家連頓正經飯都吃不上，幾乎每日都靠柳敬東兄弟幾個烤些野味填肚子，此等狀況一直到高淑容進了門才得以改善。好不容易家境終於微微轉好，柳家便又買了塊地來種些農作物，兄弟四人加上妯娌三個，同心協力將日子過得亦算紅火。

因了這段過往，李氏對高淑容是充滿感激的，待她發現這出身鄉野的妯娌不但幹起活來索利，而且居然還寫得一手好字，讓她不由得刮目相看，想想自己除了那一身引以為傲的刺繡功夫稍勝她些許外，還真沒什麼能比得過對方了。

此時柳耀海滿頭大汗地跑了進來，順手倒了杯茶水，咕嚕嚕地灌了幾口方解了渴，這才衝著高淑容道：「娘，爹讓妳今晚多做幾道菜，他邀請了個客人到家裡用飯。」

「又跑到哪兒野去了，弄得滿身是汗，這般沒規矩，小心你爹又罰你！」高淑容順手扯過一旁的布巾，拉著兒子將他額上的汗珠擦乾，嘴裡不停地數落。

柳耀海苦著臉任她擦來擦去，口中嘟囔道：「我又不是小孩子了。」

「誰三頭兩日被人處罰的？還敢頂嘴！」高淑容瞪了他一眼，手中力度又加重了幾分。

柳耀海被她揉得腦袋一晃一晃的。「娘，妳再用力，兒子這張臉便不能要了！」

「行了行了，去跟你爹說吧，我心中有數了。」高淑容朝兒子揮揮手，沒好氣地道。

「好咧！」柳耀海一聲歡叫，裝模作樣地行了個禮。「母親大人，兒子告退了。」

「你這潑皮猴！」高淑容又好氣又好笑地用力點了他額頭一下，看著兒子嗖地一下便竄了出去，不由笑嘆一聲。

因有客要到，柳琇蕊母女倆與李氏閒聊了幾句便回去了。

「阿蕊，把前幾日新買的茶葉拿來！」

柳琇蕊正在廚房裡幫著高淑容洗菜，外頭便響起兄長柳耀河的聲音。

「好，這便來！」她將最後一把菜洗乾淨放進菜籃子裡瀝乾水，再順手將濕漉漉的雙手往高淑容腰間的圍裙上一擦，在高淑容開罵之前吐吐舌頭溜了出去。

「大哥，這來的人是哪位啊？」柳琇蕊坐到桌邊，雙手托腮望著兄長忙活，對即將到來的客人充滿好奇。

「不曉得，不過看爹歡喜的樣子，應該是位長輩吧。」

正當兄妹兩人百思不得其解時，門外隱隱傳來有些熟悉的聲音——

「晚生見過柳伯父。」

兩人對望一眼，異口同聲地道：「是他？」

紀淮笑意盈盈地踱著步子跟在柳敬南身後進了屋，見柳琇蕊兄妹倆傻愣愣地站在屋內，臉上笑意更濃。

紀家父母覓的幽靜之處，恰恰是柳家隔壁空置了幾年的屋子。柳敬南早些時候本想著買下來重新修整一番，卻聽說屋主早就賣給了鎮上一戶人家，直至今日方知買下之人竟是紀家。

柳敬南對這位氣質溫雅、舉止泰然的年輕人本就十分欣賞，如今得知紀淮是為了靜心讀書才搬至祈山村來，這讓他更為讚賞了；這年輕人不被一時的成功迷惑，反而一如既往的謙虛謹慎，實在是不可多得，難怪連一向嚴謹的岳父大人對他也是讚譽有加。

「耀河兄、阿蕊姑娘，小生有禮。」

柳琇蕊嘴唇動了動。這個白面書生，每回都是這句開場白！

柳耀河反應過來，連忙躬了躬身。「紀淮兄。」

柳琇蕊無奈，只得跟在兄長身後朝著紀淮福了福。「紀公子。」

柳敬南見兄妹兩人禮數周到，不禁滿意地點了點頭。

「慎之，來，請入座。」

「不敢，伯父先請。」

柳琇蕊努努嘴，片刻才脆聲道：「爹，我到廚房幫娘去了。」

「去吧去吧。」柳敬南頭也不抬，只是朝著她站立的方向揮了揮手。

等柳琇蕊走了幾步，柳敬南卻像是想起了什麼，忙不迭地又叫住女兒。

「等一下，先把妳二哥尋來。」所謂近朱者赤，近墨者黑，讓自家那些潑皮猴多多接觸滿腹經綸的讀書人，沾沾書卷氣，或許那魯莽性子也能收斂些。

「知道了，阿蕊這便去找二哥！」柳琇蕊回頭應了一聲後，腳步一轉，即往屋外走去。

「那個酸溜溜的白面書生來了？爹說的客人便是他？」

柳耀海被妹妹扯著衣袖往家裡走，嘴裡不滿地直嘀咕。

「阿蕊妳不知道，那白面書生真不愧是外祖父的學生，滿口之乎者也，難怪外祖父那般稱讚他，那日聽了大半日他倆酸裡酸氣的聖人云、聖人曰，差點把妳二哥的牙都給酸掉了。」頓了一下，他猛地用力一拍腦門。「啊！早知來的是他，便讓娘炒菜時多放幾把糖，說不定能把那書生酸味去掉些許！」

柳琇蕊被他這話逗樂，一串串悅耳清脆的笑聲從她嘴裡逸出，隨風散落在彎彎曲曲的農田小道上。

第四章

「秩秩斯干，幽幽南山，如竹苞矣，如松茂矣。」

那個書呆子又開始唸詩了，這人不好好待在家裡唸書，跑來這鄉下地方做什麼呢！柳琇蕊暗暗嘆口氣，再想到此人與自家人相處融洽的模樣，她又重重嘆息一聲。也不知是這酸書生交際手段了得，還是他真與柳家人有緣，搬來沒幾日便博得柳家長輩們的好感。

不錯，隔壁那位日日雷打不動準時唸書的，正是她外祖父的得意門生紀淮！

事實上若對方單是這般酸溜溜地荼毒她的耳朵倒也罷了，畢竟寒窗苦讀是讀書人的本分，如此風雨不改倒也顯出此人心性之堅韌，做人之踏實。柳琇蕊也並非因此而對他不滿，可只要一想到紀淮搬來之後替她帶來的麻煩，她便暗暗咬牙。

本來村民對生面孔就十分好奇，尤其當對方還是一位丰神俊美的讀書人，這就更讓人想探個究竟了。偏偏那個白面書生整日無所事事地搖著摺扇在村裡亂逛，美其名曰領略田園風光，實際上根本是在招蜂引蝶，引得一大眾雲英未嫁的姑娘春心萌動，總藉著各種機會湊到她身邊來打探他的事，讓她煩不勝煩，天曉得她有多倒楣才與這隻花蝴蝶成了鄰居啊！

更讓人憋悶的是，她親爹柳敬南居然還對他這種行為大為讚賞，說什麼「一張一弛，文武之道也，讀書人更需要注重勞逸結合」，想到紀淮得了誇讚後那張謙虛溫文的臉，她就憋得慌。

「阿蕊，妳家隔壁那位紀公子是什麼人啊？長得可真俊！」章月蘭一邊搓洗著手上的衣服，一邊感嘆。

「不就是個白面書生，還能是什麼人。」柳琇蕊沒好氣地回道。

章月蘭見她如此反應，忍不住笑出聲來。也是，若是她三頭兩日被人紀公子前、紀公子後地這般追問，煩都煩死了。

「村裡不知有多少姑娘羨慕妳能與紀公子為鄰，妳倒好，瞧著對人家還頗有些怨氣，真是身在福中不知福！」章月蘭忍不住搖頭晃腦地取笑道。

「這種福氣，還是敬謝不敏了。」柳琇蕊白了她一眼，繼續埋頭搓洗髒衣服。

章月蘭笑笑，便也岔開了話題。「對了，聽說與碧蓮姊訂親的那位秀才公子，在鎮裡與別的姑娘有些不乾淨，也不知是真是假。」

柳琇蕊手中動作一頓，繼而若無其事地道：「打哪兒聽到這些亂七八糟的消息啊？」

「還不是阿牛嬸嚷嚷出來的，說是她在鎮裡親眼所見。」章月蘭擰了擰衣服，不在意地道。

這個阿牛嬸是村裡出名的大嘴巴，貪小便宜又愛說人是非，她說的話旁人聽了都會打個折，並不怎麼相信；可柳琇蕊卻清楚這次阿牛嬸並沒有說謊，那黃吉生確是與別的女子不清不楚。想到那個死性不改的花心大蘿蔔，她就暗悔當日沒有再多踢他幾腳！

兩人又東拉西扯說了一會兒，直到各自將衣服洗完，才並肩離開。到了分岔路口，與章月蘭道別後，柳琇蕊捧著洗衣盆往村頭的方向走。

「紀公子年方幾何？家住何方？父母可尚在？可有婚配？若無婚配，大娘認識幾位好姑娘，不如讓大娘替你作個媒？」

「紀公子紀公子，別聽她亂扯，她哪有認識什麼好姑娘，我這倒有幾位真真切切的好姑娘，長得像花朵一般，幹起活來又索利得很啊……」

「哎哎哎，妳們那些姑娘又哪比得了我手頭上這位，人家可是識字的！」

「識字的又怎樣，能比得了我這位？入得了廚房，上得了廳堂，教得了兒郎……」

「紀公子別聽她的，我這個好……」

「我這個我這個……」

春風拂面，陽光明媚，若是沒有那一陣陣嘈雜音，相信會讓人更加心曠神怡。

柳琇蕊目瞪口呆地望著在前方路口被四、五位大嬸圍在中間的紀淮，再仔細聽了片刻，一時沒忍住便笑了出來。

真是報應不爽啊！誰讓這白面書生到處招蜂引蝶，看吧，如今把村裡的媒婆都引來了，瞧他那副汗流浹背的狼狽樣，哪還有半分平日的風度翩翩。

反正路也被堵住了，不如先看看熱鬧！

她笑咪咪地將洗衣盆放在路邊的大石塊上，再掏出手帕將石塊一處細細擦乾淨，然後一屁股坐了上去，雙手托腮，幸災樂禍地看著前方那再也裝不出溫文淡然的某位公子。

望著紀淮頭上那歪歪扭扭的儒巾以及被幾位媒婆扯得縐巴巴的書生袍，她心情更是舒暢，這段日子因這隻花蝴蝶而生的憋氣彷彿一下子都散去了，臉上的笑意越來越深。

紀淮苦不堪言，他不過瞧著外面風光好，想出來感受一下鄉間氣息，哪想到卻被人這般困住了，他尷尬萬狀地擺擺手。「各位大嬸，各位大嬸，有話好好說，有話好好說！」

幾位努力爭奪優質資源的媒婆哪聽得進他的話，早就由最初的自賣自誇演變成互揭黑歷史，讓脫身不得的紀淮欲哭無淚。

他並不想聽這些內幕啊！

正努力想方設法的紀淮此時眼角掃到不遠處有道纖細身影，定睛一看，認出是柳琇蕊，再看清楚對方的神情，差點一口氣提不上來。

這壞丫頭，居然樂滋滋地坐著看他笑話，不但如此，瞧見他望了過來，還對他露了個大大的笑臉，真讓人吐血三升猶不夠啊！

笑話看得差不多了，這時辰再不回去爹娘和兄長也會擔心，柳琇蕊心情甚好地站了起來，拍了拍身上沾染的塵土，回身抱起洗衣盆，直直往前方走去。

「大娘，大娘，煩您讓一讓！」走到路口，她提高音量喚了幾聲。

那幾位媒婆正吵得起勁，也不理會是何人出聲，便順從地往路邊移了過去，讓出一方空隙。

「多謝大娘，妳們繼續。」柳琇蕊一邊甜甜地道謝，一邊快速側身閃了過去。

這、這、這……

紀淮簡直不敢相信自己的眼，尤其是望見成功走了過去的柳琇蕊回過身來再次朝他露了個大大的笑容，他嘴角抖了抖。

這丫頭，實在是太欠收拾了！

柳琇蕊輕哼著不知名的曲子，心情愉悅地進了家門。「爹、娘、大哥、二哥，我回來了！」

正在院裡打著拳的柳耀海見她如沐春風的歡喜樣，不禁好奇地問：「可是發生了什麼好事，怎的這般高興？」

柳琇蕊嘻嘻一笑，將手中洗乾淨了的衣物抖了抖搭在竹竿上，再將縐褶撫平，這才故弄玄虛地道：「佛曰，不可說，不可說。」

柳耀海為之氣結。「壞丫頭，連妳二哥都捉弄！」

柳琇蕊見他氣鼓鼓的模樣，不禁笑得更歡暢了。

這時紀淮好不容易才從包圍中脫身，他也顧不得一身狼狽，趕緊加快腳步歸家去。經過柳家門前，一串太過歡快的笑聲飄蕩而出，讓他不知不覺停了下來，循聲望去，果不其然見到柳琇蕊正扶著晾衣的竹竿笑個不停，直笑出滿臉紅霞。

這隻幸災樂禍的偽兔子！

他又是好氣又是好笑，無奈地搖搖頭後，舉步離去，嘴角不知不覺帶了幾分笑意。

「少爺，今日怎的這般早便回來了？」從紀府跟著他到祈山村來的郭大娘，見他比平日返家的時辰早了不少，不禁意外地問。

「嗯，想著早些回來。」紀淮也不願多說，彎腰抱起地上正啃著白菜的大白兔阿隱，慢悠悠地踱進了屋裡。

將阿隱放至桌上，想起方才的遭遇，他輕輕點了點牠的鼻子。「壞心眼的兔子，光會看熱鬧，見死不救、幸災樂禍！」口中不斷數落著某人的罪行，眸裡卻不自覺閃現一絲笑意。

可憐的阿隱無端當了替罪兔，呆愣愣地望著主人，長長的耳朵抖了抖，讓紀淮嘴角微揚。

「偽兔子就是偽兔子，哪有我家貨真價實的兔子阿隱這般乖巧聽話。」他喃喃自語一會兒，又抱過阿隱，輕輕地撫摸著牠身上的皮毛。

「阿蕊，把桌上那罈菜送到隔壁給郭大娘，慎之喜歡吃。」高淑容邊解圍裙邊吩咐女兒。

紀淮搬到祈山村已有大半個月，早已和柳家各房熟絡。

當初他決定暫住祈山村時柳琇蕊的外祖父高舉人也十分贊同，不但如此，還叮囑女婿一家多方照應，好讓他的得意弟子能安心唸書。有了高舉人這番話，再加上柳敬南夫婦對紀淮印象極佳，視他如子姪一般，平日甚至會邀請他過來用飯。

柳琇蕊本以為一向不待見讀書人的二哥柳耀海會與他相處不來，孰料這白面書生手段非常，居然與柳耀海稱兄道弟起來，讓她詫異不已。

她百思不得其解便跑去問柳耀海，柳耀海故作深沈地長嘆一聲。「往日是我孤陋寡聞，以為天下書生一般酸，哪想到慎之與旁的不同，竟是我輩同道中人！」

柳琇蕊嘴角微微跳動。同道中人？那白面書生與號稱打遍全村無敵手的小霸王二哥是同道中人?!

總而言之，不管紀淮用了何種方法，如今他來往柳家已如同出入自家一般隨意了。

抱著一罈子高淑容醃製的小菜到了隔壁，柳琇蕊見郭大娘正餵著那隻大白兔，說來這也是她不解的地方，想不到紀大才子居然會養隻兔子愛寵，不但如此，還給牠起了個怪裡怪氣的名字——阿隱。

「還說是才子呢，連個名字都不會取！」初次從紀淮口中聽到白兔的名字時，她便嘀咕了一句。

紀淮啪地一下展開那把讓柳琇蕊嫌棄至極的風騷摺扇，邊搖著扇邊裝模作樣地道：「隱，蔽茀，小貌也。小則不可見，故隱之訓曰蔽。」

柳琇蕊白了他一眼，彎下身子抱起越來越重的阿隱，對他抱怨道：「養得這般胖，萬一以後被人看中，偷抓去吃掉可如何是好。」

紀淮搖頭晃腦，嗓音不疾不徐。「生生死死，時也命也，凡人尚且強求不得，何況一禽畜乎？」

這回答令柳琇蕊當下即暗暗瞪了他一眼。這個滿口之乎者也的書呆子！

察覺柳琇蕊到來，郭大娘擦了擦手，憨憨笑著接過罈子。「多謝柳二嫂子與阿蕊了，我家少爺就愛這一口，偏我就做不出二嫂子那種味道。」

「不客氣，我娘說遠親尚且不如近鄰，大娘若有什麼農家小菜想吃的儘管與她說。」柳琇蕊笑嘻嘻地朝她擺擺手，傳達高淑容的話。

「那大娘便不與你們客氣了。對了，妳來得正好！」郭大娘笑笑地拉著她的手往屋裡走。「昨日我那當家的送了些瓜果、茶點來，少爺吩咐大娘備出一些送到府上去，妳先來嚐嚐有哪些喜歡的。」

郭大娘家的男人便是一直負責替紀淮駕車的郭大伯，如今每隔幾日便奉紀家父母之命給少主子送些日常用度，柳琇蕊見過他幾回，是個憨厚老實、高大壯健的中年漢子，只可惜卻口不能言。

老實說她有些意外，都說大戶人家挑選下人的要求頗高，尤其是得跟隨主子外出的隨從又要苛刻些，沒想到紀淮會挑個啞大叔。如此一來，她倒也明白當初為何是他這位主子下車向她問路了。

進到屋內，郭大娘向她遞去一只空的黑漆木雕錦盒，柳琇蕊接過，怔愣地望著桌上那一盒一盒的甜點。「這、這麼多？」

自家少主子如此好甜令郭大娘不禁有些訕訕然，尷尬地搓揉手掌。「阿蕊，妳看看喜歡哪些，妳娘及伯母、嬸嬸她們又愛哪些，儘管多裝些回去。」

柳琇蕊疑惑地望著郭大娘的神情，想不通她為何會是這般反應。

待回神，她忙止住郭大娘不停往盒內塞甜食的動作。「多謝，這些便夠了！」

「夠了嗎？多拿些回去也讓妳爹爹、兄長他們嚐嚐！」郭大娘又塞了一把桂花糖進去。

柳琇蕊努努嘴。「他們才不好甜的，大哥還說這些都是婦道人家及孩童吃的東西，堂堂男子漢又怎可如婦孺一般。」

郭大娘動作一頓，面上又尷尬了幾分，隨即俐落地將盒子收好。「是啊是啊，妳大哥說的也有幾分道理。」

柳琇蕊沒再留意她的表情，將懷裡的錦盒抱緊了些，這才甜甜地笑著道謝，告辭回去了。

走出紀家院門，正要左拐往家中去，便聽右邊不遠處傳來一陣呼叫聲。「阿蕊，阿蕊！」

她側頭一看，見不遠處的小山坡上有幾位村裡的姑娘正朝她招手示意。

「阿蕊，阿蕊！」對方見她愣愣地站在原處，再次喊道。

柳琇蕊只得轉個方向，抱著錦盒來到幾人面前。眼前的幾位大多是村裡家境較佳又或是長得較好的姑娘，有一位甚至是村裡的一枝花章紫雲。

「可有什麼事？」她將有點滑落下去的錦盒托了托，奇怪地問。這幾位在村裡或是自恃家勢、或是自恃容貌一向眼高於頂，對她也是陰陽怪氣的，如今怎的這般熱乎？

「阿、阿蕊，聽聞那紀公子是妳外祖父的學生，也、也不知道他家裡還有些什麼人？」幾番推搡下，章紫雲被眾人推了出來打頭陣。

「是啊是啊，阿蕊，他是妳外祖父的學生，又住在妳家隔壁，想來妳對他應該有些了解吧？」有了人開頭，後面便容易多了，村長的小女兒章妞妞緊接著道。

「是啊阿蕊，說說吧！」

「說說吧！」

「……」柳琇蕊微張著嘴，愣愣地望著這幾張熱切的如花嬌顏。自上次看了一回紀大才子的笑話，再有姑娘明裡暗裡地向她打聽，她都能笑盈盈地敷衍過去。可之前那些姑娘都是獨自一人隱晦地探問，她隨便答兩句便行，今日這幾位成群結隊而來，還這般開門見山道明來意，讓她不禁懷疑自己用那些似是而非的話是否能應付得了。

「他他、他是我外祖父的學生，可……可我也、也是最近才認識他啊。」她期期艾艾地答道。

「他與妳爹爹、兄長那般要好，難道未曾說過家裡事？」章紫雲首先質疑。

「就是就是，方才我們還見妳從他家裡出來呢！」

「難道妳是故意隱瞞？」

「太不厚道了！」

「就是嘛，都是一村子的人，大家也好奇，說說又不會掉塊肉！」

「可不是，有什麼說不得的！」

柳琇蕊頭大不已，有些招架不住了，耳邊嗡嗡直響。

那書呆子家中之事她真的不清楚啊！

她腳步不動聲色地向後挪了挪，打算趁著眾人不注意時偷偷溜走，可眼尖的章紫雲察覺了她的意圖，身影一動，移了個位置，將她困在了幾人的中間。

「我可都聽到了，紀公子向人承認了他與你們家的關係。」

「我也聽到了！」

柳琇蕊哭喪著臉，無緣無故的她怎就惹上了這幾個最難纏的。

都怪那招蜂引蝶的白面書生！

她微惱暗忖，可章妞妞幾人越發逼問得厲害，讓她急出滿頭汗水來。

正焦急間，一道搖著摺扇的藍色身影映入眼簾，柳琇蕊見那身影望向自己，先是靜立了片刻，繼而悠悠地走到一方樹樁前，用摺扇搧了幾下，便施施然地坐了下去，順帶對她露出個極度和煦的笑容。

這……這可惡的白面書生！

柳琇蕊恨得磨牙，尤其是對方還邊風騷地搖著摺扇，邊衝她笑得熱情洋溢。

「上回紫雲家得了好東西，她還主動與我們大家分享，如今不過問妳些事，妳怎的就遮遮掩掩的！」章妞妞有點不高興了。

「可、可我真不清楚啊……」柳琇蕊差點哭出來了。

「煩勞各位姑娘讓一讓。」溫文有禮的男聲傳來，讓吱吱喳喳的幾人霎時止住了話，不約而同地回過身去。

見她們口中的主角出現在眼前，幾人的臉刷地一下便紅了。

「多謝姑娘，妳們繼續。」紀淮側身走了過去，行了幾步，又回過頭來朝著柳琇蕊笑得春風滿面。

這這這……這壞胚子！

第五章

「想不到慎之不但寫得一手好文章，連棋藝亦是如此高超！」柳敬南落下最後一子，眼中充滿了對紀淮的欣賞。

「柳伯父謬讚了。」紀淮謙虛道。

「哎，慎之實在是過謙了，以你這般棋藝，若非手下留情，估計我會輸得更慘些。」柳敬南笑道。

「爹！」一道小姑娘清脆的嗓音伴隨著「噠噠噠」的腳步聲從門外傳來，讓兩人止住了收拾棋盤的動作。

「是阿蕊啊。」柳敬南聞聲搖頭嘆道，看著小女兒歡歡喜喜地抱著個布包走進來，臉上不由自主地添了幾分笑意。

柳琇蕊趁著柳敬南不注意先恨恨地瞪了紀淮一眼，無聲罵道——壞胚子！

紀淮挑挑眉，噙著笑意端起了茶碗。

「這回來尋爹是為了何事？」柳敬南斂起笑意，又回復往日的嚴肅模樣。

柳琇蕊也不懼他的黑臉，嬌憨地摸摸後腦勺，將懷中的布包打開來，把剛完成的藍布鞋拿了出來，雙眸閃亮亮地望著柳敬南。「爹，阿蕊給你做了雙布鞋，你試試合不合腳？」

柳敬南一怔，臉上漾起了慈愛的笑容，他接過布鞋順著女兒的意思換上，在屋裡試走了幾步後，讚許道：「柔軟舒適，大小恰好，手藝比之前又進步了。」
柳琇蕊聽他如此稱讚，綻開了如春花般燦爛的笑容，一雙水靈靈的杏眼也笑得瞇成了兩道彎彎的月牙，調皮的小梨渦又得意地跳了出來。
柳敬南見她如此受用的模樣，眼中笑意又增加了幾分，他握拳佯咳一聲。「嗯，雖說有長進，但仍有相當大的進步空間，阿蕊切記不可驕傲自滿。」
紀淮嘴角掛著一貫的溫文淺笑，目光柔和地注視著父女倆的互動。想不到這隻偽兔子還做得一手好活計，果真是讓人始料不及啊！
轉念想想與柳家接觸的這段時日，他的笑容漸顯意味深長。能教養出這般女兒的柳家，到底隱藏著什麼不為人知的秘密？
外頭瞧著明明是普通的獵戶人家，可家中人人均識字懂禮，琴棋書畫亦有涉獵，尤其是柳敬東兄弟四人，言談舉止間時常會不經意流露出幾分貴氣，有好幾次他甚至從對方身上感受到上位者的威嚴。
另外柳家的院子雖與時下大多農家一般圍了菜園、圈了雞窩，但在東北角處居然用竹子搭出了一座簡練雅致的涼亭，掛滿了絲瓜、豆莢的籬笆牆在陽光映射下更顯綠意盎然，而相隔涼亭不遠處長著一片青翠欲滴的竹子，直直的翠竹，恍若君子的錚錚傲骨。只是一方院子便是如此，更不必說樸素卻別有韻味的屋裡了。
他百思不得其解，便也放了開來，君子以誠相交，大丈夫更是有所為，有所不為，既然柳家刻意隱居山村過平平凡凡的農家生活，他若是尋根問底，倒顯得待人有失真誠了。

「爹，你明日要到山上嗎？」柳琇蕊想到來意，滿眼期待地望著柳敬南問道。

「是要到山上去，怎麼，妳也想去？」柳敬南呷了口茶，將茶碗放了下來。

「嗯，爹，也帶阿蕊一起去吧！」柳琇蕊嬌聲軟語求道。

山上凶猛野獸不少，意外更是頻發，柳敬南夫婦從來不允許女兒獨自一人上山。可如今這般季節，山中長滿了不少野果子，柳琇蕊早就垂涎三尺了，因此一從柳耀海口中得知爹爹明日將上山，她便忙不迭地抱著布鞋跑來懇求。

柳敬南既不應允，也不拒絕，只是淺笑著又呷了一口茶。

「柳伯父，紀淮自到祈山村來還未曾到過山上，想趁此機會跟隨伯父去見識一番，不知伯父意下如何？」一直不出聲的紀淮輕柔地詢問。

柳敬南一怔，有幾分意外地望了望他，待見他臉上一片興致盎然，便笑笑地點頭。「慎之既然有意，那不妨明日一起去。」

「如此先多謝伯父了！」

柳琇蕊見兩人你來我往的將自己撇到了一邊，再聽到柳敬南同意了紀淮的要求，便有些不甘心地再次哀求。

「爹，你便答應了吧！阿蕊到山上摘野果子給你吃可好？」

柳敬南正色道：「妳要去倒也不是不可以，只是萬不可再淘氣，一定要老老實實聽爹的話，萬萬不能落了單。」

「好，阿蕊一定乖乖聽話！」柳琇蕊連忙保證。

因此次日一早用過早膳，高淑容再三囑咐女兒，又叮嚀了紀淮一些注意事項，再將準備好的乾糧與水塞進了柳耀海背上那只竹背簍裡，柳敬南、柳耀海父子兩人便帶著喜不自勝的柳琇蕊及一身清清爽爽的紀淮齊齊往山上出發。

柳琇蕊得償所願，一路上與高采烈地吱吱喳喳說個不停，柳敬南斜眼覷著她一步三跳的身影，不禁微微搖頭。這丫頭，虧得在鄉間長大，若是生於高門大戶……多年不曾想起的過往浮現腦中，他眼神一黯，暗自嘆息一聲。

往日不可追，從那日起，他便只是柳敬南，祈山村的普通獵戶。

柳琇蕊揹著小竹簍，哼著曲子，步伐輕鬆地跟在父兄身後，紀淮含笑望著她歡天喜地的身影，心情也不知不覺受了影響，只覺得這祈山村的山比之名山大川也差不了多少。

「二哥二哥，我要那個！」掛滿枝頭的野果子散發出陣陣甜香，令柳琇蕊垂涎欲滴，她快步追上柳耀海，扯著他的衣袖指指被果實壓彎了的樹枝，嬌聲道。

「好，妳等著！」從不曾對寶貝妹妹說過「不」字的柳耀海，順從地將背上的竹背簍解了下來，再衝著柳敬南打了聲招呼。「爹，你等等，我先給阿蕊摘些野果子。」

柳敬南搖搖頭，倒也不曾阻止，只是叮囑道：「小心些，莫摔著了。」

「哎，爹你就放心吧，摔不著的！」柳耀海兩三下除了鞋襪，再將雙手在地上擦了兩把，便如隻靈活的猴子一般「唰唰唰」地爬上了樹。

「二哥，再往左邊一些，哎，往右回一點，對對對，就那串！」柳琇蕊歡叫著指揮樹上的兄長幫她採摘熟透的果實。
柳耀海手腳麻利地折了幾串扔了下來。「阿蕊，接著啦！」
柳琇蕊笑逐顏開地接住紅通通的野果子，掏出手帕擦拭了一下，正想著摘下一顆扔進嘴裡，突地一頓，邁著小碎步走到柳敬南跟前，將果子送到他嘴邊。「爹，你吃。」
柳敬南搖搖頭，含笑地道：「不了，爹不愛吃這個，妳自己吃。」
柳琇蕊不依地努努嘴。「爹，你嚐嚐，小叔叔都說味道不錯。」
柳敬南不欲拂女兒一片好意，只得伸手接過放進了嘴裡，輕輕一咬，一股清甜的果香在口中流淌。
「爹，怎麼樣？」柳琇蕊一臉期待地望著他。
「嗯，味道確實不錯。」柳敬南不負所望，笑著點點頭。
柳琇蕊抿嘴一笑，亦摘了一顆放進嘴裡，嚼了兩口，瞄到紀淮挺拔的身影笑容便斂了幾分，她有些煩惱地撓撓頭，終是拿著那串沈甸甸的野果遞到紀淮面前。「嚐嚐吧！」
紀淮低低地笑出聲來。
「多謝阿蕊妹妹。」言畢，他斯斯文文地扯下一顆送進嘴裡，香甜的滋味沁入心肺，他不禁漾起一抹滿足的笑意。「很甜，乃是紀淮生平吃過最甜的果子！」
聽他這般說，柳琇蕊刻意板著的小臉掩飾不住那得意的笑容。
紀淮見她這副模樣，又是一陣輕笑。
清亮柔和的笑聲飄飄蕩蕩地傳入她的耳中，笑得她有些不好意思，白皙的臉龐悄悄爬上了一抹酡紅。

柳敬南噙著清淺笑意望著小女兒，透過她那張酡紅的小臉，似是看到了當年那名明媚倔強的女子，明明緊張到雙手不住地顫抖，可臉上卻仍是強裝鎮定，徵詢意見的話語亦說得那般理所當然。

「柳敬南，我心悅你，你可願娶我？」

久遠的話好似在耳邊響起，他怔怔出神，許久許久才如夢似幻地低語。「願意的……」

「爹，爹，爹！」

一聲響過一聲的呼叫將他從回憶中喚醒，他收起笑容瞪了女兒一眼。「做什麼把眼睛睜得這般大？」

柳琇蕊噘著嘴嘟囔。「人家都叫你好幾遍了，你都不理人。」

柳敬南失笑。今日是怎麼了，老想起過往的事，不都說人老了才會憶當年？

他佯咳一聲，臉又板了起來，嚴肅地道：「叫為父可是有事？」

「我們都收拾好了，就等你。」柳琇蕊嘴巴噘得更高了。

柳敬南掃視一圈，果見地上灑滿了枝幹，柳耀海背上的竹背簍塞了足足半簍野果。清清嗓子，他威嚴地吩咐道：「既如此那便走吧，去看看先前設的陷阱裡可有收穫。」

四人整頓了一番便又繼續往山上走去。

「二哥，那種阿蕊也要！」

「好，二哥給妳摘去！」
「二哥，這種果子酸酸的，大伯母最喜歡吃！」
「好，二哥這便去摘！」
「二哥，上回你說好吃的醃肉便是用這種果子曬成的果脯一塊兒醃製成的。」
「真的？妳等等，二哥馬上去摘些回來！」
兄妹兩人走走停停，柳耀海背上的竹背簍早已裝滿了各種野果，就連柳琇蕊那只小一號的也裝了半簍子。
次子對小女兒言聽計從，柳敬南早就見怪不怪了，可初次見識的紀淮不由得驚奇，真是作夢也想不到小霸王柳耀海會有這般聽話的時候。
這一路說說笑笑的，很快便到了目的地。
率先走過去查看情況的柳耀海遠遠便望見陷阱塌了下去，他加快腳步跑上前。「爹，有隻山羊在裡面！」
柳敬南匆匆吩咐女兒及紀淮。「你們倆好好待在這兒不要亂走，我去去便回！」
柳琇蕊雖也想跟著去瞧瞧熱鬧，可到底不敢違背父親的話，只得老老實實地站在原地。
遙望父兄忙活著將陷阱裡的山羊拉起來，她有些緊張地揪緊衣袖，眼睛眨也不敢眨，根本沒有注意到一直帶笑打量著自己的紀淮。
紀淮眉梢輕揚，眼中流轉著暖意融融的光彩。徐徐的清風輕撫著小姑娘的臉龐，將她攏在耳後的髮絲吹散開來，遍山野草迎風搖曳，入眼滿是道不盡的靈秀明媚。

他輕輕漾開一抹笑容，只覺得這段日子裡心情是說不出的舒暢，這質樸幽靜的小山村帶給他的全是意想不到的開懷與驚喜……

「上來了上來了！」

歡呼聲乍響，他笑容更深。真是容易滿足的小姑娘！

「啊，還有山雞、野兔！」柳琇蕊喜不自勝，又叫又跳的，柳敬南的囑咐瞬間被扔到了九霄雲外，她解下背上竹簍放到地上，加快腳步朝父兄奔去。「爹，二哥，好多獵物啊！」她看看這個，又看看那個，圓眸都樂成了一道縫。

「嗯，這次收穫確實頗豐。」柳敬南點點頭。

柳耀海也樂到不行，正想央求柳敬南若是賣肉換了錢便替他重新打一把匕首，卻見一道身影從眼前一掠而過。

「二哥，是隻鹿！」柳琇蕊大叫。

柳耀海立即疾奔追去，彎弓搭箭，猛地發力，羽箭嗖的一聲直往那身影射去——

一陣動物的嘶叫聲短促而響亮，繼而傳來重物落地聲。

柳琇蕊喜得叫個不停。「中了中了，二哥，射中了！」

紀淮目瞪口呆地望著昂首挺胸、正驕傲地迎著妹妹崇拜目光的柳耀海，眼神變得幽深。此人小小年紀便有如此精湛的箭法，實在是令人匪夷所思。

柳敬南滿意地摸摸下巴，心中亦是充滿了驕傲。這個箭法出眾的少年，是他的兒子！雖然三頭兩日氣得他頭頂冒煙，但卻是他三位兒女當中最為肖似他們曾祖父的一位——無論是容貌，抑或是武藝。

四人滿載而歸，柳敬南肩托著山羊，手提著兩隻野兔；柳耀海托著野鹿，拎著三隻山雞；柳琇蕊則一樣揹上她的小號竹簍，懷裡抱著乾糧及水囊。

而另一只大竹簍，則被主動請纓的紀淮揹在了背上。

柳琇蕊高高興興地走在前頭，不時還回過頭來對著父兄傻笑一陣，讓柳敬南嘆笑不已。這丫頭，想必是樂傻了！

柳耀海一路沐浴在寶貝妹妹崇拜的目光當中，背脊挺得筆直，臉上滿是止不住的得意洋洋。

四人走了一會兒後，停下來用些乾糧，柳敬南望望紀淮額頭上的汗珠，不禁笑問：「慎之可是累著了？」

紀淮也顧不得什麼儀態了，抬起衣袖抹了抹汗水，大大喘了幾口氣，又咕嚕嚕地灌了幾口水，這才稍稍緩了過來。

「百無一用是書生，古人誠不欺我！」他擦擦嘴角，自嘲地長嘆一聲。可不是嘛，連柳琇蕊那丫頭都走得氣定神閒，更不必提那個年紀比他小、負重比他大的柳耀海了，這對兄妹，真是天生要來打擊他的！

柳琇蕊見這書呆子竟然還有心情調侃自己，不禁噗哧一下笑了出來。

柳敬南哈哈大笑。「慎之一心讀聖賢書，此等粗重活自然極少涉及，一時不習慣倒也是人之常情。」

「讓伯父見笑了。」

歇息了片刻，一行人又重新上路，四道高低不等的身影在陽光照射下拉得長長的……

「爹，二哥，你們稍等等，我拿些進去給英梅姊，片刻便出來。」行至山腳下，柳琇蕊抱著精心挑選出來的野果子，側著腦袋對父兄道。

「去吧。」柳敬南點點頭，沈聲道。

葉家坐落於祈山村北山腳下，家中只有一位跛了腳的葉老漢及女兒葉英梅。葉老漢行動不便，往日就在家中用竹枝編織些籮筐籃子，隔幾日便與女兒一起拿到鎮上賣。

葉英梅既要忙著田裡的農活，又要照顧老父，還要到鎮上做些小生意，葉家可以說是全靠她一個女流之輩獨力支撐著。

柳琇蕊幼時機緣巧合結識了比她年長幾歲的葉英梅，小姑娘對這位沈默寡言但體貼又善良的小姊姊甚為喜愛，三頭兩日便跑到葉家來尋她。因著女兒之故，柳敬南夫婦對葉家的境況自是十分清楚，心想這對父女過得不易，既為鄉親便該照應幾分，因此平日打了獵物就會命柳琇蕊送部分到葉家去。

可偏偏葉英梅卻十分固執好強，只道自己有手有腳，雖過得清貧些，到底還能有兩餐溫飽，對柳家的好意大多婉拒了；便是偶爾接受，也會通過各種方式回報，如此一來，反而讓柳敬南夫婦對她又高看了幾分。

「英梅姊姊，英梅姊姊！」柳琇蕊雙手不便，只能站在簡陋的院門前朝裡頭呼叫。等了一會兒，不見有人出來，她又高聲喊了幾聲。「英梅姊姊，英梅姊姊！」

良久，破舊的屋門「嘎吱」一聲從裡頭打開，頭上裹著藍包巾、腰束同色布帶、下著藕荷色布裙的葉英梅走了出來。

「是阿蕊啊……」她露出一個略顯僵硬的笑容，柔聲招呼道。

「英梅姊姊，我今日到山上摘了些野果子，很甜的，特意拿來給妳嚐嚐。」柳琇蕊沒察覺她的異樣，只是一邊說一邊往裡頭走，見院裡放著個空竹筐，便將懷裡的野果子一股腦兒放了進去。

葉英梅也不阻止。「多謝了，每回都記著我。」往日輕柔的嗓音有幾分嘶啞。

柳琇蕊聽出她聲音有異，疑惑地抬頭打量，這才發現她雙眼紅腫，似是哭過一般，不由得一驚。她所認識的葉英梅個性好強，除了當年葉老漢深夜發病，她哭著冒雨跑到柳家求助外，她並不曾見她掉過一滴眼淚。

「英梅姊姊，妳怎麼哭了？誰欺負妳了？是不是那個混蛋？」她上前幾步，扯著葉英梅的衣袖接連發問。

柳琇蕊口中的混蛋指的便是村裡遊手好閒、偷雞摸狗的葉麻子，早些日子這葉麻子在村裡遊蕩時見到從田裡勞作歸來的葉英梅，色心頓起，偷偷跟在她身後意圖不軌，幸得小霸王柳耀海經過，將色膽包天的葉麻子打了個半死，葉英梅才得以逃過一劫。

這事因關乎女子清譽，柳耀海並不曾聲張，只是偷偷地讓妹妹到葉家安慰一番。當然，事後他便因又打傷人而挨了柳敬南一頓罰。

「不是，只不過是剛才在屋裡不小心被灰塵迷了眼。再說，那混蛋自從被妳二哥打了一頓後，見了我便繞道走，哪還敢生事啊！」葉英梅勉強勾勾嘴角，否認道。

葉麻子被小霸王教訓後，又被放了狠話，連柳敬南上門賠禮道歉都不敢受，對被打的緣由更是三緘其口，哪還敢另生心思啊！

柳琇蕊狐疑地上下打量了她一番。「果真？」

「果真。」葉英梅迎上她的目光，坦然地點頭，望見柳敬南父子及一位陌生男子站立於離葉家不遠的大樹底下，她輕輕推推柳琇蕊，朝外頭努努嘴。「回去吧，我真的沒事，妳爹與二哥都在等著呢，別讓他們等急了。」

柳琇蕊再三追問，可葉英梅都堅稱無事，她也只得一步三回頭，帶著滿腹疑問離去了。

走到父兄面前，她斂斂思緒，揚起笑臉道：「爹，二哥，咱們走吧！」

「嗯，走吧，妳娘大概在家裡也等急了。」柳敬南重拾放置在地上的獵物，又轉頭望著紀淮笑問道：「慎之可還行？」

紀淮將沈重的竹簍拎起揹於背上，對著他笑了笑。「都說書生肩不能挑、手不能提，但晚生今日偏欲挑戰一番！」

柳敬南放聲朗笑。

「好，迎難而上，年輕人正是需要此等勇氣！」

柳耀海笑嘻嘻地拍拍他的肩膀，學著他平日唸詩的模樣，搖頭晃腦地道：「知其不可而為之者矣？嘖嘖，真走不動無須死撐，大家都不是外人，不會取笑你的！」

「可不是，反正大家都知道讀書人手無縛雞之力。」柳琇蕊不甘示弱，乘機小小報復一把。

紀淮嘴角抽了抽，只覺讀書人的體面與氣節在這對兄妹面前快要消失殆盡了。

柳敬南又是一陣大笑，片刻才笑罵道：「你們兩個潑皮猴，還不快把東西收拾好！」

柳琇蕊吐吐舌頭，乖乖將竹簍揹好，跟在父兄身後往村頭方向走去。

紀淮自來是個飯來張口、衣來伸手的主，又何曾幹過這種體力活，剛開始還能跟得上柳家父子的腳步，沒多久便落下了一段距離。

他累得氣喘吁吁，腳步逐漸慢了下來，可柳琇蕊卻像故意一般，哼著曲子慢悠悠地與他保持著幾步之距，不但如此，瞧著他速度慢了，還裝模作樣地望著他搖頭長嘆。「讀書人啊……」

紀淮被氣樂了。這隻不懷好意，想著要看笑話的偽兔子！

咬咬牙將背上猶如千斤重的竹簍托了托，腳下亦加快了幾分。

柳琇蕊仍是不疾不徐地與他保持著距離，間或發出一陣歡呼，一步三跳地走到路邊採摘些五顏六色的野花。

瞧著那個輕輕鬆鬆、時快時慢的纖細身影，紀淮只覺胸口似被重物壓住了一般，憋悶至極！

他暗自磨牙。這壞丫頭，絕對是故意的！

柳琇蕊斜睨一眼他青紅交加的臉，多日來因這白面書生而受的悶氣如同被風吹了一般，

「呼」地一下全散了！

她心情愉悅地哼著剛學來的小調，活潑嬌俏的農家小曲蕩入紀淮耳中，如三月春風拂過，吹皺一池春水，讓他滿身的疲累不知不覺飄逝而去。

他噙著輕淺笑意望著柳琇蕊快快樂樂的身影，腳下步伐不禁又加快了些許……

第六章

「今日多虧了慎之，來，先歇會兒喝口水解解渴。」到了柳家，高淑容望了望紀淮狼狽不堪、與平日大相徑庭的模樣，臉上帶了絲感激的笑意招呼道。

紀淮也不與她客氣，接連灌了三碗水，這才感覺整個人重又活了過來。

「今日方體會到生活之不易，紀淮慚愧。」想想柳耀海兄妹，再對比自己，他重重嘆口氣，深感百無一用確是書生！

「術業有專攻，慎之不必妄自菲薄。」柳敬南拍拍他的肩膀安慰道。

「阿蕊，到妳大伯母那兒借把刀過來。」高淑容笑笑地拎起山雞，轉身吩咐女兒。

「好！」柳琇蕊放下茶碗，顧不得擦擦額上的汗水，步伐輕鬆地出了屋。

柳敬東所居住的大屋在院子另一頭，中間隔著柳家三房，柳琇蕊才走幾步便見三嬸關氏沈著臉從屋裡出來。

「三嬸。」她連忙放慢腳步，規規矩矩地垂手招呼。

「嗯。」關氏瞄了她一眼，淡淡地點了點頭。

柳琇蕊不敢久留。「三嬸妳忙，阿蕊先走了。」

關氏仍只是淡淡地嗯了一聲，隨即轉身去端起石板上的竹籃子。

「等等。」

柳琇蕊方邁了幾步，便被關氏叫住了。

「三嬸可有事吩咐？」她老老實實地停下來。

「雖說妳不是我女兒，但終究也是柳家的姑娘，那我就不得不教導妳幾句。妳年紀已不小，再過兩年便及笄能說親事了，往後若無他事便不要再到處亂走，更不可接觸些不三不四的女子，以免玷污了自己的名聲。」關氏意有所指，皺眉訓道。

柳琇蕊不明所以，但也來不及多想她話中深意。「阿蕊曉得了。」

關氏見她低眉順眼，便擺擺手道：「去吧。」

柳琇蕊怕她再說，急急走開了。

自小她除了怕外祖父訓話外，還怕這個時常挑剔她言行舉止的三嬸關氏。有時被挑剔得狠了她會暗暗腹誹，自己又不是有錢人家的大小姐，做什麼要學那些裝模作樣的規矩！

到了柳敬東的屋前，看到多日未見的堂兄柳耀江正蹲在屋前劈著柴，她心中一喜，高興地叫了聲。「堂哥！」

「阿蕊。」柳耀江見是小堂妹，原有些陰沈的臉色便散了些，微微一笑。

「你何時回來的，怎麼事前也不說一聲？」柳琇蕊嬌憨地拉著他的袖子問。

柳耀江也不回答，只是輕輕彈了一下她的腦門。「笨丫頭！」

兩人說了會兒話，柳琇蕊才想起來意。「對了堂哥，我娘想跟你家借把刀。」

「我到廚房去拿，妳到屋裡等會兒，堂哥還給妳買了禮物呢。」柳耀江摸摸她腦袋瓜子，笑著吩咐。

「好！」柳琇蕊聽話地點點頭，歡歡喜喜地往屋裡去。

「落地鳳凰尚且不如雞，更何況……」

一陣唏噓聲傳來，讓她不自覺停下腳步。

這是……大伯父的聲音。

落地鳳凰不如雞？這話是何意？柳琇蕊心不在焉地拔著菜園裡的野草，腦子裡時不時回想著柳敬東那句惆悵話語。

「紀書呆，什麼叫落地鳳凰不如雞？」她皺著眉頭想了半日均不得解，決定開口問正捧著書冊坐在竹涼亭裡的紀淮。

紀淮無奈地搖搖頭，對這類稱呼已漸漸習以為常了。這偽兔子，有外人在便乖乖巧巧地喊「紀大哥」，沒外人而她心情又好的話便稱「紀大才子」，惱了便罵「壞胚子」，其餘時候則多是叫「紀書呆」。

「鳳凰者，百鳥之王也，鳳者為雄，凰者為雌……」他習慣性地開始搖頭晃腦。

柳琇蕊惱得隨手撿起一株野草砸他。「誰要聽你掉書袋了！就不能認認真真回話嗎？」

紀淮喉嚨裡逸出一陣輕笑，在柳琇蕊又要發作之前正色道：「管他是鳳是凰還是雞，妳只要清楚自己是哪一種便可以了。」

「這倒也是……」柳琇蕊自言自語，片刻恍然，瞋他一眼。「你這壞胚子，又拐著彎罵人！」

「啊，被妳發現了！」紀淮強忍著笑意裝出一副吃驚的神情。

柳琇蕊恨恨地接連向他擲了好幾株野草。「滿肚子壞水，難怪叫紀『壞』！」

紀淮忍俊不禁，清咳一聲。「阿蕊妹妹，小生紀淮，字慎之。」

「哼，可不是嘛，做了『壞』事自然要『慎之』又慎，紀家伯父真有遠見！」

紀淮終是忍不住笑出了聲，這小氣丫頭為打擊他一番，還真是不遺餘力地見縫插針啊！

清朗的笑聲順著清風送入正提著菜籃子步出屋外的高淑容耳裡，她循聲回望，見一身儒生打扮的清俊男子坐於亭內，小女兒阿蕊則是氣呼呼地朝對方扔著什麼，她定定地看了片刻，臉上若有所思。

女兒還有兩年便及笄了，親事即將提上日程，紀淮人品端方、家世清白，又是老父的學生，算得上是知根知底，確是良婿不二人選。她越想越滿意，看著一對小兒女越發覺得般配，正喜孜孜間，腦中一閃，笑容頓時垮了下來。

以紀淮的年紀，要他等女兒及笄才成婚貌似不大可能，加之他又是紀家獨子，雖不清楚為何至今未有婚約，但將心比心，為人父母者又怎會不急著抱孫？

高淑容望著狼狽地從亭裡逃離出來的紀淮，惋惜地搖了搖頭。罷了罷了，左不過還有兩年，再看看吧！

這一日，柳琇蕊如同往日那般與章月蘭一同做繡活。在章月蘭不知第幾次偷偷望過來的時候，她無奈地放下手中做了一半的繡活，嘆氣道：「妳今日是怎麼了？有話不妨直說。」

章月蘭被她抓了個正著，訕訕地摸摸鼻子，片刻，搬著凳子挪到她身邊神神秘秘地問：「阿蕊，英梅姊是不是要嫁到你們家去當妳堂嫂了？」

柳琇蕊吃了一驚。「這話怎說？」

「難不成不是？」章月蘭亦有幾分意外。

柳琇蕊看看四周，見章家人都不在，便壓低聲音問道：「我從未聽聞此事，妳又是打哪兒聽來的？」

「前幾日我在村裡遇到妳三嬸與英梅姊，妳三嬸的那些話……總之像是在教英梅姊什麼規矩似的，沒多久妳堂哥便過來了，也不知與妳三嬸說了些什麼，後來就與英梅姊離開了。」章月蘭同樣將嗓音壓低。

「有這樣的事？」柳琇蕊怔住了。難道她送野果到葉英梅家去時，她似是哭過一般便是因為此事？

「阿蕊，妳、妳三嬸可……可真厲害！」章月蘭忍了又忍，終究忍不住感嘆道。「她向英梅姊說的那些話，雖每個字聽來都不像在罵人，可湊到一塊兒卻讓人聽了臉都掛不住，太難受了！」

柳琇蕊嚅嚅雙唇，到底沒有出言反駁。關氏的本事她自小便見識不少，哪會不清楚她訓起人來讓人有多受不了，即便是對高淑容，她也是明裡暗裡地挑刺，也就對著李氏尚且給幾分薄面。

柳耀江與葉英梅彼此有意她也是幾個月前才知道的，若不是柳耀江露了馬腳，她怎麼也想不到他竟會心悅葉英梅。不過她與葉英梅自幼交好，若是兩家能結成親家，她自然也樂見其成，可惜李氏卻好似看不上葉英梅……

她暗暗嘆口氣，大伯母一向待人寬厚，偏在堂哥親事上過分挑剔了些，令柳耀江眼看著即將弱冠，可如今親事卻尚無著落。

柳琇蕊悶不作聲地繼續繡著手中的百鳥朝鳳，章月蘭見她如此反應，有些後悔自己一時嘴快；雖說柳三嬸不厚道，但到底是柳琇蕊的長輩，自己當著她的面如此說對方長輩，確是不大合適。

「對不住啊，阿蕊，我、我並沒有別的意思，就是……」她結結巴巴地想解釋。

柳琇蕊悶悶地阻止道：「我明白的，想來是三嬸說了什麼難聽的話，否則妳也不會有這般反應，她雖是我的嬸娘，可……」

想想之前關氏訓導她萬不可與些不三不四之人過多接觸，以免玷污了自己的名聲，這不三不四之人，莫不是指英梅姊？

一想到這個可能，她更是覺得心裡難受，英梅姊勤勞孝順、待人真誠，又怎會是不三不四之人？她若是不三不四之人，以堂哥的聰慧又怎會看得上她，爹娘又怎會對她大加讚賞！

此刻她再無心情刺繡，默默地將針線等工具收好。「我先回去了，下次再來。」

章月蘭見她心情不暢，也不挽留，兩人道別後，柳琇蕊便獨自返回家中。

回到屋裡坐了片刻，她思前想後，決定還是去尋柳耀江問問事情經過。

出了屋子往左走片刻就是柳三叔夫婦住的西間，再往前一小段距離才是柳大伯與李氏住的地方。柳琇蕊剛經過西間，便聽到裡頭傳來柳家三叔柳敬西低沈的聲音。

「我早就說過，讓妳不要再把自己當成以前的三少夫人，落地鳳凰尚且不如雞，更何況還稱不上是鳳凰！」

她不禁一怔。落地鳳凰不如雞？怎的又是這話？

「這窮鄉僻壤你能安心待一輩子？便是你可以，也要想想兒子，難道讓他當一輩子的獵戶，娶個鄉野村姑，子子孫孫再無出頭之日？」關氏不甘的聲音隔著窗傳了出來。

「我不認為如今這日子有何不好，平平靜靜，無大起大落，這樣的生活祖父與父親當年不知盼了多久。」

「那是你！我一個千金小姐跟著你吃苦受累，你……」關氏想想這些年受的苦，不禁悲泣。

柳琇蕊聽得雲裡霧裡，但亦清楚這種聽牆腳行為極為不妥，故也不敢多做停留，加快腳步來到柳敬東屋外。

「大伯母，堂哥可在家？」兜轉了一圈不見柳耀江，她便跑去問李氏。

李氏擦擦濕漉漉的雙手，對她微微笑。「妳堂哥今日一早便到鎮裡去了，估計得晚些才能回來，阿蕊找他可有事？」

柳琇蕊自是不敢稟明真正來意，只是憨憨地摸摸腦袋道：「我不過想問問上回他帶回來的桂花糖在哪兒買的，可真好吃！」

李氏失笑，輕輕戳了一下她的額頭。「貪嘴的丫頭！」

柳琇蕊也不說話，只是望著李氏傻笑，心中卻唏噓不已。

大伯母性情隨和、處事公正，對她這姪女一向寵愛有加，幼時她一受爹娘責罰總會抹著眼淚跑到李氏懷中抽抽噎噎地尋求安慰，而她的繡功也是李氏手把手教的，可以說，她對這位大伯母的感情比對親娘高淑容也差不了太多。

可這麼好的伯母，為何就看不上一樣好的英梅姊呢？

隨後李氏又拉著柳琇蕊聊了一會兒，這才讓她離去。

怔怔地望著姪女漸行漸遠的背影，李氏暗嘆一聲，是該認清了……

其實對李氏來說，放棄過往那些富貴日子，跟隨夫君歸隱小小的祈山村她從不後悔，便是初時吃了不少苦頭亦甘之如飴，後來兒子出生，她也慢慢學會去適應這與她前半生截然不同的生活。

但是，當兒子逐漸長大，她有時會望著他出神，想著若柳家仍是當年的柳家，兒子是否會有一個更加燦爛輝煌的人生？尤其當面臨兒子的親事，她總覺得自己那般優秀的兒子怎能配一個鄉野女子，他原本能配得上最好的！

這種想法一旦冒出頭便壓制不下去了，再加上關氏時不時在她耳邊念叨著過往那些日子，她便更加不願兒子聘娶農家女。如此一拖再拖，生生將柳耀江拖到了至今年已十九都尚未成親。

是先前柳敬東那句「落地鳳凰不如雞」徹底將她敲醒過來，而且兒子這段日子的黯然，她也是看在眼裡，痛在心中。農家女子又如何，也沒什麼不好的，像二弟妹這樣，出身不高，可卻將家裡打理得井井有條，服侍夫君、教導子女亦樣樣不落下，比之曾經的那位，不知強了多少倍。

仔細想想，葉英梅除了家境差些，她本人倒是不差的，失了生母教導，又沒有兄弟扶持，一個弱質女子能將行動不便的老父照顧得那般周到，裡裡外外更是一把好手，如此堅強的女子，嫁到如今的柳家又談何高攀呢？

只要人品端方、孝順賢慧、持家有道，出身是高是低根本不重要！這世間能共富貴的夫妻算不得什麼，能共患難的才彌足珍貴，念頭如此一轉，再想想被耽擱至今的柳敬北，她便更下定了決心。

好不容易這日柳琇蕊瞅著沒人留意，偷偷截住了柳耀江，期期艾艾地問他關於葉英梅的事，柳耀江用力彈了一下她的額頭。

「笨丫頭，這些事哪是妳這小丫頭能管的，二嬸若是知道，又該罵妳了！」

柳琇蕊痛得淚花都快飆出來了，捂著額頭指控道：「還老罵我笨，再聰明的經常被你這般又彈又敲的也會變笨了！」

柳耀江哈哈一笑。「小丫頭別操心那麼多，上回娘說妳喜歡桂花糖，這回我又買了些，就放在廳裡的桌上，妳自個兒去拿，堂哥要出去一趟。」

「老把我當小孩一樣哄。」柳琇蕊一邊嘀咕一邊順從地往柳敬東大屋方向去。

柳耀江望著她遠去的背影搖頭失笑。這小堂妹……真是十幾年如一日的好糊弄啊！

「伯母，阿蕊來了！」習慣性地人未到聲先至。

「是阿蕊啊！」一個敦厚低沈的中年男聲從廳裡傳出。

柳琇蕊一怔，片刻便走了進去。「伯父，伯母可在？」

柳敬東朝她慈愛地笑了笑。「妳伯母她出去了，阿蕊來，妳堂哥買了妳愛吃的桂花糖。」

柳琇蕊順著他的意在桌邊的椅子上坐下，方落坐便聞到一陣濃烈的藥油味。

「大伯父，你的腳又疼了？」她擔憂地望著柳敬東的左腿。

柳敬東不在意地笑笑。「不妨事，阿蕊無須擔心，不過是些小痛，來，快吃啊！」邊說還邊將裝滿桂花糖的盤子往姪女方向推。

柳琇蕊乖巧地拿過一塊糖塞進嘴裡，含含糊糊地道：「大伯父，你的腳又疼，那便不要再到山上去了，家裡缺了什麼便告訴爹去，若是有活要幹，阿蕊和大哥、二哥可以幫忙，你好好養傷，若是還疼便要到鎮裡看大夫，不要怕沒錢，阿蕊這段日子又存了好多錢……」

柳敬東笑咪咪地由著她喋喋不休，心中感嘆，還是閨女貼心啊！若不是當年妻子生長子時傷了身子，說不定他也能有個乖巧又貼心的閨女。

說起來柳家兄弟四人除了柳敬南外，其餘三人或多或少都有些傷痛。柳敬東傷在左腿，平日倒看不出有何不妥，但萬一發作起來，那是根本動都動不了；柳敬西傷的是肺，長年累月咳嗽不止；柳敬北情況稍好些，只是背部布滿傷痕，其中一道既深且長，柳琇蕊幼時初見還被嚇得哇哇大哭。

年幼時她也曾問過柳敬南為何伯父、叔叔們會有如此多的傷，每每此時，柳敬南臉色便會變得極其難看，整個人瞧著又陰沈了幾分，許久、許久才喃喃道：「那是因為爹爹沒有保護好他們……」

六人去，三人歸，歸者性命雖無憂，卻落得滿身傷痛，他每回看到兄弟們身上的傷，便心如刀割，痛不欲生！

如此重的傷，可想而知當年兄長和弟弟們是如何浴血奮戰，拚死為柳家贏得了全身而退的機會，相比之下，他自己卻是……

柳琇蕊終是沒再尋機會去問葉英梅之事，皆因這幾日李氏約著高淑容到鎮上添置提親所需物品，又尋了媒婆上門商議到葉家提親一事。

她愣愣地望著喜不自禁的柳耀江，沒想到竟峰迴路轉，柳、葉兩家真的議成親了！

她不明白一直看不上葉英梅的李氏為何會突然做出這樣的決定，苦想無果，還是柳耀海一語驚醒夢中人。

「何必在乎過程，只要結果各自如意便是皆大歡喜了，小丫頭就是小丫頭，難怪堂哥總說妳笨！」

聞言柳琇蕊居然呆呆地點點頭。「也有道理。」

柳耀海見她這副傻乎乎的樣子便樂了，乘機又叫了幾聲。「笨丫頭！」

柳琇蕊反應過來，立即掄起小拳頭往他身上砸去。「你才是笨二哥！」

兄妹兩人霎時鬧作一團。

瞅著這日得空，柳琇蕊隨便尋了個理由，打算到葉家去看看未來堂嫂葉英梅，知會了高淑容，這才出門一路往葉家去。

「阿蕊！」

她走至村裡的小樹林，便被章紫雲截住了。

柳琇蕊警覺地退後幾步，再四處看看，確定只有她一人，這才放下心來。

「是妳啊，可有事？我事先聲明，那書呆子家中之事我可不清楚。」

章紫雲神色一僵，想起曾與章妞妞等人一同所做之事，有些不自然地道：「妳放心，我對那紀公子沒別的意思，上回只是因為被妞妞她們逼得緊了才跟著去的，並不是我本意。」

以她的容貌，從來便是男子主動黏上來，又何須她自降身價去打探男子之事，若非那章妞妞是村長之女，她怎可能被逼著與對方胡鬧。

「哦，那妳來尋我有何事？」聽她這般說，柳琇蕊才徹底鬆了口氣。

章紫雲左右看了看，便拉著她到一隱蔽處，壓低聲音問：「章碧蓮那位未來夫婿與別的女子有些不乾淨，此事妳可清楚？」

柳琇蕊神色一僵，不自然地移開與她對視的目光。「啊？這個啊，之前阿牛嬸不是在村裡嚷嚷過了嗎？大夥兒也只當碧蓮姊家裡有人得罪她了，這才讓她那般詆毀。」

章紫雲跺了一下腳。「哎呀，此事是真的！我親眼所見！」

柳琇蕊臉色大變，又一個人親眼所見？那花心大蘿蔔果真是狗改不了吃屎，沒救了！

「我自來與章碧蓮有些不對頭，這妳也是知道的，不過大家終究同住一村，我也擔心她被人欺騙，只不過此事若由我去告訴她，她說不定會以為我故意中傷；妳平日與她家有些來往，這事妳瞧著要不要尋個機會提醒她一下，免得她將來得知真相後悔？」章紫雲打量了一下她的神色，斟酌道。

柳琇蕊暗自嘀咕。哪還需要她去說啊，人家早就心中有數了！

只不過這終歸也是章紫雲一番好意，她只能點頭應允。「好，我瞅著哪日合適便將此事與她說去。」

「妳可得抓緊些，我聽說章家與黃家已經要著手選日子了，想來章碧蓮婚期已不遠。」

聽章紫雲這般說，柳琇蕊心中大概明白章碧蓮的決定了，她早就知曉那黃吉生是個怎樣的人，可仍是由著兩家商議婚期，這還不夠清楚嗎？

若是以柳琇蕊平日的性子，必定會再去勸說章碧蓮一番，只是這次高淑容早就囑咐過她，讓她不要插手此事，她自然不會違背娘親的意思。

尋了個藉口打發了章紫雲，她也沒心情去葉家了，呆愣愣地坐於林中一塊圓石上，突然覺得這些男男女女之事可真夠麻煩，比如她堂哥與葉英梅，再比如黃吉生與章碧蓮。

「阿蕊妹妹，為何獨自一人坐於此處？」

熟悉的溫文男聲乍響，讓她回過神來。

「是你啊。」她驀地抬頭望了一身清爽的紀淮一眼，繼續托著腮默不作聲。

紀淮見一向生龍活虎的小丫頭突然變得蔫頭耷腦的，覺得十分不習慣，既是隻小老虎，雖然披著層兔子皮，還是應該精力旺盛些，此等哀愁的表情掛在她的臉上實在太不般配了！

「怎麼，小丫頭也識愁滋味了？」他戲謔道。

柳琇蕊瞪了他一眼。「你這書呆子每日除了唸些之乎者也之外還懂什麼！」

紀淮輕笑，啪地一下展開不離身的摺扇。「小生不才，但亦虛長姑娘幾歲，見識雖不敢說不凡，但比姑娘應是稍勝些許。」

柳琇蕊見他又開始裝腔作勢，順手拿起身側的樹枝砸了過去。「把你那套做派給我收起來！」

紀淮笑得更開懷，將摺扇收了回來，朝著她作了個揖。「小生謹遵姑娘命。」

柳琇蕊睜大眼死命瞪著他。這個裝模作樣的書呆子！

「百草競春華，麗春應最勝。少須顏色好，多漫枝條剩。紛紛桃李枝，處處總能移。如何貴此重？卻怕有人知。」紀淮也不理會她的目光，詩興大發地搖頭晃腦唸道。

「書呆子！」柳琇蕊啐了他一口，起身拍拍身上的塵土，頭也不回地往村頭方向走去。

「阿蕊妹妹，此處風光正好，不如多坐一會兒，待小生唸幾首詩助助興？」紀淮在她身後高聲叫道。

柳琇蕊只當沒聽到，腳步邁得更快了。

「勝日尋芳泗水濱，無邊光景一時新。等閒識得東風面，萬紫千紅總是春。」紀淮輕笑著又唸了幾句，這才施施然地出了小樹林。

第七章

在祈山村住了一段日子，心中掛念父母，趁著郭大伯駕車來村裡時，紀淮乾脆坐了車返回家中。

照舊在西角門處下了馬車，守門的老僕見是少主子歸來，滿臉驚喜地將門再打開了些。「少爺，你回來了！」

紀淮朝他微微一笑。「紀伯，今日怎的是你守門？」

「老王頭前幾日摔傷了腿，老奴便替他守這幾日。」頭髮花白、滿臉褶子的紀伯笑著回了話。

紀淮再問候了他幾句，這才邁著步子往紀夫人所居住的院落去。

進了屋裡，尚未來得及行禮問安，紀夫人便笑容滿面地朝他招招手。「淮兒過來，娘給你看樣好東西。」

紀淮挑眉。每回娘親笑得這般春風滿面地讓他過去看好東西，十之八九是……

「淮兒你看，這姑娘長得可俊？」紀夫人笑盈盈地展開畫軸。

果然如此！

紀淮瞄了畫卷一眼，平靜無波地道：「眼睛小了些，嘴巴又大了些，娘親的審美水準有所下降啊。」

紀夫人惱瞪他一眼。「上回嫌那位眼睛太大、嘴巴太小，這回又反了來說，娘瞧你是存心找碴！」頓了一下，突然有些得意地道：「就知道你不會老老實實的，幸好娘早有準備！」

紀淮一怔。早有準備？

只見紀夫人又翻出一幅畫卷，小心翼翼地展了開來。「這位又如何？可挑不出毛病了吧！這容貌，放眼整個燕州城也挑不出幾個來，更不必說她還是易州陶家的姑娘，琴棋書畫、詩詞歌賦無一不通，便是女紅、廚藝亦是不落人後。」

紀淮循著她手上的動作望去，見畫中女子果然是難得一見的佳人，他就算再挑剔也不得不承認，以往那些推搪之話確實不適用於畫中人。

紀夫人看他沈默不語便更得意了。「沒話說了？此畫娘可是千辛萬苦才得到的，你若是沒有異議，娘便去試探一下陶夫人的意思，她如今剛好在永昌鎮上。」

紀淮聽她這般說，下意識地反駁道：「怎的就沒話說了？有的！她她……她力氣太小了！」

紀夫人嗆了一下，掏出帕子半掩著嘴咳個不停。

紀淮慌得欲伸手幫她順順氣，卻被紀夫人一把推開。

「你你這、這……僅是看幅畫怎知對方力氣是大是小？再者，又有哪家人挑媳婦要挑力氣大的！」

紀淮亦是想不到自己脫口而出的竟是這樣一句話，有些尷尬地摸摸鼻子。

紀夫人恨恨地瞪著他。「你倒是給我找一個讀書識字、容貌佳又有力氣的來啊！只要你尋得到，不管對方家世如何，娘立馬找人上門提親去！」

讀書識字、容貌佳又有力氣？一個快快樂樂的嬌俏身影從他腦中浮現出來，驚得他用力拍了下去。

「別人家的男兒到你這等年紀，即使還未成親，也早把親事訂下來了，偏你這般挑三揀四，讓人不省心！」紀夫人惱道。

紀淮不敢反駁，老老實實地低頭挨訓。

紀夫人見他如此反應，如同一拳打在棉花上，頓覺無力。

「罷了罷了，我不管你了，你出去吧，瞧著就糟心！」她沒好氣地朝他揮揮手。

紀淮只得躬了躬身，訕訕地退了出去。

「少爺，你回來了？」剛退出正房，便見他屋裡的丫頭挽琴驚喜地望著他道。

紀淮點了點頭，嗯了一聲後沒再說話，有些心不在焉地走往自己的東院。

挽琴癡癡地望著他的背影，久久回不過神來……

紀淮邊走邊納悶，方才怎會閃出那隻偽兔子的身影？難道是這段日子經常接觸之故？

想來應該是了，最近他接觸的姑娘家也就這一個，想到她自然也是合情合理。

為自己尋到了理由，紀淮的腳步變得輕快，他悠哉地觀賞起沿路的風景；但也不知是不是見慣了祈山村質樸天然的山山水水、野花野草，他竟覺這滿院由花匠精心培育的名貴鮮花還比不上柳家小院裡籬笆牆上爬滿的絲瓜藤！

這古怪念頭一起，他無奈地搖搖頭，也無閒情逸致欣賞了，大步往東院走去。

耷拉著腦袋坐在書房門沿上的小書僮，聽到熟悉的腳步聲，抬頭一望，見是拋棄他離府的主子，立即迎上前來可憐兮兮地哀求。

「少爺少爺，你可回來了，這回帶書墨一塊兒去吧，郭大娘年紀大了，又哪能伺候人？再說書墨伺候更用心、更方便啊！」

紀淮含笑瞄了他一眼，施施然地進了書房，書墨寸步不離地跟上去。

「少爺少爺，還是由書墨跟著伺候吧，萬一你沐浴時郭大娘不小心闖了進去，那豈不是要丟了清白？又或是忘了帶衣裳，郭大娘也不方便給你送進去啊！」

聞言紀淮一個踉蹌，差點一頭栽到地上去。

他當年到底是何等鬼迷心竅才會挑了這麼個書僮啊！

「少爺，你怎麼走路也這般不小心，還是書墨跟著好，這會兒若換做郭大娘肯定扶不住你！」書墨忙不迭地扶著他，一臉「我比郭大娘有用多了」的自豪表情，胸膛也不自禁地挺了挺。

紀淮咳了幾聲，輕輕推開他扶著自己的手，滿臉無奈。

「你要去也不是不可以，就是得老老實實的……」本想著再叮囑幾句，但見書墨如搗蒜似地猛點頭，突地沒了繼續說下去的意思。「就這樣吧，你先下去收拾收拾，明日再與我一起到祈山村去。」

書墨心願得償，笑逐顏開地謝過了紀淮，歡歡喜喜地出門往自個兒屋裡收拾行囊去了。

「書墨來了？快過來，伯母新熬了湯，你嚐嚐這味道如何？」高淑容眼睛一亮，喜不自勝地朝捧著空罈子跨進屋裡的小書僮招招手。

不怪她這般待見書墨，她往日做菜，問柳敬南及三個子女意見，都只得幾聲乾巴巴的稱讚，可這位小書僮倒不同，居然能將她每樣菜裡放了什麼調料都說得一清二楚，偶爾還能與她討論怎樣做才能使味道更佳，得此知音，這又怎能不令她欣喜若狂？

「書墨，你上回說的那故事結局如何了？今日再給我說完吧！」柳琇蕊見紀大才子身邊那位有趣的書僮又來了，急急將最後一件衣服晾好，擦擦手迎上前。

「稍等，我先嚐嚐伯母新做的湯。」書墨對她點點頭，迅速朝高淑容奔去。「伯母伯母，又做了什麼好吃的，快讓書墨嚐嚐！」

「好好好，你嚐嚐，看看味道如何？還有沒有須改進的地方？」

「書墨，你那故事打哪兒聽來的？可有話本？」柳琇蕊追在他身後問。

「書墨，你上次教的那種編織蟈蟈籠的方法，有處我不大記得了，你再給我示範一遍。」柳耀海撓撓頭，拿著幾根草向著書墨走去。

「書墨……」

礙眼，相當礙眼！

紀淮眯著眼盯著被柳家人圍在中間、如眾星捧月的書墨，頭一回看這跟在自己身邊數年的書僮如此不順眼。

差別待遇，絕對是差別待遇！

那隻偽兔子何時這般討好地對自己笑過？瞧瞧，居然還伸手去扯書墨那混帳的衣袖，不知道男女授受不親嗎？《女誡》、《女則》學到哪裡去了？看來得尋個機會就此問題與恩師商討一番！

他又轉頭冷颼颼地盯著小書僮的後腦勺。這小子，實在不應該帶他來的！

正滿臉幸福地喝著湯的書墨，突然感覺背脊一涼，不由自主地打了個寒顫。怪了，如今這般天氣他居然還會覺得冷？莫非是昨夜又把被子踢下床之故？

「書墨可是著涼了？待會兒伯母給你熬點薑湯，現下天氣雖然還算暖和也要注意身子，受涼可大可小，千萬不能小瞧了。」高淑容察覺他的反應，關切地道。

書墨揉揉鼻子，不在意地擺擺手。「不礙事不礙事，多謝伯母好意，書墨多喝幾碗伯母熬的肉湯，心裡一高興，什麼病也沒了！」

高淑容被他逗得笑個不停。「好好好，你若喜歡便多喝幾碗，今後若有什麼想吃的也儘管和伯母說，伯母做給你！」

「多謝伯母，伯母待書墨真好！」小書僮感激涕零地道。

紀淮實在看不下去了，啪地一下將摺扇收回，再正正衣冠，大步邁進了屋。

「柳伯母。」他朝著高淑容躬了躬身。

「慎之來了啊，你柳伯父在裡頭呢！」高淑容百忙中朝他笑笑道。

紀淮想說他並不是來尋柳敬南的，可高淑容卻已轉過頭去與書墨討論應該往湯裡加些什麼樣的藥材更好。

他嘴角抽了抽，轉身又衝著柳琇蕊作揖。「阿蕊妹妹。」

「紀大哥。」柳琇蕊應付性地喚了他一聲，隨後繼續扯著書墨的衣袖追問。「書墨，你再說說，後來又怎樣了？」

這這這……

紀淮不由氣結，再瞧瞧追在那三人身後離去的柳耀海的背影，又恨恨地剮了自家那個笑得見牙不見眼的小書僮一眼，一拂衣袖，腳步一拐，往屋裡尋柳敬南去了。

「少爺，書墨回來了！」書墨雙手吃力地提著個大食盒，步履維艱地一步一步挪進門。

正在看書的紀淮淡淡地斜睨他一眼，視若無睹地將視線重又投到手中書冊上。

「少爺，這些菜都是柳伯母親手做的，味道比咱們府裡廚娘做的好多了，你嚐嚐這湯，可入味了！」書墨殷勤地布好碗筷，並裝了一碗湯送到紀淮面前。

紀淮卻仍是盯著書冊，嗓音一如既往的清清淡淡。「少爺瞧你倒有點樂不思蜀了，當初是誰說自己比郭大娘伺候得更用心的？」

書墨嘻嘻地傻笑幾聲，撓撓腦袋瓜子，他的確有些樂暈頭了，誰讓這裡比在府裡有趣多了，既有好吃的又有好玩的，便是跟著柳家兄弟上山砍柴亦別有一番趣味。

紀淮掃了他一眼，看他那傻乎乎的模樣不禁搖了搖頭，他將書冊放下，站起身來拍拍衣袍，在書墨殷勤服侍下坐到了小圓桌前。

「你可都吃過了?」見桌上只放著一碗米飯,他側頭問。

書墨訕訕地摸摸鼻子,小小聲道:「在、在柳家吃過了……」

紀淮無奈長嘆,再次質問自己當年怎就挑了這麼一個完全沒有當下人自覺的書僮!

「少爺,你嚐嚐這個,這可是柳伯母按書墨所說的方法做出來的,味道可真不錯!」小書僮機靈地轉移話題。

「你也就對吃的比較熱心,若是郭大娘知道你這般偷懶,瞧你還能否這般得意。」紀淮瞪了瞪他,有些恨鐵不成鋼。

「少爺,書墨向你保證,絕對會好好地留在家中伺候你!」書墨立即舉起右手立誓。

「嗯哼。」

「少爺,方才阿蕊問書墨為何會取這個名字,書墨都不知該如何回答她。」書墨繼續布著菜,有些苦惱地道。

「你就說你家少爺我當時一手翻書,一手磨墨,這才給你取了『書墨』這名字。」紀淮沒好氣地瞥了他一眼。

「啊?哦。」書墨撓撓頭,片刻慶幸地拍拍胸口。「幸虧少爺你沒讓我叫『二手』。」

紀淮嗆了一口,背過身去咳個不停。

「少爺,你小心別噎著了。」書墨一邊幫他拍拍背,一邊又無比疑惑地自言自語。「你說我爹當初為何給我取名『二木』呢?難道他當時手上剛好拿著兩塊木頭?」

紀淮霎時咳得更厲害了,好不容易緩過氣來,他恨恨地瞪了仍喋喋不休的小書僮一眼。

「不許再多話！」

書墨隨即乖巧地閉上嘴，不敢再出聲，待主子用完晚膳，他乖乖地收拾碗筷拿到廚房裡洗乾淨，這才回到書房。

「書墨，磨墨。」紀淮不疾不徐地吩咐。

「好咧！」

「書墨，裁紙。」

「好咧！」

「書墨，倒茶。」

「好咧！」

「書墨……」

可憐的小書僮被記仇的主子使喚得團團轉，好不容易紀淮終於良心發現，這才饒過了他，他累得癱坐在地上。

「少、少爺，阿、阿蕊說明日柳伯母會醃些小菜，書墨想去幫幫忙。」歇息過後，書墨期期艾艾地開口徵求主子意見。

紀淮放下手中的筆，抬起頭盯著他答非所問。「阿蕊？」

書墨用力點點頭。「阿蕊是這般告訴書墨的，少爺你瞧著可好？」

紀淮嚴肅地望著他，正色道：「女子閨名豈能訴之於外男之口！」阿蕊阿蕊……這小子倒是叫得挺親熱啊！

「可、可是大家都、都這般叫啊！」書墨結結巴巴地小聲反駁，待見主子的臉色，他也只能老老實實地點頭回道：「知道了……」

紀淮滿意地點點頭，將剛完成的畫作捲好收至櫃子裡。

「少爺，今日柳家來了位五大三粗的黑臉大叔，壯得像座小山一般，卻總對著柳家幾位叔伯鞠著身子，便是對阿蕊……姑娘也是畢恭畢敬的，可柳二伯卻讓阿蕊……姑娘兄妹幾個喊他安伯伯。」書墨安靜了一會兒，忍不住又湊上前來嘰嘰咕咕地說個不停。

紀淮手中動作一頓。「安伯伯？」

見主子有興趣，書墨頓時來勁了，眉飛色舞地將在柳家所見所聞繪聲繪色地道了出來。

「那黑臉大叔一臉大鬍子，站在門口都差點堵了半邊，說起話來像擂鼓一般，他是跟著柳四叔來的，柳四叔你可見過？聽阿蕊……姑娘說他已經離家好幾個月了，今日方回來。再說那黑臉大叔一進門見了柳二伯便咚的一聲跪了下來，嚇了書墨好一大跳，柳二伯也被嚇到了，好半會兒才回過神來扶起他，兩個大老爺居然就在院裡淚眼汪汪了，少爺你說奇不奇怪？」

「然後呢？」紀淮不答反問。

書墨也不在意，又手舞足蹈地道：「然後柳二伯又帶著他去見了柳大伯及柳三伯，黑臉大叔照舊是撲通一下跪下來要磕頭，不過卻被柳大伯阻止了，這幾位又是一番淚眼汪汪！」

說至興起處，他順手將紀淮面前的茶碗端過來灌了一口，擦擦嘴巴繼續道：「接著柳二伯便領著他見過了柳家幾位伯母以及阿蕊……姑娘等幾位小輩，黑臉大叔激動得鬍子一翹一翹的，其實若不是那些大鬍子遮著，書墨想他整張臉都會是紅通通的。」

紀淮不動聲色地瞄了一眼自己方才才喝了一口的那杯茶，如今茶碗都已經見底了，他語氣平靜地繼續問：「再然後呢？」

「再然後？」書墨撓撓頭，兩手一攤。「沒了。」

「怎的就沒了？」紀淮皺眉。

「柳家四位叔伯與那黑臉大叔後來到屋裡敘舊，書墨便到廚房幫忙去了。」

紀淮喉嚨一堵，為之氣結。這混帳就知道吃！

不過，將柳家今日這事以及平日言行結合起來，他更加確定這柳家果然不是普通的獵戶人家。男兒膝下有黃金，若只是普通故友來訪，怎會又是跪又是磕頭的？想來，這位「黑臉大叔」絕不是故友，是昔日屬下的可能性反倒更大！

這位書墨口中的「黑臉大叔」安炳德的到來確實給柳家兄弟帶來了極大的震撼，他們退隱祈山村二十年有餘，這還是頭一回見著故人，兄弟四人乾脆與安炳德徹夜秉燭夜談。

「若是老太爺及兩位老爺子尚在，見到如今柳家後繼有人，不知會有多高興。」安炳德感嘆道。

一聽他提起祖父及父親、叔父，柳家四兄弟便沈默了，屋裡原先還洋溢著久別重逢的喜悅，頓時陷入了沈重的悲傷當中。

安炳德見自己一番感嘆引得氣氛突變，乾咳幾聲，趕緊轉移話題。「炳德方才見三公子武藝高強，再加上那等容貌，竟與他曾祖父一般無二，果真是後生可畏啊！」

柳敬南勉強笑笑。「小兒頑劣，哪及得上祖父當年風采。」

「二少……過謙了，三公子年紀輕輕便有如此武藝，假以時日必是國之棟樑。」

柳敬南苦笑道：「我只盼著他一生平安，不敢想著什麼國之棟樑，炳德休要再說。」

「娘，那位安伯伯是什麼人？為何見了我們便是又哭又笑的？」這晚躺在床上，柳琇蕊小小打了個呵欠，含含糊糊地問高淑容。

高淑容憐愛地撫摸著她的長髮，柔聲道：「許是妳爹許久未見的好友，久別重逢自是激動了些……快睡吧，明日還要早起呢！」

「嗯，娘也早些睡。」

高淑容替女兒掖了掖被角，靜靜地坐了片刻，見她很快便發出一陣均勻的呼吸聲，這才若有還無地輕嘆一聲，挪動腳步回房歇息。

當年她對柳敬南及柳家並無半分瞭解，僅憑著滿腔的愛慕，不顧女兒家的矜持主動提起婚事，會不會過於輕率了？

這柳家，到底隱藏著什麼她不知道的秘密？還有她的枕邊人……是否亦在瞞著她什麼？

高淑容苦澀地笑了笑，做了十幾年的夫妻，直至今日她都未曾全然瞭解枕邊人，她原以為他像她爹那般，只不過是個不善表達之人，可有時她又覺得他身上有一股從內心深處散發出來的沈重。

她承認成婚至今柳敬南確實做到了好夫君、好父親應做的一切，對她、對子女都是愛護有加，可夜深人靜之時，她知道，他總會默默地轉過身來，輕柔地撫著她的臉龐，隨後發出一陣輕嘆，似是掙扎無果，又似是釋然……

吱呀一聲房門被推開，緊接著熟悉的腳步聲傳來，高淑容下意識地閉上一夜未曾合過的雙眼。

感覺到床邊輕輕下陷，良久，耳邊恍似飄過一聲低沈的嘆息，她心中一緊，雙手不自覺揪緊了被子。

柳敬南溫柔地來回撫摸著她光滑細膩的臉龐，俯身在她嘴角輕輕落下一吻，喃喃細語。

「這些年，幸虧有妳。」

她呼吸一窒，接著便感覺到對方躺到了身側，環抱住她的腰肢，隨後整個人落入了一個厚實溫暖的懷抱。

高淑容心中百感交集，許久後卻釋然了。這男人心中也是有她的，或許沒有像她那般有著熾熱情感，可初遇他時她不就清楚他的性情了嗎？在她人生當中從沒有後悔之事，以往沒有，她相信今後也不會有！

這個男人，是她要攜手百年的夫君，無論他有著怎樣的過去，當年他既允了娶她，這些年又盡職盡責，她也沒什麼好遺憾的了。

壓抑整晚的心事得到了抒解，她含著笑在柳敬南懷中尋了個舒適的位置，沈沈睡去……

第八章

「娘，妳起晚了。」少有地見娘親居然起得比他要晚，柳耀海得意地搖頭擺腦。

「是娘不好，都餓了吧？娘給你們做點吃的。」高淑容略帶歉意地笑笑，將圍裙圍好，便要往廚房裡去。

「娘，不必忙了，書墨帶了吃的過來，大家都給妳留著呢！」柳耀海慌忙拉住她。

「書墨來了啊？」高淑容有些意外。「怎的這般早？」

剛邁進門的柳耀河聞言，有些無奈地道：「娘，妳忘了？昨日妳說今早要醃些小菜，書墨便嚷嚷著要來幫忙。」

高淑容失笑。「確有此事，瞧我這記性。」

此時另一邊，紀淮醞釀了許久，這才挪步來到正在菜園裡澆水的柳琇蕊身邊，結結巴巴地喚。「阿阿、阿蕊！」

柳琇蕊奇怪地望了他一眼。「怎麼啦？可是要挑些喜歡的菜？」

紀淮嘴唇抖了抖，清咳一聲，鎮定自若地道：「非也，阿蕊，妳好生澆水。」言畢，有些飄飄然地進了屋。

「這書呆子，莫非讀書讀傻了？」柳琇蕊盯著他飄浮的身影嘀咕道。

阿蕊……阿蕊……恩師取的名字果然是極好的！紀淮心滿意足地暗自點頭。

柳琇蕊對安炳德仍滿是好奇，她從不曾聽父母提起自家還有這麼一位「伯伯」，加上這位伯伯每每見了她總會熱淚盈眶，又是歡喜又是抹眼淚，反更讓她心癢。

她不止一次問高淑容為何這位安伯伯見到她會如此反應，可高淑容都只是拿話搪塞她。這會兒，她又忍不住跑去問，高淑容忙進忙出的哪有心思應付她，直接訓斥了幾句，讓柳琇蕊委屈不已。

「什麼嘛，我也是覺得奇怪才問問的，不回答便不回答，做什麼又要罵人……」她坐在離村頭不遠的小河邊，一邊不滿地咕噥，一邊撿起身旁的小石子用力擲入了河裡，直激起陣陣水花。

「誰又惹了小叔叔的小阿蕊了？」

親切溫和的熟悉男嗓在她身後響起，她驚喜地回過頭。

「小叔叔！」嬌憨地扯著柳敬北的衣袖晃了晃，柳琇蕊仰起頭高興地望著他。

柳敬北笑笑地彈了下她的額頭。「可是又被妳娘罵了？」

這小姪女撒嬌耍賴樣樣在行，偏還能裝出一副乖巧聽話的模樣，讓人罵也不是、打也不是，也就她的親娘能抵擋得住她這套。

「可不是，阿蕊只不過是想問問為什麼安伯伯每回見了我都是又哭又笑的，她不回答還罵我！」柳琇蕊乘機訴苦，抓著柳敬北衣袖的小手不住地晃啊晃。

柳敬北無奈地望望被她扯歪了的衣袍，待聽了她的話後臉色一僵，片刻，輕嘆一聲。

「妳安伯伯也是太高興了，他與妳爹爹相識時還沒有你們兄妹三人，如今久別重逢，得知故人有後，一時心中激動才這般失態。」

柳琇蕊恍然大悟，努努嘴道：「就這般簡單的事娘也不肯好好說，偏要罵人！」

柳敬北失笑，二嫂是個急性子，做事都是風風火火的，忙碌起來更是缺乏耐心，但也因她這樣的性子，柳家歸隱後的日子才過得有聲有色。

得到了滿意的答案，柳琇蕊高高興興地站起來拍拍身上沾染的塵土，邁著小碎步跟在柳敬北身後嘰嘰咕咕地說個不停。

「小叔叔，阿蕊給你做了兩雙鞋，也給爹做了一雙，爹和娘都說我做得比上回更好了，等會兒回到家裡我拿給你試試，看合不合腳，若是不合腳我再改改。對了小叔叔，我會繡百鳥朝鳳了，大伯母說我繡得比她當年初學都要好呢！可娘卻不信，說大伯母這是在鼓勵我。還有啊，小叔叔，二哥前些日獵了一隻鹿，他可高興了，可惜你不在家，否則也能嚐嚐鹿肉了……」

柳敬北一路聽著姪女吱吱喳喳地說些瑣碎事，嘴角笑意越來越濃。這個小話癆！

沿途山青水秀，鳥語聲聲，他微微仰頭望了望萬里無雲的湛藍天空，心中有些許唏噓，偶遇故人並不在他意料當中，重逢那一刻，他承認過往沈重的回憶又在腦海中浮現，但那也只是小片刻工夫。

如今想想，大概是這二十年來的平靜生活讓他逐漸學會了放下，不管是祖父、父親與伯父的逝去，還是曾經心悅的女子捨棄自己而去，彷彿都隨著時間的流逝慢慢沈澱到記憶深處，再不能輕易激起心中半分波瀾。

叔姪兩人一前一後地進了家門，高淑容恰好端著盆子從屋裡出來，見這兩人一同回來，先是向柳敬北點頭致意，隨後皺眉衝著女兒道：「跑哪兒偷懶去了？趕緊到廚房裡幫妳大伯母洗菜去！」

柳琇蕊清脆地應了聲，三步併作兩步地竄進屋去。

柳家來了貴客，宴席自然得由妯娌三人當中廚藝最好的高淑容準備，李氏與闞氏兩人也只是到二房這邊打下手。

「阿蕊，把菜端過去，小心別摔著了。」李氏將剛起鍋的青菜裝好，側頭吩咐道。

「知道了！」柳琇蕊洗洗手，再擦乾水漬，這才小心翼翼地捧著熱氣騰騰的一碟青菜往西屋廳堂走去。

「如今四海昇平，西南兩國臣服，邊境安定，皇上年紀雖輕卻是位有道明君，大商國文有丞相林煒均、武有將軍慕錦毅，君臣齊心，是江山之幸、百姓之福，起復一事，炳德就別再提了。」

柳大伯沈穩的聲音透過窗戶傳出來，令柳琇蕊不知不覺停下了腳步。

「炳德只是有些許不甘。世有柳，又有慕；柳長慕消、有慕無柳。若是老太爺仍在，又——」

「生死有命，富貴在天，慕將軍宅心仁厚、用兵如神，當年若不是他多方照應，我兄弟三人絕無平安歸來的可能，柳家更無法全身而退。對他，咱們柳家心服口服！」

柳琇蕊聽得滿頭霧水。又是丞相又是將軍，又是柳又是木的，這說的是什麼呢？她搖搖頭，將這些想不明白之事扔到一邊，大步跨進了屋裡。「菜來了！」

安炳德在柳家逗留了兩日便要告辭離去，柳家兄弟四人苦留無果，終是親自送了他出村口。

「炳德就此拜別，少……多多保重！」

「炳德無須多禮，你我今後兄弟相稱便可，山高水遠，望君千萬珍重。」柳敬東用力拍了安炳德肩膀一下，誠懇地道。

安炳德虎目含淚，甕聲甕氣地嗯了一聲。

「耀江、耀河、耀海、耀湖，你們兄弟幾個來向安伯伯行個禮。」柳敬東轉過身去沈聲吩咐兒子及幾位姪兒。

「好。」柳耀江率先走了過來，朝著安炳德躬了躬身。「安伯伯。」

「大公子萬萬不可！」安炳德大驚失色，慌忙伸手欲去扶，卻被柳敬東阻止了。

「這禮你受得起，若無炳德，便無如今安然無恙的柳家。」

安炳德無法，只得又先後受了柳耀河三人的禮。

「送君千里，終須一別，各位請留步。」行了片刻，安炳德停下腳步向眾人拱拱手。

柳琇蕊遠遠望著叔伯父兄幾人護送那位古古怪怪的安伯伯出了村口，秀眉微蹙，咕噥道：「來得突然，走得也突然。」再學著柳敬南的樣子嘆了一聲，便慢悠悠地邁入了家門。

安炳德的到來與離去，對柳琇蕊來說，正如擲入河裡的小石塊，只不過激起了小小一片水花，很快便沈入河底。

「我當初就說過了，那黃吉生和別的女子不乾淨，偏妳們還不相信，非要說我詆毀人家，如今出事了吧？被未來丈母娘撞個正著！哎呀喂，丟死人！」

柳琇蕊從葉英梅家出來，經過往日洗衣的小河邊，一把高亢且洋洋得意的中年女子聲音傳過來，讓她止住了腳步。

「日子都擇好了才發現這醜事，先前要信了我的話，早早退了親，又哪會落得如今這地步！」村裡有名的大嘴巴阿牛嬸幸災樂禍地衝著正在河邊洗衣的幾位大嬸道。

「可不是，碧蓮娘都已經準備好嫁妝了，還到鎮裡添置了不少成親所須的東西，如今親事卻被擱置，也不知以後還成不成得了。」一位大嬸插進來惋惜地道。

「要我說啊，這樣的夫婿有不如無！還沒成親就這般不要臉面，萬一碧蓮丫頭嫁進去，指不定要吃不少苦頭呢！」另一位正搓洗著衣物的大娘滿臉不屑地出聲。

「哎，話雖這樣說，但碧蓮丫頭這會子退親又去哪兒尋一門好親事來？」

「就是啊，家裡有錢、本人又是秀才，這麼好的條件打著燈籠也找不著啊！」

「依我說他們家該不會明明知道了卻裝不知，等著生米煮成熟飯再來鬧一回吧？」

「應該不會吧……」

「我瞧著也難說，指不定還真是那麼回事！妳瞧往日碧蓮那蹄子的張狂樣，還不是覺得自己有了好親事，這才連看人都是鼻孔朝天的！」
柳琇蕊呆立當場，她怎麼也沒想到這事居然還是鬧大了，難道黃、章兩家親事有變？那幾位洗衣的婦人陸陸續續離去，她仍是怔怔的反應不過來，直至肩膀被人拍了一下。
「阿蕊！」
柳琇蕊嚇了一跳，回頭一看，見章月蘭笑咪咪地望著她。
「在這傻站什麼呢？叫了妳好幾遍都沒反應。」
柳琇蕊有些呆滯地望了望她，半晌才喃喃道：「月蘭，碧蓮姊的親事……」
章月蘭臉上的笑意斂了起來。「妳也聽說了？大嬸子可是氣得當街追著那黃吉生打。如今碧蓮姊把自己關在房裡哭個不停，誰去勸都不聽，兩家的親事暫且擱置了下來，也不知以後是繼續還是取消。」
「便是退親也是那黃吉生的錯，又與碧蓮姊何干？為什麼大家都說她退了親之後難再尋好親事？」柳琇蕊有些悶悶地道。
章月蘭故作老成地長嘆一聲。「這世間對女子總是苛刻些的。」稍頓一下又義憤填膺地道：「難怪戲裡那些拋妻棄子的總是讀書人，大嬸子確是該狠狠地打他一頓！」
「可不是，我大哥也說那些識幾個字、會唸幾首酸溜溜的詩的人最不可靠，金玉其外，敗絮其中，最愛騙小姑娘！」柳琇蕊瞬間加入聲討當中。
「正是這個理兒！」章月蘭用力點了點頭。
兩人並肩離去，一路撻伐戲裡戲外那些欺騙小姑娘的負心人。

黃、章兩家的親事終是在村裡傳得沸沸揚揚，章碧蓮原是村裡大姑娘、小姑子們暗暗羨慕的對象，如今倒處處被人指指點點，或是同情，或是諷刺，讓她又羞又惱又恨，連日來都不敢再出門。

柳琇蕊曾到章家去尋了她幾回，但每回都被擋在門外，章碧蓮依然是誰也不願見。今日再次見不到人，她悶悶不樂地踢著路上的小石子往自家走去。

「阿蕊！」

肩膀被東西打中，柳琇蕊下意識地回頭，見一位年約十五、六歲，一身短打的男子正衝著她咧嘴笑。

她怔了怔，只覺得這人似曾相識，但又一時想不起來。

「阿蕊，我是魯恒旭啊！」對方見她如此反應，樂呵呵地提醒道。

「魯恒旭……」柳琇蕊擰著眉頭想了片刻，驚喜地歡叫出聲。「啊！你是魯伯伯家的恒旭哥哥！」

魯恒旭憨憨地撓撓後腦勺。「嘻嘻，妳總算想起來了！」

「恒旭哥哥，你怎麼在這裡？魯伯伯與魯伯母呢？」

「爹到這附近查案，我是跟著他來的，娘這會兒應該在妳家裡了。」魯恒旭笑呵呵地道。

「你如今已跟著魯伯伯辦案了？」魯恒旭自小便希望將來能成為像他父親魯耀宇那樣的

神捕，破天下奇案，為民申冤，是以柳琇蕊才有此問。

「爹只讓我跟在他身後看，至今我一樁案子都不曾破過。」魯恒旭訕訕地道。

「你跟著魯伯伯慢慢學，總有一日會與他一樣的！」柳琇蕊安慰道。

「嗯，我娘也是這般說。對了阿蕊，我前幾個月去了趟京城，見了許多很厲害的人，還得了些稀罕物，只可惜這回跟著爹出來得急，沒帶在身上。」

「不要緊，下回你來的時候再帶！恒旭哥哥，你可還記得以前你在我家院裡種下的那棵小樹苗？如今都長得比我高了。」

「果真？這倒要瞧瞧，我原以為它肯定活不長呢。」

此時紀淮正巧在自家門前，遠遠望著柳琇蕊與一名陌生的年輕男子一前一後地走來，在和煦的陽光照射下，映得兩人的身影格外耀眼，讓他不由得瞇起了雙眼。

「恒旭哥哥，若是二哥知道你來了一定很高興，他這會兒與大哥到山上砍柴去了。」走至柳家門前，柳琇蕊與沖沖地推開了院門，連站在她不遠處的紀淮都未曾留意到，反倒是魯恒旭朝他點頭致意。

恒旭哥哥？紀淮眉頭一皺。叫得可真親熱……再對比一下她對自己的稱呼，他頓覺心裡堵得厲害。

朝魯恒旭點了點頭，他轉過身踱進了屋裡，坐在書案前心不在焉地翻著書卷，往日能讓他全身心投入的聖賢書，如今倒是半個字也看不進去。

「書墨！」合上書卷，衝著門外喚了聲。

「少爺！」小書僮歡歡喜喜地跨了進來。

紀淮無奈地望了望他嘴角沾著的糕點渣子，吩咐道：「把嘴擦一擦，再把昨日剛得的新茶葉送些到隔壁去。」

書墨麻利地在嘴上抹了一把，抱起裝著茶葉的罐子，笑呵呵地應了聲便退了出去。

紀淮手指輕敲桌面，心中默默數著書墨離去的時辰，直到他耐心都快宣佈告罄了，才聽到熟悉的歡快腳步聲。

「少爺，書墨把茶葉送去了，柳伯母恰好在招待客人，立馬便用上了，還讓書墨回來向你表達謝意。」

「嗯，可知是哪位客人？」紀淮埋首書卷，嗓音清淡無波。

「據說是位姓魯的捕頭的夫人及兒子。」書墨撓撓頭回道。

「魯捕頭家的啊……」

「是呀，書墨還聽說那位魯家公子幼時曾在柳家住過一段日子，與柳家人關係可好了。」書墨順手將小圓桌上擺放著的糕點塞了一塊進嘴裡，聲音含糊地道。

紀淮正翻著書頁的手一頓，片刻又若無其事地道：「哦？倒也難怪了。」話雖如此，他卻覺得心裡似是堵得更厲害了。

「對啊，就像是少爺以前曾唸過的一首詩，怎麼唸來著……」書墨冥思苦想，半晌，猛地一拍腦門。「想起來了，是『郎騎竹馬來，遶床弄青梅』，少爺你瞧，書墨也會唸詩了！」

他洋洋得意地仰頭挺胸，一副「快誇我吧、快誇我吧」的小模樣。

紀淮雙唇抖了抖，手上一用力，差點將書頁扯開來。

郎騎竹馬來，遶床弄青梅……一幅兩小無猜的溫情畫面在他腦海中浮現，他雙手一抓，「嘶」的一聲，手中的書卷終於被撕裂了。

「少爺？」書墨聽到響聲，疑惑地望向他。

紀淮一邊將皺巴巴的書撫平，一邊面無表情地吩咐。「去做飯，你家少爺餓了！」

書墨哦了一聲，奇奇怪怪地望了望他，這才走了出去。愛書成癡的少爺居然弄壞了書？他都要懷疑自己是不是看錯了。

紀淮懊惱地望著被撕出一道口子的書卷，對自己的反常亦是困惑不已，他小心翼翼地將撕裂的紙張黏好，確定再無其他損壞處，這才將書卷放回原處。

「月蘭啊，前幾日與村頭柳家阿蕊一塊兒回家去的那個小後生是誰？可是柳老二家替她選的夫婿？」阿牛嬸攔住正揹著草欲返家的章月蘭，試探著問。

章月蘭不高興地瞪了她一眼。「阿牛嬸，這話妳可不能亂說，阿蕊清清白白，妳這般說她，小心柳二嬸和耀海哥來找妳算帳！再說，那人是小時候曾在阿蕊家住過的魯家小哥哥，如今跟著魯家伯母來探望柳二嬸他們，怎的到了妳嘴裡就變了個味兒了？」

阿牛嬸訕訕然地乾笑幾聲，隨即又湊上前道：「他們兩家既然如此要好，便是結為親家也並非不可能……」

「這位大嬸，古語有云，利口偽言，眾所共惡，淑身涉世，謹行慎言，女子清譽何等重要，又豈容妳信口雌黃妄加揣測。」

正氣凜然的男子聲音乍響，讓欲再分辯的章月蘭下意識回過頭，只見一身靛藍書生長袍的紀淮神情嚴肅地望著阿牛嬸，句句擲地有聲。

他今日訪友歸來，偶遇阿牛嬸糾纏章月蘭這幕，聽她口中硬是將魯恒旭與柳琇蕊扯到了一塊兒，心裡頓時升起一股莫名怒火，待他反應過來之時，已經站了出來制止。

阿牛嫂被他鏗鏘有力的話語說得臉色青紅交加，尷尬地摸摸鼻子。「我就說說，就說說，我家中還有事，先走了先走了！」邊說邊退後幾步，接著轉身加快腳步離開了。

章月蘭怔愣片刻，而後向他微微行了禮。「紀公子。」

紀淮認出她是平日經常到柳家去尋柳琇蕊的女子，又見她方才出聲維護，心中多了幾分感激。「章姑娘。」

兩人稍稍問候了幾句便各自離去。

歸家途中紀淮仍是心情不暢，路經柳家門前，聽裡頭傳來魯恒旭爽朗的笑聲，想起方才阿牛嬸的話，眼神更為幽暗。

大步進了家門，一團白影向他奔來，他腳步一頓，彎下身子抱起白兔阿隱，用力掂了掂，滿意地點點頭。「嗯，果然又重了，看來書墨那小子貪吃的同時仍不忘照顧你。」

抱著阿隱進了書房，將其置於書案上，順手從一旁抽出一本書來，翻開幾頁唸道：「離坐離立，毋往參焉；離立者，不出中間……」

魯恒旭本是跟著神捕父親魯耀宇一起到祈山村的，哪知父子兩人剛抵達村口，魯耀宇便發現了手頭上一宗凶殺案至關重要的線索，只得匆匆叮囑了兒子代他向柳家長輩致歉，隨即馬不停蹄地趕去追查真相了。

而魯夫人金氏聽聞夫君、兒子要到祈山村來，想到多年未見高淑容，便也跟在父子倆身後到了祈山村，如今與魯恒旭一同暫住柳家。

閨中好友到訪，高淑容自然喜不自勝，今日特意親自下廚置辦了一桌酒席要招待金氏母子兩人，柳敬南對魯恒旭這位性情開朗、行事大度的晚輩印象頗深，又想到另一位深得他賞識的年輕人紀淮，遂吩咐柳耀海到隔壁邀請紀淮前來，想著也讓這兩位年輕人彼此認識一番。

紀淮應邀而來，與柳家父子三人及魯恒旭相互見過禮後，不動聲色地打量起讓他心口堵了幾日的「恒旭哥哥」。見他膚色黝黑，卻是劍眉星眼，相貌堂堂，頭上裹著石青色布巾，一身同色的短打，給人一種乾淨俐落之感。

神捕魯耀宇之子，果然不可小覷！

他心中既有讚賞，又覺憋悶，一聲不吭地連灌了幾杯酒，喝得似有暈眩之感方停下來，告了個罪走至屋外，沿著小院裡的籬笆牆慢慢踱著步子，直至前方一高一低兩道身影映入眼簾——

第九章

紀淮定定站立原處，愣愣地望著魯恒旭從柳琇蕊手中接過了什麼，頓覺暈眩感更重了些。

「阿蕊！」步伐不穩地往前走了幾步，他喚住正欲轉身返回屋內的柳琇蕊。

「紀書呆？」柳琇蕊回過頭來，見一向極重儀表的書呆子面上泛紅，那一身無論何時看來都是整潔乾淨的書生袍居然還沾了幾株乾草。

紀淮怔怔地看著她燦若星辰的雙眸，腦中一片空白，有些隱隱的念頭似是要從內心深處冒出來。

「你可是喝多了?娘煮了解酒湯，你先回屋裡坐著，待我給魯伯母回了話再端過去。」柳琇蕊見他直盯著自己一言不發，神情與平日大不相同，猜測著他許是喝高了；想到方才魯恒旭亦是如此，不禁擔心起父兄，是以想著乾脆把剛煮好的醒酒湯端到廳裡讓大家都喝上一碗。

原聽了她上半句話，紀淮心中旋即升起一陣愉悅之感，待那「魯」字迸出來，尚未來得及勾上去的嘴角便又垮了下來。

「阿蕊。」

「嗯？」柳琇蕊奇怪地望著他回了一聲。

紀淮被她盯得有些不安，他也不知道自己叫住她到底想做什麼，只是下意識便喚出聲了。

「離坐離立，毋往參焉；離立者，不出中間……」心裡一緊張，白日裡對著阿隱唸的《禮記》莫名脫口而出。

柳琇蕊更加納悶。這書呆子叫住她只是為了對她唸這些有的沒的？

紀淮唸了兩句，腦中突然靈光一閃，困擾了他幾日的不解頓時有了解答，他精神一振，清了清嗓子，語重心長地道：「阿蕊，紀淮既擔了妳一聲大哥，有些事便不得不教導妳一番，正所謂男女不雜坐，不同椸枷，不同巾櫛，不親授……」

柳琇蕊目瞪口呆地望著他一張一合的嘴巴。這……這書呆子喝醉了便學外祖父那般訓導她?!

「內外各處，男女異群。莫窺外壁，莫出外庭。男非眷屬……」紀淮揹著手滔滔不絕，臉上是柳琇蕊從未見過的嚴肅認真，令她頭大不已。

「二哥二哥！」瞄見柳耀海的身影，她忙不迭地大呼出聲，將這突然化身高老舉人的書呆子推了出去。「紀書呆喝醉了，你快扶他進去，娘尋我了，我先去一趟！」

「阿——」紀淮阻止不及，便被柳耀海用力挾住了手臂，半扶半拖地扯著往屋裡去，只能眼睜睜看著柳琇蕊的身影一下消失在視線內。

「阿蕊！」

柳琇蕊如同平日一般抱著洗衣盆外出，方拉上院裡的柵欄，便見紀淮清清爽爽地朝著她微笑，她身子不由自主地抖了抖，趕緊假裝沒看到他，加快腳步往外走。

這個書呆子也不知吃錯了什麼藥，這幾日每回見了面便囉囉嗦嗦地在她耳邊訓誡，從《女誡》、《女則》、《女訓》到《禮記》，但凡古書裡論及女子言行的他都要唸上幾遍。對方這般無視自己，紀淮也不惱，悠哉悠哉地跟在她身後，嗓音一如既往不疾不徐。

「凡為女子，當知禮數。女客相過，安排坐具……」

柳琇蕊被他如同唸經一般絮絮叨叨不停，一個按捺不住，猛地停下腳步回過身來盯著他。「鄉野人家的姑娘，又哪顧得了這麼多的禮！」

「阿蕊此言差矣，鸚鵡能言，不離飛鳥；猩猩能言，不離禽獸。今人而無禮，雖能言，不亦禽獸之心乎？夫惟禽獸無禮，故父子聚麀。是故聖人作，為禮以教人，使人以有禮，知自別於禽獸。」紀淮亦停下來正色道。

柳琇蕊暗暗咬牙，再三叮囑自己，這個書呆子除了囉嗦點，倒不曾有什麼惡處，絕不能動手！

她深吸口氣，極不友善地道：「你到底意欲何為？」

紀淮微微一笑。「愚兄不過是告誡阿蕊妹妹，魯公子雖與妳自幼相識，但如今年紀已長，男女七歲不同席，他又是外男，阿蕊務必時時刻刻以『禮』相待。」

不錯，這便是他思前想後得到的答案，他視柳琇蕊如妹，為了她的清譽著想，自然是不願見她與外男那般親近，是以連日來才會如此焦躁難安。

柳琇蕊蹙緊兩道秀眉反駁道：「恒旭哥哥是外男，你亦是外男，怎的不見你處處以禮待我？」

紀淮一窒，瞬間不知該如何反應。

柳琇蕊見自己把大才子駁得啞口無言，心中得意，昂起腦袋又道：「男非眷屬，莫與通名，可你怎就直喚我之名？」

紀淮徹底僵住了……

柳琇蕊衝著他揚揚眉，學他搖頭晃腦地道：「禮聞取於人，不聞取人，禮聞來學，不聞往教。」見紀大才子仍是呆呆愣愣的模樣，她抿嘴一笑，抱著洗衣盆，邁著歡快的腳步離開了。

「恒旭哥哥是外男，你亦是外男，怎的不見你處處以禮待我？」

柳琇蕊的話不斷在他腦中迴響，讓他眉頭越擰越緊。

是了，若論親疏，他比魯恒旭更為不如，憑什麼要求柳琇蕊差別對待？除了她的父兄，其他均是外男，他又憑什麼覺得自己能有等同於柳家父子的待遇？

再者，他往日待女子均是客氣守禮，為何對柳琇蕊卻從不知禮？

紀淮魂不守舍地折返家中，怔怔地坐在椅上，苦思不得其果。

「除了父兄外，其他均是外男……」他喃喃自語，話中似是飽含著唏噓，又似蘊著些許不甘。

一邊來來回回地擦著桌子、一邊哼著小曲的書墨耳尖地聽到自家少爺的低語，順口回了句。「怎麼會呢？夫君與兒子都不是外男啊！」

「夫君與兒子？」紀淮身子一下僵住了，某些在他不曾留意之時便已悄悄於心底深處扎根的念頭霎時如雨後春筍般冒了出來。

他傻傻地呆坐著，許久許久才低低地笑出聲來，繼而一聲輕嘆。

果真是當局者迷啊！

窈窕淑女，君子好逑，他怎會忽略至此？

回想自認識柳琇蕊以來的點點滴滴，他臉上笑意更深。老實說，他也曾想過未來與之攜手一生的女子會是何等模樣，或是溫柔賢淑的大家閨秀，或是嫻靜婉約的小家碧玉，就是不曾想過最終闖入他心裡的竟會是一個時不時讓他受挫吃癟的小丫頭！

不過，僅是在腦中想像一下將來若得那隻偽兔子長伴身側，他便有種說不出的愉悅之感……

「書墨。」

「少爺，書墨在呢！」小書僮立即停下手上的活兒，歡歡喜喜地奔至他跟前。

「左邊櫃中那盒綠豆糕賞你了！」紀淮眉梢輕揚，嘴角微彎，滿臉喜色。

「啊？果真？多謝少爺！」書墨料想不到他垂涎了幾日的綠豆糕竟這般意外地到手了。

紀淮沒再理會他，起身拍拍衣袍，施施然步出廳堂，邁入了書房當中。

「得尋個機會稟明爹娘，好讓爹娘著人上門提親……啊！不行，小丫頭終究年紀尚小，只怕柳家伯父、伯母未必同意。」紀淮抑住心中波動，一邊摩著手掌在書房內來回踱步，一邊自言自語。

既然認清了自己的心意，那便應該快手快腳地將人名正言順納入名下，讓那些什麼竹馬竹牛、哥哥弟弟再無覬覦的機會！

他反覆思量著接下來該如何達到目的，只可惜最終卻發覺沒有一條可行之路。柳琇蕊離及笄尚差兩年，以柳家父母對她的疼寵來看，必定要留至十六歲才許嫁，雖說大多數人家的姑娘都會在及笄前訂下親事，但從平日觀察即可窺知，柳伯母或許不會反對，但柳伯父就未必了。

一想到外表嚴肅、內心卻十分疼愛子女的柳敬南，他不禁有點頭疼。他如今能在柳家出入自如，便是因為柳敬南對他的信任，若是對方知曉自己居然「引狼入室」……

想到此處，他重重地嘆了口氣，看來要將小丫頭娶到手，並不是一件容易之事啊！

「魯公子現今已經會查案了？紀淮失敬、失敬！」紀淮站起身來，衝著坐在他對面的魯恒旭拱了拱手。

魯恒旭急忙起身還禮，憨憨地摸了摸後腦勺，不好意思地笑了笑。「我只不過跟在爹身後學習，倒不曾獨自辦過一樁案子，實在慚愧。」

「魯捕頭辦案如神，魯公子得其真傳，假以時日必有所成。」紀淮有禮地道。

「哈哈，承你貴言！」魯恒旭咧著大嘴笑道。

紀淮含笑品茗，不動聲色地觀察著，心中暗忖。這人性子倒是實誠憨厚，聽聞魯捕頭處事精明，想不到居然會有這樣一個率真老實的兒子。

「聽聞茶山縣城出了樁命案，一位員外半夜莫名橫死家中，財物卻絲毫無損，不知可有此事？」他輕輕放下手中茶碗，裝作感興趣的模樣問。

「確有此事！這案子如今在茶山縣傳得沸沸揚揚的，那員外死在他自個兒屋裡，房門、窗戶均反鎖著，縣裡的百姓都說他是遭冤魂索命，爹前些日便是因此案而未能到柳家來。」魯恒旭興致盎然地搬著凳子挪了過來。「紀公子，人人都說你才高八斗，你來判斷一下，這員外到底是不是被冤魂索命？」

「子不語怪力亂神，紀淮不才，但亦相信冤魂索命實屬無稽之談，若在下猜測不錯，這不過是樁密室殺人案罷了。」紀淮又呷了口茶，神色自若地道。

「我亦是這般認為，只可惜爹不讓我跟著去，這密室殺人我還是頭一回遇到，正好奇呢！」魯恒旭惋惜地嘆息一聲。

「紀淮手上有一本前朝徐公所作的《斷案錄》，裡頭記載了徐公所遇各式奇案，魯公子若有興趣，在下便將此書贈送予你。」

「果真？這《斷案錄》我尋了許久，一直不曾見到，想不到紀公子這兒竟然有！」魯恒旭大喜，興奮得一下子蹦了起來，可頓了片刻，又猶豫地道：「只是這《斷案錄》千金難求，紀公子如此慷慨，倒讓……」

紀淮朝他擺擺手。「魯公子不必如此，所謂良將遇良騎，此書乃徐公傾心之作，也只有在真正懂它之人手上才能更好地發揮其應有的作用，紀淮一介書生，實是暴殄天物了。」

魯恒旭思量了半晌，終是敵不過誘惑，用力一拍他的肩膀，朗聲道：「如此便多謝紀公子了，日後紀公子若有事須用到魯恒旭，魯恒旭赴湯蹈火在所不辭！」

「既如此，你倆倒不如直接兄弟相稱，還好過如今公子來、公子去的。」剛踏進門來的柳耀海見狀，涼涼出聲。

「阿海此言正合我意，紀公子若不介意，你我日後便兄弟相稱吧！」魯恒旭一拍大腿，爽快地道。

「自然不介意，紀淮虛長你幾歲，厚顏喚一聲，恒旭弟。」

「慎之兄！」

「好了好了，你們就不必再兄來弟去了，快隨我上山去。」柳耀海不耐煩地打斷他們，一手一個扯著兩人出門往山上去。

柳琇蕊納悶地望了望前方稱兄道弟、相談甚歡的紀淮及魯恒旭，這書呆子果然不可思議，才沒幾日又與恒旭哥哥套了近乎，她有些不厚道地想，也不知會不會有人不買他的帳。

紀淮斜睨到她的身影，不動聲色地移了移身子，擋住魯恒旭的視線。

知己知彼，方能百戰百勝，既然柳家暫無替女兒擇婿之意，那他便須想方設法將潛在的競爭對手一一掃清，待將來再一舉訂下紀、柳兩家親事！

紀、魯兩人相交，自是時不時聚於一處，而這日也不例外。

「聽君一席話，勝讀十年書，慎之兄真知灼見，令我茅塞頓開，往日竟是一葉蔽目了！」魯恒旭感嘆一聲，片刻又高高興興地拍了拍紀淮的肩膀。「可惜我無姊妹，否則你我兩人再添一層姻親關係那便更好了！」

紀淮被他拍得連連嗆了幾口，這人果真是……轉念一想，故作不經意地問道：「恒旭可曾訂了親事？」

魯恒旭傻笑幾聲，憨憨地摸摸後腦勺。「訂了。」

紀淮心中一突。訂了？莫非……

他強壓下心中驚慌，隨手拿起身旁一塊小石子，緊緊地握在手心裡。

「不知訂的是哪家姑娘？」

魯恒旭臉上一紅，有幾分羞澀地低聲道：「是自幼相識的姑娘……」

紀淮腦中轟地一下便炸開了。自幼相識的姑娘？青梅竹馬？魯家竹馬，柳、柳家青梅?!

他霎時覺得眼前一片昏暗，活至十八載，令他頭一回動了心的女子，居然早就有主了？

「……爹便與冉伯伯訂下了兩家親事，娘還說咱們家有個做捕頭的，他們有個做師爺的……」魯恒旭垂頭不好意思地持續說著。

可紀淮此時哪還有心思聽他說兩家的交情如何如何的好，只覺得心裡、腦裡均是空空如也，直到「冉伯伯」、「做師爺的」這幾個字竄入他耳中，他才猛地回過神來，努力按捺心中激動，試著探問：「與你訂親的，是姓冉的師爺家的姑娘？」

魯恒旭臉蛋紅紅地點點頭。「正是。」

撲通一聲悶響，鬆了口氣的紀淮一下撞到了石凳上，他無視膝蓋上那陣痛楚，揚著大大的笑容。「如此真要恭喜恒旭了，青梅竹馬、兩小無猜，天造一對、地設一雙，果真是羨煞旁人！」

被他這樣一說，魯恒旭臉上又紅了幾分，蚊蚋般小聲說道：「嗯，多、多謝慎之兄。」

再小聊幾句後，結束了今日小聚。

絲毫不在意書墨的驚呼，紀淮一拐一拐地走入了書房，將房門掩上，他再也抑制不住心中歡喜，仰首哈哈大笑。

如此甚好，甚好！雖然心情經歷了片刻的大起大落，但得知原來對手竟不是對手，他的阿蕊仍只是柳家的阿蕊，他便覺得通、體、舒、暢！

柳琇蕊連日來頭疼不已。

那紀大才子先前被她反駁了一回，她好不容易落得耳根清靜，只可惜這清靜不過持續了數日，紀大才子便不知又吃錯了什麼藥，近來見著她竟改唸起詩了，還是從「關關雎鳩，在河之洲。窈窕淑女，君子好逑」這《詩經》名篇開始，讓她無奈至極！難不成她學了《女誡》、《女則》不夠，還得把四書五經全學了個遍？

「得成比目何辭死，願作鴛鴦不羨仙。」

又來了！柳琇蕊無奈地撇撇嘴，用力搓洗著手上的衣服。這些個水鴨子有什麼值得人感嘆一番的，這都能讓他詩興大發？

紀淮留意到她的表情，暗暗嘆息一聲。這丫頭實在是個榆木腦袋，不解風情！

他隨手摘了兩片葉子，放到唇邊輕輕吹響，一陣悠揚的小調飄揚而出，讓柳琇蕊不知不覺停下了手中動作。

這書呆子還會用葉子吹曲？她大為驚訝，飛快地將手中的衣服擰乾水，扔進木盆裡，再擦擦手上水漬，抱著木盆三步併作兩步跑到紀淮面前。

紀淮挑眉，這〈越人歌〉她看來是聽懂了！

「紀書呆，你是怎樣做到的？用兩片葉子居然都能吹曲，教教我可好？」柳琇蕊滿眼閃閃發亮地望著他，一臉期待。

紀淮喉嚨一堵，再也吹不響了。

敢情這丫頭只關注到他會吹曲，卻沒有留意他吹的是什麼曲子？

「紀書呆，教教我吧，你不會這般小氣吧？」柳琇蕊見他神色古怪地望著自己，不明所以地又問了句。

紀淮挫敗地重重嘆了一聲。罷了罷了，再與她較真只會把自己堵個半死，對這隻偽兔子，就不能走平常之道！

他順手再摘了兩片葉子遞給她，見她歡歡喜喜地放下洗衣盆，又擦了擦手，這才小心翼翼地接了過去。

「就是這樣，吸氣，嗯，好，輕輕吐氣……」認命地當起了臨時先生，直到柳琇蕊能順利吹出曲子，紀淮這才尋了處草地坐了下來。

和煦的陽光穿透樹林的枝枝葉葉，在地上灑滿了星星點點的光圈，偶爾響起的幾聲蟲鳴伴著沙沙作響的樹葉磨擦聲，在這空空蕩蕩的小河邊顯得更為清晰可聞，望著沐浴在陽光當中、越吹越起勁的柳琇蕊，他不禁感到有些眩目……

「牛兒牛兒在坡上喲，田園綠野好風光喲，一方黃土一方天，山又高來水又長……」休憩一陣，也玩夠了後，柳琇蕊一邊抱著洗衣盆歡歡喜喜地往自家走去，一邊輕唱著不知名的農家小曲。

紀淮不緊不慢地跟在她身後，凝望著前方嬌俏快樂的身影，掏出懷中摺扇啪地一下展了開來，輕輕搖了幾下，臉上笑意淺淺。

這日，紀淮與柳敬南對弈完畢，又到柳敬北屋裡說了會兒話後，悠哉悠哉地踱到了院子裡。

「恒旭哥哥，給！」

拐角便見柳琇蕊遞了個荷包模樣的物品給魯恒旭，他停下腳步，微眯雙眼直直望著他們。

魯恒旭笑笑地接了過去。「多謝阿蕊。」

紀淮騰地一下升起滿腔怒火。這混帳不是已有婚約了嗎？為何還要接受阿蕊的禮物！

他神色不善地死死比著兩人之間的距離，也沒留意他們再說了些什麼。靠得太近了，有了婚約的男子應該謹守禮節，怎能與別的女子站得這般近，實在是不成體統！

直至魯恒旭告辭出了院門，柳琇蕊仍站立原地一動不動，恍若深思著什麼。

紀淮盯著她的背影好半晌，心裡突地冒出個念頭來。若……若阿蕊對那魯恒旭有那等心思……

想到此處，他不禁顫了顫。魯恒旭是有了婚約，而且看來對他那位小青梅亦是極為心悅的模樣，可、可阿蕊呢？她對魯恒旭又是何等心思？

柳琇蕊自然不知道身後有人正揣測著自己的心意，她定定地回想方才所見的那個荷包，深深為其精湛的刺繡所折服，也不知自己何年何月才能像恒旭哥哥那位未來妻子一般有這等繡工。

紀淮忐忑了幾日，每回見到柳琇蕊殷勤地待魯家母子，他便越發憂慮，生怕真像自己猜測那般，這丫頭心中已有人。

但再轉念一想，他好不容易動了一回心，怎甘願讓在他心中激起漣漪之人輕輕鬆鬆便逃離開來，怎麼說也得試著將人給留住，只要男未婚女未嫁，又有何不可？

打定了主意，他輕吁口氣，將手中摺扇搖了幾下，又恢復往日的溫雅斯文。

「蒹葭蒼蒼，白露為霜。所謂伊人，在水一方。」

那書呆子，又來了！柳琇蕊暗暗瞥了他一眼。這大才子的詩興都發了幾日還未夠？每每逮著她便酸溜溜地唸個沒完沒了，有幾回她忍耐不住，直接掄起拳頭就想砸過去，卻被那書呆子以一句「徒有匹夫之勇」給堵了個半死。

紀淮笑盈盈地踱了過來，在離她幾步之遠處停下，見她神情不豫，心中暗忖，再戳一下，估計這兔子皮便掛不住了。

「阿蕊，既然妳不願再抄書，那便算了吧！」

「真的？」柳琇蕊大喜。前幾日她被紀大才子氣得一時忍不住，一掌拍在桌上，打翻了柳耀河剛磨好的墨，污了從紀淮處借來的書卷，柳敬南惱得罰她將書中內容從頭到尾工工整整地抄寫一遍，以賠給紀淮。

「假的。」紀淮輕輕鬆鬆地吐出這兩字，氣得柳琇蕊順手撿起顆石子朝他扔去。

紀淮驚險地避了開來，朝她笑得如沐春風。

「壞胚子、死書呆、臭無賴！」柳琇蕊氣得口不擇言。不錯，就是無賴，她以往居然沒有發現這壞胚子原來還是個大無賴，想到這，她便暗悔自己眼太拙！

恨恨地瞪了他一眼，她氣呼呼地快走幾步往葉英梅家中去。

紀淮望著她遠去的背影搖頭失笑，摸摸下巴仔細忖度。

無賴？嗯，想想這段日子他對柳琇蕊的所作所為確是無賴了些。他輕笑一聲，倒是沒有想到頭一個被他如此無賴對待之人，竟是他心悅的女子。

魯恒旭母子兩人在柳家停留了半月有餘，終是在前幾日隨著趕過來會合的魯耀宇離開了，柳家自然又是好一番依依惜別。

紀淮這段日子與魯恒旭接觸多了，亦處出真心實意來，撇開對方魯家竹馬這層身分，他還是非常高興能結交到這位憨直真摯的小兄弟的。

這日，紀淮照舊跟在柳家兄妹三人身後上了山，柳耀海去查看陷阱裡的獵物，柳耀河砍柴，紀淮跟在他身後收拾，柳琇蕊則老老實實地揹著個竹簍割草。

將柳耀河砍下來的木柴綁好，紀淮斜睨到柳琇蕊安安靜靜地坐在石頭上，完全一副乖巧嫻靜的模樣，他心下好笑，果真是個表裡不一的小姑娘。

上前幾步將另一處同樣綁得嚴嚴實實的木柴抱了過來，正打算開口喚柳耀河，便聽遠處似是傳來柳耀海的大叫。

「阿蕊，快閃開！」

聞言紀淮大驚失色，尚未回轉頭去看柳琇蕊，即聽得她一聲尖叫，緊接著是一陣慌亂的動物奔跑聲。

他來不及細看那頭疾馳過來的野豬，便以平生最快的速度朝柳琇蕊飛撲過去，將她死死擁入懷中，在地上打了幾個滾兒，避了開來。

「可有受傷？」待那陣雜亂的腳步聲漸漸遠去，他鬆開懷中人，急急問道。

柳琇蕊蓬頭垢面，一臉驚惶未定地顫聲回道：「不、不曾……」

紀淮不放心，正欲坐起身來細細檢查一番，卻感右手及左腳上一陣劇痛，痛得他倒抽涼氣，額冒冷汗。

柳琇蕊見他不大對勁，慌忙翻坐起身問道：「紀書呆，你怎麼了？可是受傷了？」

紀淮朝她勉強地笑了笑。「不礙事。」

「啊！都流血了，還說不礙事？」柳琇蕊眼眶泛淚，輕輕捧起他的右臂檢視。

衣袖已被刮破，她小心翼翼地撥開，見裡頭滿是擦傷，還有兩道極深的傷口，也不知是被何物所刮。

「阿蕊、慎之，你們可有事？」揹著弓箭的柳耀海與提著砍柴刀的柳耀河速速朝兩人飛奔過來。

「我沒事，但紀書呆受傷了！」柳琇蕊高聲回道。

柳耀海率先跑到了兩人跟前，仔細查看紀淮的傷勢，片刻才鬆了口氣。

「不礙事，都是皮外傷，就腳上的要麻煩些，怕是拐傷了。」他輕輕捏了捏紀淮腫得像個饅頭一般的左腳，痛得他臉色發白。

「二哥，你輕點！」柳琇蕊惱得一把推開他的手。

柳耀海訕訕地笑了笑，從懷中掏出攜帶的藥瓶，灑了些在紀淮滲著鮮血的右臂上。「這藥是小叔叔上回帶回來的，可有效了！」

第十章

說起來這其實是因前去查看陷阱的柳耀海意外驚動了一頭野豬，野豬受驚之下四處亂撞，柳耀海雖有心獵殺，但亦清楚僅憑一己之力難以成事，更怕野豬會誤傷了手無縛雞之力的書生紀淮及妹妹柳琇蕊。

幸而他們的運氣不算太差，那頭野豬只是驚慌逃竄，倒不曾傷人，否則後果不堪設想。

四人被這突如其來的一幕嚇出一身冷汗，生怕那頭野豬去而復返，不敢久留，快速地整理一下髮髻與衣裳，柳耀河便揹上受傷的紀淮，柳耀海與柳琇蕊或提或揹著今日所獲，一左一右護在他們身邊，一群人狼狽萬分地回到了柳家。

柳敬南夫婦見他們這般模樣大吃一驚，顧不得細問原因，粗粗檢查了一下紀淮的傷，趕緊命柳耀海將村裡的老大夫請來，又通知了隔壁的書墨，讓他抱了乾淨衣物過來替紀淮換上。

一番兵荒馬亂之後，紀淮包紮好傷口靠坐在柳家客房床上。

書墨眼淚汪汪地望著他，那神情好似恨不得代他受傷一般。「若是老爺和夫人知曉你受了傷……」

紀淮打斷他。「我受傷之事千萬莫要告訴爹娘！」

書墨不甘不願地抿抿嘴，可到底不敢違抗主子的命令，只得乖乖點頭。「書墨知道了。」

紀淮受了傷，身邊又只有一個小書僮照顧，柳敬南夫婦不放心，便建議他留在柳家養傷，也不必再搬動，他稍稍思量了下，感激地點了點頭。「如此便要麻煩柳伯父、柳伯母了。」

柳琇蕊平日雖總被他氣得跳腳，惱起來也恨不得打他一頓，可真看他受傷心裡也是不好受，更何況還是為了救她才受的傷。

不過紀淮卻覺得養傷的日子實在過得太舒心了，看著柳琇蕊殷勤地忙前忙後、笑臉相迎，他頭一回希望傷口能癒合得再慢些。

「阿蕊，藥太苦了。」

同樣的話每日都準時響起，讓柳琇蕊滿是無奈。

「天底下的藥哪有不苦的？良藥苦口，虧你還是男子漢，連這點苦都受不了，還不如姑娘家！」她沒好氣地瞪了擠眉弄眼的紀淮一眼，順手從罐子裡掏出一顆桂花糖遞到他面前。「給。」

紀淮銜她揚揚眉，慢悠悠地接了過來塞進嘴裡。「真甜！」

柳琇蕊鄙視地掃了他一眼。「大男人居然還嗜甜！」不錯，這也是她的一個新發現，這書呆子不但愛書成癡，還嗜甜如命，讓她差點驚掉下巴。

紀淮也不惱，依舊笑意盈盈。他住進來的這段日子，柳家上上下下將他照顧得無微不至，高淑容每日為他煮各種好吃的，柳敬南得空便踱過來與他對弈一番，就連從來坐不定的柳耀海也因為感激他救了妹妹，在村裡四處蒐集好玩的小玩意兒給他解解悶。

至於柳琇蕊則負責每日替他煎藥，雖每回都被紀大才子的無賴氣得半死，可也不敢動粗，生怕一不小心讓對方傷上加傷，因此只能恨恨地瞪著他，心中不止一遍地告誡自己，絕不可當那忘恩負義的無恥之徒。

「阿蕊，妳明日還會繼續給我送藥吧？」紀淮靠坐在榻上，朝著柳琇蕊笑得如三月春風般和煦。

「看、心、情！」柳琇蕊咬牙切齒地回道。這壞胚子，實在可恨！

「阿蕊，古語有云，滴水之恩自當湧泉相報，妳如此待救命恩人實在太過了。」他搖搖頭，微微嘆息一聲。

「老祖宗還說過，施恩莫望報！」柳琇蕊立即口齒伶俐地反駁。

兩人你來我往地鬥嘴，絲毫不曾察覺柳敬北正在窗外若有所思地望著他們。

這兩人，雖隔著好幾步之距，舉手投足間無不合禮法之處，就連門窗亦是大敞著，但他總覺得有些地方不對勁，可若是問他哪裡不對，他又說不上來。

說起來，紀淮給柳家眾人——當然不包括柳琇蕊——的印象一向是位溫文有禮的謙謙君子，無論是柳敬南，還是柳耀河兄弟倆，甚至是柳敬北他們都不曾覺得他平日與柳琇蕊的相處有何不妥，一來是鄉野女子自然不像大戶人家姑娘那般有諸多避諱，二來是他們對紀淮品行亦相當信任。

柳敬北望著屋內，定定地站了片刻，隨後轉身離去。

而兩人這般爭鋒相對的日子過沒多久，紀淮手臂上的傷在柳家悉心照料下已慢慢癒合了，至於扭傷的左腳要想完全回復得再多些時日，但按老大夫的說法，倒也可以拄著枴杖慢慢地走一走。

這日，他在柳耀海的幫助下，一拐一拐地在院裡小竹亭子的石凳上坐了下來，微瞇著眼感受徐徐的清風拂面。

「柳四叔，你果真不再考慮一下？那姑娘可是個黃花閨女……」尖銳的中年女子聲乍響，讓他皺了皺眉。

「果真不用，多謝嬸子一番好意。」是柳敬北飽含無奈的聲音。

紀淮一怔，轉頭望去，隱隱見柳敬北朝著一位打扮豔麗的中年女子擺著手。

與柳家人接觸這麼久，他自然清楚柳家四叔柳敬北年過不惑仍未娶妻，聽柳家小輩們嘟囔過，似是柳敬北曾被女子辜負，才致使其心灰意冷，立志終身不娶。

他平日與柳敬北亦多有接觸，感覺他為人寬和，性情恬淡樂觀，加之見識不凡，與他交談每每都有茅塞頓開之感，並不大像是為情所困，以致看破世間男女情緣之人。

相較起來，柳家長輩四兄弟當中，他與柳敬西接觸得最少，只知道柳敬西身子不大好，長年累月咳嗽不止。而小一輩的柳耀江等人，亦是對柳家三房的柳耀湖知之甚少，只聽聞他在鄰縣學堂裡唸書，每隔大半月才回家一趟。

此時柳敬北好不容易才掙脫找上門來的媒婆，輕嘆一聲正要返回屋內，便見紀淮坐在亭子裡朝他微微笑著。

他微怔，片刻輕笑出聲，知道方才那幕被他看在眼內了，便調轉方向走進亭中，在紀淮對面坐下，溫言問道：「身上的傷可好些了？」

紀淮笑笑地點點頭。「好些了，勞您掛心。」

柳敬北目光含笑，意味深長地道：「慎之這大半月來心情甚好！」

紀淮一怔，微微別過臉，一時不知該如何回答。

柳敬北仍是笑望著他。「窈窕淑女，君子好逑，少年慕艾，人之常情。」

紀淮渾身一僵，明白自己的心思被對方察覺了，下意識便要隱瞞，待見到柳敬北依舊是輕輕柔柔地笑著，那些話便堵在了喉嚨裡頭。

他微垂眼瞼，良久，抬起頭誠懇認真地回望柳敬北。「紀淮平生所願，便是覓一令吾心之所繫的女子，與她攜手百年，永不相負。」

柳敬北沒想到他竟會如此坦率地表明態度，心中倒又多了幾分讚賞。「那慎之可尋到了這樣的女子？」

「尋到了。」紀淮定定與他對望，眼中一片堅定。

柳敬北嘆息一聲，想起當年那位曾與自己相許百年的女子，眼神添了幾分黯然，沈聲道：「二哥、二嫂如此待你，便是出於對你的認同及信任，我亦相信你不是那等輕狂寡情之人，只盼你莫要辜負我們的信任。」

紀淮又是一愣。柳四叔此話……可是代表著他並不會反對？

柳敬北見他神情愕然，喉嚨逸出一絲輕笑，他拍拍紀淮的肩膀。「慎之多加保重！」言畢，施施然地步出亭子，直往屋裡去了。

紀淮的傷勢漸癒，謝過柳家眾人後便搬回了自己的住處。

柳琇蕊被他氣了這麼久，如今終於不用再每日看到那張表面純良、內裡陰險的臉，不禁樂得眼睛都瞇成了兩道縫。過往再多的感激，早隨著紀大才子的無賴、可惡化作一縷青煙，呼地一下飄得無影無蹤……

紀淮斜睨一眼她那歡愉的神情，又是好笑又是好氣，但一想到養傷這段日子裡的點點滴滴，他揚起了幾分笑容。來日方長，不是嗎？

這日，高淑容帶著柳琇蕊回到瑨安村高家，只因數月前高家大嫂牽線，欲促成她娘家姪女與柳耀河的親事，這回高淑容便是去見一見那名姑娘。

柳琇蕊自然不清楚她的目的，進門依舊是先被高老舉人訓誡一頓，垂頭喪氣小片刻又被鄧氏笑呵呵地拉了過去。

她膩在鄧氏身邊，抱著她的手臂不斷說著窩心話，讓鄧氏樂得合不攏嘴，直呼她「心肝肉」。

「外祖母，他們都說當年是妳逼著外祖父娶妳的，這可是真的？」柳琇蕊東扯西扯一通，終是忍不住問出了這個讓她好奇多年的問題。

鄧氏哈哈一笑，貼近她耳邊神神秘秘地道：「小阿蕊，這事說真是真，說假亦是假！」

柳琇蕊被她這般說法弄得更加糊塗了，睜大眼睛滿是疑惑地望著她。

鄧氏壓低聲音，有點小得意地道：「外祖母當年是提著殺豬刀衝進妳外祖父家中，一刀砍在圓桌上，對他只說了一句——你娶是不娶？」

柳琇蕊目瞪口呆，傻愣愣地張大嘴巴，完全不知該如何反應，半晌，才閃著水靈靈的大眼崇拜地望著鄧氏。「外祖母，妳可真厲害！」

鄧氏又是得意一笑。「那老頭子當年磨磨蹭蹭，老娘看不過眼……」頓了一下，似是想起眼前之人是外孫女，不禁清了清嗓子，隨手拿過一旁的瓷杯灌了一口，發現裡頭裝的是茶，她皺皺鼻子，暗暗腹誹。鄉下人家誰老喝這個，還不如直接灌一碗水更解渴，也就那酸老頭好這一口。

「然後呢、然後呢？外祖母，接著怎樣了？」柳琇蕊見她突然止住了話，撒嬌地搖了搖她的手。

鄧氏呵呵笑了幾聲，這才故作惱怒地接著道：「後來我才知道，妳那好外祖其實老早就看上我了，做了個套引我送上門去呢！」

「啊！」柳琇蕊驚呼出聲，趕緊用雙手捂住嘴巴，左右看看確定屋裡仍只有她與鄧氏兩人，這才鬆開手小小聲地道：「外祖父可真……」

「壞！」鄧氏乾脆俐落地吐出一個字，樂得柳琇蕊如搗蒜般猛點頭。

「不過啊，小阿蕊，外祖母告訴妳，若是真瞧上哪個後生，千萬別學那些裝模作樣的人家，更別聽妳外祖父念叨那些不中用的規矩，該出手時便出手，當年可是不少大戶人家的姑娘瞧上了妳外祖父，虧得外祖母下手快，否則今日也就沒有妳了！」鄧氏摟著外孫女耳提面命。

柳琇蕊笑咪咪地連連點頭。就是這樣，外祖母總是私下拆外祖父的臺，每回她被外祖父拎過去訓導，轉頭外祖母又會教她一些截然相反的。

「妳娘當年也是下手快，這才有你們兄妹三個。」鄧氏咧著嘴笑得好不得意。她的女兒果然像她，下手快、狠、準！

柳琇蕊猛地瞪大眼睛，滿臉不可思議，結結巴巴地道：「娘、娘她她她和、和爹……」

「可不是，妳娘當年也是先瞧中了妳爹，一舉把他給攻下了！」鄧氏一副與有榮焉的表情。

柳琇蕊一雙圓眸瞪得更大。娘居然也有如此……如此像外祖母的一面？

她自幼便喜歡膩著鄧氏，對她而言鄧氏是一位最隨和、最可親的長者，絲毫不會用「小孩子懂什麼」此類話訓她，是以柳琇蕊對著她總是口無遮攔，而鄧氏亦會童心大發地與她分享一些小秘密，祖孫倆時常說著說著便樂作一團。

如今從外祖母口中得知父母的過往，她心裡怦怦怦地急速亂跳，抑制不住滿腹好奇。

「娘是怎樣、怎樣攻下爹的？」

鄧氏彈了一下她的額頭。「問妳娘去！」

柳琇蕊撒嬌地抱著她的手臂不停搖晃。「外祖母，妳說說吧，說說吧！」

鄧氏始終笑笑地由著她鬧，直到高淑容進門來，見狀蹙眉瞪了柳琇蕊一眼。

「沒大沒小，又鬧妳外祖母什麼？」

柳琇蕊只好鬆開抱著鄧氏的手，老老實實地坐直身子。「娘。」

「別嚇著她，才多大呢！」鄧氏不贊同地望了望她，隨後摟著柳琇蕊慈愛地道：「阿蕊與外祖母到外頭走走去。」

「好！」柳琇蕊乖巧地點點頭，扶著鄧氏站了起來，又故作神秘地衝著高淑容笑了笑，這才走了出去。

「娘，妳和爹……和爹是……」從瑠安村回來後，柳琇蕊一直好奇父母當年之事，忍耐了幾日，終是蚊蚋般支支吾吾地開口問高淑容。

平日瞧著那般嚴肅、那般厲害的爹，年輕時居然是被娘親拿下的，這怎能讓她不好奇！

「嘴裡嘰嘰咕咕地在說什麼呢？」高淑容放下做了一半的繡活，無奈地道。

柳琇蕊被她望得更加緊張，心如擂鼓。「妳妳妳、妳和爹是、是怎麼成的親？」

高淑容一怔，未料女兒竟然會問她這個問題。她恍了恍神，隨後皺著眉頭瞪向柳琇蕊。

「姑娘家問這種問題簡直不像話，還不趕緊回房睡覺去！」

柳琇蕊失望地嘆了口氣，一邊嘟囔一邊往門外走。「就知道會這樣……」

她和柳敬南是怎樣成的親？回想往事，高淑容不禁有些失神。

初時不過覺得對方功夫不錯，一個人也能獵得那麼多獵物。偶爾又見了幾回，發覺這人長得比村裡任一位男子都要好看，偏偏老是板著張臉，還有那雙深遂瞳眸，眼神那樣幽深，每每望著她都彷彿要將人捲進去一般。

後來她才聽說對方是祈山村新來的外來戶，搬來不過半年，家中有一位老母親，還有三位兄弟，平日便是靠打獵為生。祈山村不少村民對這家人相當好奇，除了因為這柳家男子每回上山絕不空手而歸，還因他們瞧著年紀均已不小了，可兄弟四個均無子，這一點在村裡實在罕見。

但會讓高淑容對這位沈默寡言的黑面男子有了別樣心思，還得從那次見面說起。

那日，她跟著娘親鄧氏到鎮裡，再次遇到了上回裝傷殘人士騙取同情心的那個騙子，他正可憐兮兮地扯著一名藍衣男子的褲腿，聲淚俱下地哭訴自己的慘狀，那藍衣男子聽了片刻，便將身上所有的財物遞給了他。

高淑容看不過眼，立即衝去搶回荷包扔還給藍衣男子，並指著騙子痛罵。「上回說你爹跟著慕國公出征，結果一去無回，家中只剩你與八十歲的老母，這回又成了你上戰場，被西其人砍斷了腿，一回一種說法，還敢說不是在騙人？」

騙子見謊言被拆穿，也不敢逗留，灰溜溜地走了。

高淑容氣呼呼地回轉身來。「這麼拙劣的把戲你一個大男人還看不出？竟蠢到把整個荷包扔給人家，嫌錢太多了？」

藍衣男子怔怔地站著，片刻才微不可聞地嘆道：「但凡有半分真實的可能，柳敬南都願傾囊相助。」言畢，也不看她，默默地轉過身提著獵物離去。

柳敬南……原來他叫柳敬南！

高淑容忘不了對方那聲若有還無的嘆息，似含著說不盡的感傷，讓人忍不住想一探究竟，是什麼樣的過往才會使得這高大壯健的男子發出那般感嘆。

「阿容，我那件靛青的長袍妳放哪兒了？」

門外熟悉的淳厚男嗓，生生將高淑容喚醒了過來。

「在左邊的箱子裡，你瞧瞧可有找著？」她斂斂心神，高聲回道。

片刻，柳敬南的聲音又再響起。「找著了！」

第十一章

從高淑容口中得不到答案，柳琇蕊自是萬分沮喪，可她清楚娘親既然不願說，想來她亦無機會再探得其中內情，對那些明知得不到答案之事，她自來不會過多糾結，是以也只是遺憾了幾日便逐漸放開了。

這一日，她按高淑容的吩咐，將從高家帶回來的農家小食送到了葉英梅家中，與未來堂嫂耍鬧了一番，見她臉色紅潤，神情間亦添了幾分待嫁女子的嬌羞，想到這個自小沈默寡言卻又溫柔體貼的小姊姊如今終於尋得了終生依靠之人，便不由得替她感到高興。

告別了葉英梅，原想直接歸家去，走了幾步她又拐了個方向，打算去尋章月蘭。

走過一段田間小路，沿著河邊再走一刻鐘，便是離章月蘭家不遠的小山坡。

她隨手折了路邊一根小樹枝，邊走邊揮著，直至前方出現一個熟悉的身影。

她停下腳步細細打量了一番，認出那是章碧蓮，自上回傳出章、黃兩家婚事有變後，這還是她第一回再見到章碧蓮。柳琇蕊抑制不住滿心歡喜，將手中的小樹枝扔掉，快走幾步追上去，笑著打了個招呼。

「碧蓮姊！」剛觸碰到章碧蓮的衣袖，便被對方用力甩開，柳琇蕊一愣。「碧……碧蓮姊？」

章碧蓮臉色極為難看，頗有幾分瘋狂地道：「妳也是來看我笑話的是不是？」

柳琇蕊一怔。「笑話？發生什麼事了，誰要看妳笑話？」

章碧蓮恨恨地瞪著她，咬牙切齒地道：「我絕不會讓你們如意的，休想！」

柳琇蕊完全不明白她話中意思，欲再詢問，可章碧蓮卻頭也不回地轉身離開了。她撓撓頭，不禁猜測。

「難道是因為她的親事？」

「阿蕊！」

正百思不得其解，章月蘭喘著氣的呼叫聲讓她回過神來。

「月蘭。」

「阿蕊，還好吧？方才章碧蓮怎麼這般對妳？我都看見了！」章月蘭氣喘吁吁地拉著她的手問。

「沒事，只是，她可是發生了什麼事？」柳琇蕊一邊掏出帕子遞給她擦擦額上汗珠，一邊疑惑地問。

「這段日子妳可別再去尋她了，她如今像是滿身長刺，見著誰都得刺上一刺。」章月蘭順了順氣，又憤憤不平地道：「那黃吉生，與別的女子已有了孩子，那女的找上黃家，要讓肚裡的孩子認祖歸宗。章大嬸子氣得在他們家門前破口大罵，如今整個永昌鎮都曉得黃家不厚道，而村裡人也都同情他們章家，偏章碧蓮卻覺得大家都在看她笑話，逮著個人便發作一番。」

柳琇蕊吃了一驚，她前段時間先是忙著與紀淮鬥法，而後又去了外祖家，歸來後一心想著探探父母當年的內情，倒不曾留意過章碧蓮的事。

「總而言之，妳這段日子離她遠些，否則又像今日這般被她當了出氣筒！」章月蘭再次告誡。

柳琇蕊吶吶地點了點頭，由著章月蘭拉著她到了章家，兩人在屋裡嘰嘰咕咕地說了半日話，她才告辭返家。

聽了章碧蓮所遭遇之事，她雖有些不好受，但因她自己原就對那黃吉生不待見，對黃、章這門親事亦不大看好，如今事情鬧到此等地步，章家若是為女兒著想，那就應該退了這門親事。

正所謂塞翁失馬，焉知非福，說不定章碧蓮退了黃家這門親，日後會有更大機緣。想到這裡，柳琇蕊這才吁了口氣。

「阿蕊，上回我尋來打算當作生辰賀禮送給恒旭的那盒子寶貝，妳可記得我放哪兒了？」柳耀海推門進來問。

「可是放在櫃子裡頭？」

「找過了，沒有。」

「我去瞧瞧。」

兄妹兩人邊說邊往外走。魯恒旭生辰在即，柳家眾人都給他備了生辰禮，今日高淑容要兒女將各自的賀禮交給她，她好一併讓人送到魯家去。

「找著了，還是阿蕊聰明！」柳耀海憨憨地摸摸後腦勺，笑著道。

「你這丟三落四的毛病也不改改，若是娘瞧見又該罵你了。」柳琇蕊故作老成地重重嘆了口氣。

柳耀海只是笑，片刻，像猛然想起什麼似地問：「阿蕊，妳說灰與藍哪種好？恒旭會喜歡哪一樣？」

「藍色，恒旭哥哥不喜歡灰色。」柳琇蕊肯定地回道。

受邀而來的紀淮剛踏進門便聽到她這番話，心中一突。這丫頭竟然對魯恒旭的喜好如此清楚，難不成她真的對他……

一想到這種可能，他心裡便如同咬了黃連又灌了白醋一般，又苦又酸，難受至極！

心不在焉地陪著柳敬南下了幾盤棋，他便尋了個藉口告了辭，心情不暢地在村裡閒逛，往日聽著悅耳動聽的鳥叫蟲鳴，如今卻覺得甚是煩人。

不知不覺行至村裡的小樹林，竟然發現原應該在家中的柳琇蕊正蹲在地上不知在做什麼，紀淮有幾分意外地走上前去。「阿蕊！」

柳琇蕊被這突如其來的叫喚聲嚇到，回過身來發覺是他，帶著幾分惱意地瞪了他一眼。「怎的走路都沒聲音，嚇了我一跳。」

紀淮看著她那似嗔似怒的神情，不知怎的心中鬱結便瞬間散開了，又是啪地一下展開摺扇，笑意盈盈地望著她問：「妳在做什麼呢？」

「瞧瞧可有書上說的那種能散發出清新香味的草。」柳琇蕊繼續蹲著認真翻看地上那雜亂的野草。

「妳尋它做什麼？」

「給恒旭哥哥。」柳琇蕊依舊是頭也不回。

紀淮的臉色一下子變得極為難看。又是那魯恒旭！

他佯咳一聲，將摺扇收了回來塞進袖裡。「那都是書上糊弄人的，這世上絕對沒有那樣的草！」

聞言柳琇蕊停下了動作，站起身來疑惑地望著他。「果真沒有？」

「肯定沒有！」紀淮斬釘截鐵。

「哦……」柳琇蕊有幾分失望，上回她聽魯恒旭提起這種草，知道他未來妻子冉家姑娘一直在尋，便想著幫上一把。

紀淮見她如此反應，心中又是酸澀難當。那個魯恒旭都有自己的小青梅了，這死丫頭居然還心心念念，真是太氣人了！

「既然沒有，那我便回去了。」柳琇蕊拍拍身上的塵土，欲返家去。

「阿蕊！」紀淮見她要走，下意識便叫住了她。

柳琇蕊應聲止步，轉過身問：「你可有事？」

紀淮有些怔愣地望著她被陽光映得清透紅潤的臉，心中冒出一個想法——

這個女子，他絕不能讓她被別人搶走了！

柳琇蕊見他瞬也不瞬地盯著自己，有些不自在地挪動幾步。「哎，你要說什麼呢？再不說我可要回去了，爹娘還在家等著呢！」
紀淮回過神來，輕笑一聲。既然放不開，那便先下手為強！
「阿蕊。」他上前幾步，深深地望著她又喚了一聲。
柳琇蕊見他神情古怪，不知怎的竟然有些慌亂，結結巴巴地道：「叫、叫我做什麼啊！有話又、又不好好說，老在這叫來叫去的，我又不是聾子！」
紀淮突然伸出雙手捧著她的臉蛋，「吧唧」一口親上，趁著柳琇蕊尚未反應過來時一臉鄭重誠懇地道：「阿蕊，妳如今便是我的人了，女子要從一而終，一心一意，那個魯什麼的便忘了吧！」
柳琇蕊被他突如其來的動作嚇傻了，呆呆地微張著嘴不敢置信地望著他。
「就是這樣，妳要記得現在打了我紀淮的印記，日後便是我的人！」紀淮乘機又強調了一遍，而後淡定地拍拍衣袍，轉身離去。
他的腳步先是如同往常一般，繼而加快了些許，接著越走越快，當柳琇蕊那聲震怒的嬌斥——「紀淮，你這壞胚子！」響起時，他整個人已經狂奔了起來……
柳琇蕊殺氣騰騰地一腳踢開院門，無視正抱著肥兔阿隱坐在院裡逗弄的書墨，大步跨了進去，裡裡外外尋了一遍，沒發現紀大才子，她恨恨地一拳砸在廳裡的大圓桌上，震得桌上的茶壺、茶碗乒乒乓乓響作一團，四支桌腳也跟著搖搖晃晃，生生嚇壞了剛跨進來的小書僮。

「你家那壞胚子少爺去哪兒了？」她轉過身來滿臉煞氣地盯著書墨問。

「少、少爺用用用、用過早膳便去、去了妳家尋柳柳、柳二伯去了。」書墨結結巴巴地回道。太可怕，簡直太可怕了！平日瞧著嬌俏柔弱的阿蕊，竟然會有這麼凶悍的一面！

「我是問他可曾回來過？」柳琇蕊咬牙切齒。

「不、不曾！」小書僮身子抖了抖，顫聲應道。

柳琇蕊恨恨地跺了下腳。

壞胚子、臭無賴、登徒子！

她生平頭一回被人如此對待，加之又是熟人，一時被嚇住忘了反應，這才讓紀淮得以全身而退。待她回過神來，也顧不上心中那絲絲異樣感，立即追殺過來，誓要將這個敢在太歲頭上動土的壞胚子碎屍萬段，想不到這人還藏得挺好的！

她凶狠地道：「他最好在外頭躲一輩子，別讓我逮著了！」語畢，又怒氣沖沖地出門尋去。

書墨畏懼地望著她離去的背影，直到對方身影徹底消失在他視線裡，這才暗暗鬆了口氣，拍拍胸膛道：「嚇死我了……」

至於這罪魁禍首紀淮，當時出其不意地撂下了話，可到底理不直、氣不壯，又怕柳琇蕊直接打破他的念想，這才急匆匆地落荒而逃。他尋了處幽靜的地方，將跑得有些亂了的髮髻及衣袍整了整，想想方才的大膽，不由得輕笑出聲。

回想柳琇蕊平日總罵他是假道學、枉讀聖賢書，如今想想，或許他骨子裡便不是個循規蹈矩的。

「紀公子。」

輕柔的女子聲音從他身後響起，他循聲回頭，認出是當初在永昌鎮拋下柳琇蕊的那名女子，退後幾步拉開彼此的距離，斂斂神色，客氣而疏離地作了個揖。「姑娘。」

章碧蓮定定地望著他，用力咬著下唇，方才她目睹了小樹林裡的那一幕，心中緩緩升起一股強烈的不甘與妒恨。她原是村裡姑娘們暗暗羨慕的對象，有個才華出眾又出身富家的未來夫君，如今本該仰望她的人卻明裡暗裡地看她笑話。

而柳琇蕊不過是平日跟在自己身後的小妹妹，雖有個舉人外祖，但到底是外來人家的姑娘，又哪及得上村裡那些世世代代扎根的人家。可這跟在她身後轉的黃毛丫頭居然入了鎮裡出名的紀家解元公子的眼，對比自己，這怎能不讓她妒火中燒。

是的，她很清楚柳家隔壁那位紀公子正是永昌鎮今年新出的解元，皆因黃吉生與他出自同一間書院，與柳琇蕊在永昌鎮見到他那回並非她初次見他。

紀淮見她瞬也不瞬地望著自己，心中有絲不悅。

「姑娘若無事，在下便告退了。」

「紀公子，我、我是阿蕊的好姊妹……」章碧蓮下意識叫住了他，結結巴巴地表明身分。

紀淮神色平淡，一言不發地望了她一眼。

章碧蓮見他如此反應，又想想自己的遭遇，一時衝動便脫口而出。「你莫要被她的外表騙了，她根本不像表面上看起來那麼無辜單純，上一回那梁金寶只不過說了句要納她為妾，便被她脫了衣物綁在了樹底下。」

紀淮眼中閃過一絲冷意。這樣的人，竟還敢自稱是阿蕊的好姊妹？

「果不出所料，阿蕊真乃世間少有之真性情女子，吾輾轉十數載得遇此佳人，上蒼待淮甚厚矣！」紀淮一副感激涕零的模樣。

章碧蓮臉上一陣紅一陣青一陣白，她即使一時聽不明白對方這番文謅謅的話，但對方那赤裸裸的歡喜神情也表明了他的意思。

她心中又是恨、又是惱、又是不忿，終是咬咬唇轉身跑了。

紀淮收起動作，冷漠地掃了一眼她遠去的背影，心中升起一絲狠戾。若是她膽敢傷害他的阿蕊……

再想到章碧蓮方才那番話，他下意識抽抽褲腰，自言自語道：「那丫頭，原來竟是這般凶悍！」

可轉念一想，又不禁喜孜孜。那梁金寶只不過說了句讓她做妾的話便得了那般下場，他可是親過她呢！但她卻沒那般待他，看來這丫頭心裡肯定是有他的！

一場突如其來的大雨阻止了柳琇蕊氣勢洶洶的腳步，亦讓紀淮得以成功地潛回了住處。

明明晌午之前還是陽光明媚，轉眼之間便烏雲密布、電閃雷鳴，沒多久，噼噼啪啪地砸起了豆大般的雨滴，這一下便持續到了起燈時分都沒有停止的跡象。

「這場雨可真反常啊……」柳敬南揹著手望著屋外越下越大的雨，室內透出去的燈光映在地上，照出一波波激起的雨花。

「往年這時候從不曾下過這樣大的雨，今日確實怪了些。」高淑容一邊疊著衣裳，一邊隨口回了句。

柳敬南輕嘆一聲。這樣反常的大雨，當年在京城也曾遇過，並且接連下了數月有餘，待雨過天青後，柳家卻迎來了噩耗……

「也不知明日會不會停。」高淑容收拾妥當後，望了望越下越大的雨，也忍不住嘆了口氣。「原本還與大嫂約好了一起到鎮上再添置些大姪兒成親所需，可看這樣子，想來是難以成行了。」

「日子可都訂好了？」柳敬南替自己倒了杯茶，呷了一口後問。

「前些日子大嫂請人擇了幾個黃道吉日，如今就看葉老爹那邊意見如何，兩家都無異議了才好訂下。」高淑容回道，頓了頓又頗有些慶幸地道：「虧得前幾日阿河、阿海他們幫葉家重新鋪了屋頂，否則這般大的雨，也不知他們父女會遭多少罪呢！」

如高淑容一般慶幸的還有葉英梅父女倆，屋外的大雨傾瀉而下，以往逢雨天都會漏水的屋頂，如今卻沒再落進任何一滴水。

「多虧了柳家，否則今夜又得半夜爬起來換接水盆子了！」葉老漢感嘆一聲，飽含著濃濃的感激。

以葉家這般家境，女兒能尋到那樣宅心仁厚的夫家，確是上天垂憐，他便是就此兩眼一閉、雙腿一伸，也能安心離去了。這些年他深知自己拖累了女兒，也曾有過了結殘生的心思，可卻放心不下女兒。

葉英梅將裝著熱水的木盆放在地上，一邊蹲下來替他除去鞋襪，一邊道：「爹，女兒替你捏捏腿吧，雖如今尚未到梅雨季節，但這般雨天仍須注意些。」

葉老漢那條跛腿逢雨天便會抽痛，尤其是每年的梅雨時節更是痛得厲害，後來高淑容教了葉英梅一套手法，讓她試著替他按捏小半個時辰，這才稍稍減輕了他的痛苦。

「一眨眼爹的梅子便可以嫁人了，這些年真是辛苦妳了。」葉老漢望著替他按捏完又忙著縫補衣服的女兒，忍不住長嘆一聲。

「爹你胡說什麼呢？這都是女兒應該做的，哪有什麼辛不辛苦。」葉英梅將燈芯微微挑一下，屋裡的光線霎時又明亮了幾分。

「耀江是個可託付終身之人，柳家大伯夫婦亦為人仁厚，便是另幾房人均不是那等會作踐人之流，妳嫁進去，日後要好生伺候夫君，孝敬公婆。」

葉英梅聽他提起未來夫君，臉上一紅，有幾分不自在地挪了挪身子，蚊蚋般小聲回道：「知道了。」

葉老漢見女兒如此模樣，不禁微微一笑，又道：「柳家大伯的提議雖是一片好意，但爹在此處已經住了大半輩子，一時半刻的也不習慣挪地方；再者，出嫁從夫，妳既嫁了人，又怎可三頭兩日回娘家？」

葉英梅放下縫了一半的外袍，不贊同地道：「爹，這個女兒可不能答應你，你一個人住在這兒我又怎能放心得下，雖說柳家離這兒不算遠，但終究也算不得方便，你若是有什麼事需要人幫忙，豈不是連——」

葉老漢正欲再勸，便聽屋外響起一陣急促的敲門聲，他忙制住欲起身往外的葉英梅，揚聲問了句。「誰啊？」

第十二章

這場大雨一直持續到次日清晨才漸漸減弱，淅淅瀝瀝的小雨滴滴答答地下個不停。

「出事了出事了！快開門啊！阿蕊、柳二嬸！」

「砰砰砰」的敲門聲伴著焦急驚恐的女子聲在柳家門外響起。

正無聊地托著腮、注視著屋外小雨的柳琇蕊怔了片刻，凝神一聽，認出那是章月蘭的聲音，她不敢耽擱，急急撐開油紙傘走了出去。「來了來了，稍等等！」一面說，一面又加快了腳步。

吱呀一聲，她剛將門打開，渾身濕漉漉的章月蘭立即衝了進來，滿眼通紅，帶著哭音道：「阿、阿蕊，出事了，英梅姊與葉老伯……」

柳琇蕊大驚失色，急忙將傘移過去，擋住不停掉落在她身上的雨水。「英梅姊與葉老伯怎麼了？」

「死……死了！」章月蘭話音剛落便嚎啕大哭起來。「死了，都死了，渾身是血倒在家中！」

柳琇蕊雙腿一軟，差點栽到地上，幸得聽見聲響出來查看情況的高淑容扶住了她，可那把油紙傘卻一下從手中滑落。

高淑容臉色亦是煞白，強忍下心中驚懼，一手撐著傘，一手扶著女兒，顫聲道：「到屋裡再說。」

三人相互攙扶著進了屋，高淑容也顧不得拿出布巾來讓章月蘭擦擦身上的雨水，便焦急地問：「發生什麼事了？怎的說、說英梅她……」

章月蘭邊哭邊道：「一大早我便想到英梅姊家去還上回從她那兒借來的棉線，在門外喊了幾遍都沒人回應，這才伸手去敲門，沒想到一碰門就開了。」

「然……然後呢？」柳琇蕊全身發抖，緊緊抓著高淑容的手。

「然、然後我走了進去，到了屋裡，卻、卻見到……見到葉老伯和英、英梅姊倒在了地上，滿身是血……」章月蘭哇地一下哭得更大聲了，相信終其一生，她都無法忘記那幕慘狀——葉老漢倒在地上，頭枕著一灘鮮血，葉英梅伏在他身上，不僅亦是滿頭血跡斑斑，身上更是灑滿了瓦罐片及濺出來的醃製小菜。

「妳……妳說的可都是真的？」柳耀江面無血色地踏進來，死死盯著她問。

章月蘭雙手捂著臉泣不成聲，哪裡還能回答他，便是高淑容與柳琇蕊兩人亦是大滴大滴地掉著淚珠，屋裡一時間充滿了濃濃悲音。

匆匆趕過來的柳敬南父子，尚未開口問發生了什麼事，便見柳耀江如同瘋了一般衝進雨中，片刻即消失在視線裡。柳敬南幾個也顧不上他，只是吃驚地望著屋內悲泣的三人。

「這是怎麼了？」柳敬南率先走進來，扶著高淑容的手問道。

高淑容拭拭淚水，嗚咽著將葉家父女之事向他細細道來。

柳敬南大吃一驚，但到底比在場的幾名女子冷靜得多，他轉過頭去問章月蘭。「妳發現此事後，可有通知其他人？」

章月蘭抽抽噎噎地搖了搖頭。「我、我一發現便、便來這裡了。」

柳敬南點了點頭，轉身吩咐柳耀海去報官、柳耀河去通知柳敬東夫婦等人，而他自己則大步踏出了門，往出事的葉家去。

「據仵作檢查，葉家父女是被重物砸中頭部致死，推測應是昨夜酉時至戌時之間死亡。只是，因昨夜下著大雨，附近的人家都不曾留意到有何異狀，凶手的行跡亦大多被雨水沖刷而去，要想追查真凶，看來並不是件容易事。」柳敬南臉色沈重地道。

柳敬東默言，未來親家及兒媳婦無端慘死，他心中極為難受，尤其是獨子連日不眠不休地追查真凶，妻子苦勸無果，他隱隱覺得二十年來的平靜生活似是要被打破了。

村裡死了人，一時鬧得人心惶惶。村中但凡與葉家父女有過不愉快經歷的，以及那些整日無所事事、偷雞摸狗的潑皮無賴均被官府抓去問過話，可當晚雨勢甚大，大多數人不是待在家中，便是在趕路返家的途中，又要到哪裡去尋證人？如此一來，偵查便陷入了困局。

柳琇蕊坐在椅子上，拿著原本打算送給葉英梅做成親賀禮的銀簪子，憶起她生前點點滴滴，心中更為悲痛，滾滾而落的淚珠砸落手中，染濕了那支再也送不出去的銀簪子……

「簡直豈有此理！如此草菅人命的混帳也有臉稱一方父母官？」柳敬南飽含怒氣的聲音在外頭響起。

她慌忙擦拭淚水，再將那支銀簪子小心翼翼地收好，走了出去想探個究竟。

柳敬南臉色鐵青，柳耀河兄弟倆亦神情不豫，緊緊抿著嘴唇。

「這是怎麼了？案子可有進展？」高淑容率先問。

「那狗官見多日來毫無進展，便胡亂抓了村裡的葉麻子投入大牢，絲毫不理會那諸多疑點，耀江與他爭論，反被他訓斥一頓。」柳敬南氣得胸口一起一伏。

柳耀江怎會讓未過門的妻子死得不明不白，見那糊塗縣令竟如此輕率地抓個替死鬼結案，若不是柳敬東制止他，他便要衝上前去打爛那個肥頭大耳的昏官。

高淑容聽罷亦是怒火中燒，極力壓下心中憤怒問：「如今大姪兒怎樣了？」

「被大哥強行帶了回來。」想到柳耀江的瘋狂與憔悴，縱是歷經過人生大起大落的柳敬南亦忍不住紅了雙眼。

柳琇蕊微垂眼瞼，想起性情溫和的堂兄如今這般模樣，鼻子又是一酸。

柳耀江被帶回家中後，李氏哭著勸他好歹歇息一番，便是不為自己，亦要為父母想想。被她這般又哭又勸，柳耀江憤怒的神情慢慢緩了下來，想到慘死的未婚妻子，又望望年邁雙親，終是默默地點了點頭，由著李氏如釋重負地為他忙前忙後。

次日，他又是一大早便出去，柳敬東夫婦對望一眼，雙雙長嘆一聲，但卻沒再勸阻，只因他們心中清楚，真凶一日未落網，兒子不會安下心來。

又過了幾日，柳耀江一臉煞氣地回到家中，二話不說朝著父母下跪請罪，說要離家一段日子，待將凶手緝拿歸案，便回來繼續盡孝。

柳敬東一怔。「你查出誰是凶手了？」

「兒子多方查探，肯定作案的並非熟人，而且凶手應有兩人。兒子順著這道線索追查下去，終是尋到了目擊者，證實當晚子時左右確實有兩名身形高大、形跡可疑的男子從村裡出來，兒子懷疑那兩人就是凶手！」柳耀江咬牙切齒地回道。什麼狗屁父母官，若是靠他們……只有靠自己，才能讓冤魂得以安息！

柳敬東沈默不語，片刻才嘆息一聲。「去吧，葉老兄父女倆去得那般……你……也好還他們一個公道。」

李氏咬唇含淚望著兒子，心知自己阻止不了，只能哽著嗓子細心叮囑一番，又親自替他整理了行囊，目送著他一步一步離開家門。

柳耀江走後三日，柳敬北帶著柳耀河兄弟倆到山上檢查先前所設陷阱。

原應早幾日上去看的，可出了葉家之事，眾人一時也顧不上那些，加上柳敬南這幾日身子有些不適，因此便由著主動請纓的柳敬北帶著兩個兒子上了山。

叔姪三人走了兩個時辰，柳琇蕊端著熬好的藥欲送到正在廳裡與柳敬西說著話的柳敬南手中時，一陣急促的腳步聲從她身後響起，未待她回頭細看，便被飛奔而來的人影撞中了肩膀，那碗藥啪地一下便掉在地上，幾片藥渣子飛濺到她衣服上。

她蹙眉望著那急匆匆的背影，認出是此時應該在山上的二哥柳耀海，她心中一突，有絲不好的預感，也顧不得收拾地上的碎片，三步併作兩步地跟了上去。

「爹，不好了，又死人了！」

未至廳門，便聽見柳耀海驚懼的聲音，她一個踉蹌一下摔倒在地，掙扎著欲爬起身，柳耀海帶著哭音的聲嗓再度響起——

「死人了，安、安伯伯死在了咱們佈置的陷阱裡！」

安伯伯？那個黑臉伯伯安炳德！

卻說柳敬北叔姪三人到了山上，仔細查看早些日子布下的陷阱，發覺有處塌陷了下去，原以為是有野獸掉落，待上前往裡一望，卻發現裡頭竟然有個人影，那人一身黑衣，蜷曲著身子趴在阱底。

叔姪三人均是大吃一驚，柳敬北連連朝阱中喚了幾聲均無回應，心中暗道不好，村裡獵戶設置陷阱都會在醒目之處留下標記，以防誤傷了人，只是前幾日那場大雨……

他不敢耽擱，急急拿粗麻繩綁在腰間，讓柳耀河兄弟倆拉著繩子的另一頭將他放入阱中。待他到了阱底，伸手觸碰那人身子，卻發現那人渾身僵硬，早已死去多時，當他藉著光線看清死者容貌，整個人如墜冰窖。

那人，竟是數月前還與他們兄弟四人敘舊的安炳德！

「炳……炳德？」他聲音沙啞，顫抖著雙手碰了碰安炳德那張布滿血污的臉。

「小叔叔，怎樣了？人可有事？」在上面守候著的柳耀河兄弟兩人見他久久沒有動作，便大聲問道。

柳敬北雙眼猩紅，死死咬緊牙關，壓抑住心中的悲憤，奮力欲將安炳德揹起，可安炳德的身體已經僵硬，根本無法揹上來，柳敬北無法，只好雙手從安炳德背後伸過去，將他抱在身前，朝上頭喊了句。「拉吧！」
柳耀河兄弟倆得到命令，雙雙發力，一點一點將兩人拉了上去。
「安伯伯？」柳耀海率先驚叫出聲。
三人小心翼翼地抱著安炳德到了一處山洞裡，柳敬北緊緊握著拳頭，片刻，狠狠擦了一把淚，蹲下身來查看安炳德身上的傷。
見他身後被砍了兩刀，背後有個血窟窿，柳敬北額頭青筋暴跳，雙拳死死緊握。
「小叔叔，你瞧安伯伯懷中可是護著什麼？」同樣是雙眼通紅的柳耀河突然出聲，指著安炳德胸前道。
柳敬北急急將人轉過來仔細查探，發覺安炳德雙手交叉緊緊護在胸前，再想想他最後這個呈蝦狀的動作……
「你們過來幫小叔叔扶著安伯伯！」
柳耀河、柳耀海一左一右扶著安炳德的遺體，柳敬北扯了扯他的左手，紋絲不動，他不敢再用力，想了想，伸手直接往他懷中探去，感覺到似是有包東西在裡頭，他抓著一處小心地搖了搖，然後邊控制著力道邊慢慢將它拉了出來——
是塊疊得整整齊齊的油布！
他頓了頓，猶豫著要不要打開查看裡頭包著的到底是何物。能讓安炳德臨死前都死死地護著，他潛意識中隱隱覺得，這裡頭所隱藏的秘密是他接受不了的。
「小叔叔，快打開看看，看能否找到有關凶手的線索！」柳耀海見他遲遲沒有動作，忍不住催促。

柳敬北深吸口氣，緩緩將包得密密實實的油布打了開來——

裡頭只有一封信。

他顫著手拆開信封，剛看了幾行字便臉色大變，雙手亦抖得厲害，直至將信全部讀完，臉上滿是道不盡的悲憤痛恨。

「小……小叔叔？」兩兄弟見他神情突變，心中更為不安。

良久，柳敬北才將那封恍若千斤重的信摺好，重又包入油布中，塞進懷裡，啞聲吩咐。「耀海，你速速回去通知你爹與兩位伯叔，就說，就說你安伯伯……」他哽了哽，將眼中淚意強壓回去，繼續道：「此事萬不可讓外人知曉，更不要報官。」

稍晚，柳家幾人便趁著沒人留意靜悄悄地將安炳德帶回了家中。安炳德自幼父母雙亡，至今孤身一人，跟著幾位朋友走鏢，日子過得逍遙自在，只可惜卻……

柳敬東兄弟四人親自替他淨過身，換上了乾淨的衣物，含著淚將其安葬。

柳琇蕊怔怔地望著緊閉的房門，裡頭爹爹及叔伯們正密議著重要之事。她不明白為何安伯伯會突然死在父兄布下的陷阱當中，更不明白為何大伯他們不報官。

柳耀河站在她身後，同樣定定地看著映在窗上的四道人影，眉頭緊鎖，甚至連一向大大咧咧的柳耀海神情亦是一片沈重。

柳琇蕊終是不知道幾位長輩關在屋裡到底說了些什麼，亦無法探知那位安伯伯的死因，只聽柳耀海說他生前受了極重的傷，想來應是傷重而亡；至於是何人所傷，以及為何會掉落在陷阱當中，柳耀海也無法說出個所以然來。

不過，她卻能感覺得到，自得知安伯伯死訊後，爹爹便更加陰沈莫測了。有幾回她見到他怔怔地望著曾祖父母及祖父母的靈位出神，更有一回，她親眼見著他一掌拍在屋裡那張厚實的圓桌上，轟地一下，圓桌應聲而倒，將正欲進門的她嚇了好一大跳。

這一日，柳敬南又到了大房處不知商量何事，柳琇蕊如平日那般到他的書房中打掃。說是書房，其實不過是柳耀河兄妹三人幼時練字的地方，後來便歸柳敬南所用。

她先用雞毛撢子將書案等處的灰塵撢了撢，再將散開的書卷合上放好，正欲回過身去尋抹布，「砰」的一聲撞到了書案下半開著的抽屜，痛得她眼淚都要飆出來了。

她蹲下身子，捂著被撞疼的腿，待那陣痛楚慢慢散了些，這才伸手去推上那個抽屜。

「兵法？」抽屜裡一本陳舊的書冊吸引了她的注意，她將書拿出來，見封面破舊到只能看清「兵法」兩字，隨手翻了翻，發覺裡面密密麻麻寫滿了批注，那字跡，瞧著有幾分眼熟，她翻了幾頁，一個名字霎時跳入她眼中——

柳震鋒。

她暗忖，莫非這些批注均是這位「柳震鋒」所寫？只是，這柳震鋒又是何人？為何家中會有他所批注的書？

「阿蕊，可好了？」柳耀海推門進來。

「快好了。」她飛快將書放回原處，重新關好抽屜，見外頭那把鎖開著，又順手鎖了上去。

「二哥，你可認識一位叫柳震鋒之人？」兄妹兩人坐在屋裡，柳琇蕊想了又想，終是忍不住開口問柳耀海。

「柳震鋒？」柳耀海冥思苦想，然後很肯定地搖搖頭。「不認識。」

柳琇蕊失望地「哦」了一聲。

「不如咱們去問問慎之，他見多識廣，說不定認識。」柳耀海見她一臉發愁，提議道。

柳琇蕊蹙眉。連日來先後經歷了葉家父女及安炳德的死，她倒也忘了去找那無賴胚子算帳，如今聽柳耀海提起紀淮名字方想起這事，只是心中對「柳震鋒」的好奇終是占了上風，她點點頭。「好！」

兄妹倆說走就走，立即到隔壁拜訪，前來開門的書墨見到柳琇蕊，身子下意識便縮了縮。

紀淮對兩人的到來亦有幾分意外，村裡死了人他自然清楚，更何況死的還是柳家大伯未來親家及兒媳婦，他心中亦感沈重。

「紀書呆，你可認識一位叫柳震鋒之人？」柳琇蕊無暇顧及其他，劈頭便問。

「柳震鋒？」紀淮挑挑眉。「妳怎會問起這個？」

「你先說說你可認識？」

紀淮搖搖頭。「不認識。」

柳琇蕊失望地嘆了口氣，不知怎的，她就是對這「柳震鋒」充滿了好奇。

「世上同名之人數不勝數，若妳問的是那一位，或許我多多少少清楚些。」紀淮見不得她這般失望的表情，又接著道。

「他是何人？家住何處？現在何方？」柳琇蕊驚喜地上前幾步，扯著他的袖口連聲發問。

紀淮微微一笑，也不在意，徐徐地道：「佑元朝之時，大商國曾有位征西元帥，他的名諱便是『震鋒』，亦是姓柳，當年正是這位柳元帥領兵擊退西其人侵犯我大商國。」

「後來呢？」柳耀海亦被勾起了興趣，忍不住追問。

紀淮呷了口茶，清清嗓子。

「後來西南聯軍來犯，柳元帥再次出征，而跟著他上戰場的還有柳家兩名將軍及三名少將軍……」說到這裡，他似是想到了什麼，停了下來，直至柳耀海再次催促，這才緩緩又道：「只可惜在挽城之戰中，柳元帥大意輕敵，導致三千將士陣亡，他本人與兩位柳將軍亦戰死沙場，柳家，六人去，三人歸……」

元帥柳震鋒，半生戎馬、一世威名，可惜晚節不保，朝野上下提起這位戰功彪炳的大元帥，無一不是搖頭嘆息。

柳琇蕊兄妹兩人走後，紀淮靜靜坐在書房內，想想那位柳元帥，良久，發出一聲輕嘆。

或許，他看中的女子，有個了不得的出身呢！

第十三章

「你這是什麼意思？讓我與孩子們到易州去？」高淑容放下手中桃木梳，轉過身來滿眼不可置信。

「妳聽我說。」柳敬南走上前來環住她的肩膀。「這也只是暫時，待我……待我辦完事，便親自到陶府接你們。」

「到底發生了什麼事，為何要將我們送走？我總覺得不大對勁，你究竟在瞞著我什麼？」高淑容眼睛一眨不眨地盯著他，試圖從他眼裡尋出答案來。

柳敬南微垂眼瞼，避開她的目光，片刻，摟著她啞聲道：「相信我，待我回來之後，便將所有的事全告訴妳。」

「包括你的過往？」

柳敬南身子一僵，半晌才沈聲回道：「是，包括我的過往，所有過往。」

高淑容沈默不語。嫁進柳家十幾年，她再愚昧也能察覺到柳家人的不同，單是關氏那輕視人的眼神及比縣老爺夫人還標準的禮儀動作，加上雖一身農家婦女打扮亦無法掩飾其雍容貴氣的李氏，這些已足夠讓她清楚，她的夫家，並不是普通的獵戶人家。只不過，她原本看中的也僅是柳敬南這個人，無關他的身世背景，只要他願娶，她肯嫁，還有什麼好在意的？

「易州我就不去了，讓孩子們去吧，你若是不放心，我便回瑨安村住一陣子，直到你回來。」高淑容思量了會兒，從他懷中抬起頭道，見他似是想再勸，她又再接著說：「我不問你此行要做什麼，但你也別當我是傻子，臨行之前將妻兒送走，這代表你此去或有危險。」

一個人若是無後顧之憂，行事便會毫無顧忌，她不走，是為了讓他心有牽掛。

柳敬南怔怔地望著她堅定的眼神，勸說的話堵在了喉嚨，怎麼也無法說出口。此行可有危險他並不確定，送妻兒離去也只是為了預防萬一，祖父、父親與叔父被奸人所害丟了性命不止，還擔了二十幾年的污名，他為人子孫，又怎能不站出來還他們一個清白，同時亦替枉死的三千將士討個公道！

柳家當年變賣家產，所得銀兩全數給了於挽城之戰中與祖父他們一同戰死的將士親屬，一窮二白遠避祈山村。先後經歷了祖母及母親離世、大嫂小產、三弟妹水土不服纏綿病榻，這當中的艱難不易如今想來都讓他滿是心酸。

安炳德身上的信，記載著當年那場戰役的一切，包括祖父身邊的副將馬航雲如何出賣他，導致全軍覆沒的慘劇。如此抽絲剝繭，他大概亦能推出殺害安炳德的凶手到底是何人，便是葉家父女的無端慘死，他都能猜測幾分，極大可能是察覺了凶手什麼不妥之處而被殺人滅口。

與高淑容一般不願離去的還有李氏，她聽了柳敬東的話後，將頭搖得如波浪鼓。「我不走！你的意思我明白，易州陶家雖無人在朝為官，但人脈甚廣，與晉安侯府又是姻親，陶府二房那位慕夫人更是出自慕國公府，我們到了陶府，將來你們便是有事，對方亦不敢上門生事。只是，江兒如今下落不明，你身子又不好，我怎能獨自一人離去？此話你無須多講，我是斷斷不會同意的！」

至於柳琇蕊，自從紀淮家回來之後，她心中便隱隱覺得，那個元帥柳震鋒或許與自家有什麼牽連。聯想那句曾讓她苦苦思索了幾日的「落地鳳凰不如雞」，還有安伯伯到來那晚聽到的又是將軍又是丞相之類的話，這種想法便更堅定了。

她將自己這番推測告知兩位兄長，柳耀河聽罷，想想安炳德臨死前死死護著的那封信，雖他無法得知信中內容，但妹妹這番話，再加上他平日觀察所得……他眼神幽深，若有所思地撫摸著下巴。

然而尚未釐清現況，魯耀宇突如其來的到來讓柳琇蕊又生出想法。難道伯父他們終是打算讓官府插手安伯伯的死了？只是未等她打探清楚，便聽聞柳敬南欲將他們兄妹三人及堂弟柳耀湖一同送往易州陶家，魯耀宇便是前來護送他們上路的。

兄妹幾人自是不願，可柳敬南根本無視他們的意見，直接下了命令，讓柳家兄弟跟著陶家先生好好唸書。

「爹，我是姑娘家，不需要拜先生的，就讓我留在家中陪你和娘吧！」她扯著柳敬南的袖口輕聲軟語懇求。

柳敬南定定地望了望她有幾分肖似過世母親的臉，許久後才又板著臉道：「妳往日規矩實在極為欠缺，陶家一脈以書香傳家，陶家姑娘溫柔嫻靜、知書達禮，陶老夫人與妳祖母交情甚篤，為父正是懇請陶老夫人好生教導教導妳女子應有的舉止行事。」

柳琇蕊的臉瞬間垮了下來，而後似是想到什麼，又滿眼期盼地望著他。「爹，我祖母是什麼樣的人，怎的從未聽你提起？」

柳耀河兄弟聽她這樣問，亦是一臉期待地望向柳敬南，等著他的回答。

柳敬南怔愣。他的母親是怎樣的人？柳府掌事主母，溫柔賢慧，孝敬公婆、善待舅姑、親睦妯娌，卻又性情堅毅，在祖母過世後硬是跟著他們兄弟四人隱居這小小的祈山村，身處逆境亦是樂觀豁達。

兄妹三人見他久久不語，也不敢催促，待柳敬南回過神來，見三雙亮晶晶的眼睛直盯著他，壓抑了許久的心情好似照入了一絲陽光，嘴角揚起一抹淺淺的笑意。

「你們的祖母，是個慈愛仁厚的長者，只可惜過世得早……」憶及母親的病逝，他微不可聞地嘆息一聲，心中對那無恥小人馬航雲更是痛恨入骨。

一夜長談後，饒是柳琇蕊兄妹幾人再不甘願，也得跟著魯耀宇坐上了馬車，除了離家追凶的柳耀江，柳家小輩全被打包送上了開往易州的船。然而不只李氏與高淑容不願離去，便是聽聞丈夫不走的關氏同樣不願意離開，也只是將獨子柳耀湖送了去。

柳琇蕊流著淚向岸上的父母揮手道別，直至親人的身影徹底消失在茫茫天際間，她才擦了擦眼淚回頭尋兄長。

「大哥呢？」她左看右看不見柳耀河，便問一直跟在她身後的柳耀海。

「大哥？方才還在，這會兒倒沒留意。」柳耀海撓撓頭。

同樣眼睛紅紅的柳耀湖亦是搖了搖頭。「不曾留意。」

柳琇蕊急得跺了跺腳。「我去找他！」

「不必了，妳大哥偷偷溜下了船，想來此時應該與你父母一同返家了。」一身藍衣的魯耀宇走了過來，將手中的紙條遞給了柳琇蕊。

一路順風。

工工整整的熟悉字跡，正是柳耀河的，看這裁得整整齊齊的紙張，想來是早有準備。

「大哥可真狡猾！」柳耀海不滿地嘀咕了一句。

可不就是狡猾嗎？自己早有準備，卻把他們兄妹兩人扔在船上。

柳敬南目瞪口呆地望著朝他笑嘻嘻的長子，簡直不敢相信這小子居然能從神捕魯耀宇手中溜走。

「爹，我不能走！你與小叔叔離家，大伯母有伯父照看，三嬸有三叔顧著，可娘親呢？她身邊怎能沒人？」柳耀河見他臉色一沈似要責罵，急急出聲堵住了他的話。

「再者……」他上前幾步，伏在柳敬南耳邊低聲道：「兒子雖愚鈍，但多多少少能猜得到家中發生了什麼事。我的曾祖父，便是那位曾經威名赫赫的柳元帥吧？」

柳敬南大吃一驚，瞪大眼睛盯著長子，只見他笑得如同狡猾的小狐狸一般，一副「你什麼也瞞不過我」的得意神情。

他嘴角抖了抖，到底是小看了這個兒子，雖知道他比幼子聰慧些，但倒沒想到他居然還能猜到祖父的身分。

柳耀河神情一斂，又壓低聲音道：「兒子若是猜測不錯，爹與小叔叔此行便是要去替曾祖父討回公道，還有安伯伯的死，以及那封信……」

柳敬南長嘆一聲，拍拍他的肩膀。「到了家中，為父再與你詳說。」

兒子都猜得八九不離十了，他亦無須再隱瞞，終究是柳家子孫，總得讓兒子了解自己祖輩是怎樣的人，萬一他將來有何不測，兒子亦不至於眼前一抹黑，連仇家是何人都不清楚。

易州陶府為百年書香世家，現任家主陶潤青是易山書院的山長，德高望重，桃李滿天下，與夫人伉儷情深，育有兩子。

柳家老夫人——亦即柳琇蕊親祖母——與陶老夫人是相交多年的好友，而柳敬東兄弟幾個與陶潤青亦是惺惺相惜，是以這才將兒女送到易州來。

轉眼之間，柳琇蕊來到陶府已半月有餘，魯耀宇將他們兄妹三人送到陶府後，只停留了三日便告辭離去。陶家上上下下待他們兄妹甚好，柳耀海與柳耀湖到易山書院唸書，柳琇蕊則留在陶府，陶老夫人每日均要拉著她的手說一會兒話，而兩位夫人亦是和善慈愛，加上還有一位才貌雙全、溫柔親切的陶家小姐陶靜姝，讓一直渴望有姊姊妹妹的柳琇蕊歡喜不已，只是因心中牽掛親人，到底仍是無法完全開懷。

「阿蕊妹妹，妳瞧這是什麼？」陶靜姝將手中信件拿到柳琇蕊眼前晃了晃。

柳琇蕊一眼便認出那是大哥柳耀河的字跡。「是我大哥的信！」

她驚喜地接過信，迫不及待地拆了開來，一字不漏地從頭到尾看了幾遍，得知爹爹與小叔叔在她和兄長、堂弟啟程的次日便也離開了；如今家中眾人均安好，連離家追凶的堂哥亦給伯父、伯母捎了信報平安，讓一直都擔心他的家人稍稍安心了些。

她小心翼翼地將信摺好，再放入信封中，對著陶靜姝笑得眉眼彎彎。「等二哥從書院回來了，我便告訴他這個好消息！」

陶靜姝見她終於笑得開懷，亦暗暗鬆了口氣。

「明日祖母到南華庵還願，妳與我一塊兒去可好？」陶靜姝拉著她的手輕柔地問。

陶靜姝是陶二夫人慕氏的小女兒，亦是陶府唯一的姑娘，上月剛行了及笄禮，性情柔和，琴棋書畫樣樣皆通，在家中極受寵愛。柳琇蕊與她一見如故，陶靜姝更是主動邀請她與自己同住一個院落，陶家長輩見小姑娘們相處融洽，心中自然歡喜。

「好呀。」柳琇蕊笑著答應了。

次日一早，柳琇蕊與陶靜姝陪著陶老夫人到了南華庵。

南華庵與易山書院隔著個小山頭，香火鼎盛，往來之人絡繹不絕。陶老夫人還願後，又捐了些香油錢，便跟在小尼姑身後去聽師太講經。

柳琇蕊百無聊賴地扯著花瓣，站在樹底下等著有事離開一會兒的陶靜姝，手中那朵鮮豔的野花已被她扯得七零八落，可是仍不見陶靜姝的身影。她打算回頭去尋她，方走了幾步，腳上卻踩著一個軟綿綿的物品，她停下一看，見是只做工精緻的荷包，便彎腰撿了起來。

「夫人，可是掉在此處了？奴婢找了許久都未曾見到！」年輕女子焦急的聲音傳來。

「肯定是掉在這裡，方才我還拿著。」

柳琇蕊循聲回頭望去，見一位打扮素雅、綰著婦人髻的年輕女子正彎著身子盯著地上邊走邊看，後頭還跟著一位婢女。

她望了望手中的荷包，莫非她們是在找這個？

柳琇蕊前行幾步，將手中那只荷包遞至那名夫人面前。

「這位夫人，妳可是尋這個？」

「是這個是這個，太多謝妳了！」女子激動萬分地接過，小心翼翼地將上面的塵土抹乾淨，再收入懷中，這才抬頭望著柳琇蕊感激地道：「多謝姑娘，若不是妳，妾身也不知何時才能找得到。」

「夫人不必客氣，不過舉手之勞，當不得夫人謝。」柳琇蕊朝她微微一笑。

女子聞言一怔，神情有些恍惚，片刻才試探著問：「聽姑娘的口音，似是燕州人士？」

柳琇蕊倒沒想到對方竟能猜出她的來歷，不禁高興地點了點頭。「我確是燕州人士，夫人好生厲害，這樣都能分得出來！」

「燕州人傑地靈，轄內永昌鎮更是前朝才子丞相孟淵的故鄉，妾身，神往已久……」

柳琇蕊一聽更高興了，有種他鄉遇故知之感。「我正是燕州城永昌鎮人，不知夫人？」

女子又是一怔，半晌，微垂眼瞼，輕聲回道：「妾身本是雍州人士。」

柳琇蕊有點失望地哦了一聲，未等她再說，那女子揚起一抹笑容道：「今日多得姑娘，我娘家姓洛，不知姑娘如何稱呼？」

「我姓柳——」

「阿蕊妹妹。」

柳琇蕊話音未完，便聽見陶靜姝喚她。

「洛夫人？妳與阿蕊妹妹認得？」陶靜姝走上前來，認出對方正是住在庵裡、人稱洛夫人的女子。

「陶姑娘。」洛夫人對她輕輕柔柔地笑了笑。「方才妾身遺失了個重要物品，多得柳姑娘才能找回。」

「如此可真巧了。」

三人又說了會兒話，洛夫人便邀請她們到住處小坐。

盛情難卻，陶靜姝想了想，總歸祖母至少還要半個時辰才能出來，便與柳琇蕊一同謝過了她，又吩咐身後婢女尋人告知陶老夫人身邊伺候的嬤嬤，這才與洛夫人一起到了位於南華庵西側的小院落裡。

「夫人這兒可真是個清幽靜雅之處！」陶靜姝望著佈置得錯落有致，典雅宜人的小院，忍不住讚嘆。

「陶姑娘過獎了，這邊請。」洛夫人含笑迎著她們進了屋。

三人一落坐，便有丫鬟奉上茶。

「咦，這是燕州產的雲秀茶！」柳琇蕊抿了一口，不由奇道。

燕州雲秀茶並不出名，甚少銷往外地，大多是當地人自家飲用。她記得紀淮那書呆子極愛此茶，每回到了自己家，娘親便會讓她準備燕州雲秀，是以她才會認得出。

「正是燕州雲秀，柳姑娘好眼力！」

「洛夫人過獎了，只因認識一人極好此茶，我才認得出。」柳琇蕊不好意思地笑笑。

「妾身也識得一人極好此茶……」洛夫人幽幽地道，聲音中有著無盡的唏噓及懷念，片刻，她笑道：「都說燕州永昌山川各有特色，可惜妾身一直無緣得見，不知柳姑娘可否介紹一二？」

柳琇蕊聽她提起家鄉之事自然歡喜，吱吱喳喳便說個不停。

陶靜姝不動聲色地觀察著洛夫人，見她總是有意無意地提起燕州永昌，似是對那處充滿興趣，她心中疑惑。這洛夫人她也見過幾回，一向是副清清淡淡的樣子，有種拒人千里之感，如今卻對柳琇蕊如此熱情，莫非真是因為人與人之間的緣分？

她百思不得其解，但也清楚對方不是壞人，否則師太又怎可能單獨闢一方院落讓她居住。

三人閒話一陣，柳琇蕊與洛夫人已開始以姊妹相稱了，談話間，兩人得知那洛夫人出自雍州洛氏，閨名芳芝，夫家姓李，只是不知何故，對外多是報娘家姓。

待時辰差不多，柳、陶兩人告辭離去後，洛芳芝怔怔地望著窗外出神。

燕州永昌鎮啊……也不知那人怎樣了，可會怨她？想來是怨的，畢竟是她負了他……

她幽幽長嘆，直到聽聞婢女鳴秋輕喚方回神。

「夫人，剛收到侍衛傳來的消息，大人半月後會親自來接您回府。」

洛芳芝冷笑一聲。「怎麼，難不成我還能逃走？值得他急匆匆來接！」

鳴秋不敢出聲，垂手低頭站立一旁。自家大人與夫人關係之僵她自是清楚，夫人性子原就清淡，對上大人更冰冷許多，偏偏大人性情寡言陰沈，兩人對上便可想而知了。

想到那個心狠手辣的男人，洛芳芝又添幾分煩躁，若不是此人，她怎會落到如今這般地步！

而另一頭，柳琇蕊今日結識了新的朋友，一路上滿臉都是藏不住的笑容，陶老夫人見她這般模樣，不禁逗她。「阿蕊可是遇到了好事？說出來也讓陶奶奶高興高興。」

柳琇蕊立即抱著她的手臂，嘰嘰喳喳地將遇到洛芳芝的事說了出來。

陶老夫人笑咪咪地望著她，直到她停下才道：「洛夫人啊？陶奶奶也見過，人挺好的。」

柳琇蕊聽她如此誇讚，不由得笑得更開心了。

一行人剛返回陶府，便見陶大夫人身邊的婢女迎上來。

「老夫人您可回來了，剛剛永寧縣主還問起您呢！」

「永寧縣主來了？怎的不提前通知？」陶老夫人一怔。

「縣主也是臨時起意，不讓人通知，故……」

想到那個我行我素的永寧縣主，陶老夫人暗嘆一聲。

柳琇蕊滿是疑惑地來回望望她們。永寧縣主？

陶靜姝低聲替她解惑。「永寧縣主是文馨長公主之女，當今皇上表妹。」

第十四章

柳琇蕊自幼長於山村，從未見過什麼達官貴人，不論是外祖高老舉人，還是她的父母叔伯，從不對她說這些，是以她對這位永寧縣主充滿了好奇。

跟在陶老夫人身後進了屋，便見一身華服的美貌女子坐在上首正與陶家二夫人慕氏說著話，而她左側的陶家大夫人則是端莊溫雅地微笑著，也不搭話。

「見過永寧縣主。」

陶老夫人對著她便要行禮，那女子急急起身扶住她。

「老夫人不必多禮！」頓了一下，她又望望跟在陶老夫人身後的陶靜姝與柳琇蕊，待兩人行完禮後便問：「不知陶家姊姊身旁那位是何人，我怎的從未見過？」

「這是老身故友孫女。」

「哦。」永寧縣主斜睨了柳琇蕊一眼，見她做平民女子打扮，便不感興趣地移開了目光。

「長公主殿下可好？」眾人落坐後，陶老夫人便問道。

「娘身子還好，老夫人有心了。」永寧縣主笑著回了一句。

柳琇蕊站在陶二夫人身後，聽著眾人的寒暄，心思早就不知飛哪兒去了。

不知道這會兒娘和大哥在做什麼？爹爹與小叔叔又身在何處？她什麼時候才能回家？陶

家雖好，長輩們也很和善，但終究不是她的家。還有葉老伯、英梅姊及安伯伯的死，真凶是否捉到了？而那個柳震鋒，與自家到底是什麼關係……

「老夫人，文馨長公主與駙馬到了！」

陶家人一聽，急急起身出門迎接，只有永寧縣主不高興地努努嘴，坐在原位一動不動。

高貴典雅的文馨長公主聲音溫柔悅耳，親自扶起向她行禮的陶老夫人。「老夫人無須多禮。」

眾人簇擁著她往屋裡走，長公主一直輕輕柔柔地與陶老夫人說著話，待見到女兒一臉不高興地坐在屋裡，正想訓斥幾句，卻瞄到一個有幾分熟悉的面孔。

「這、這位姑娘……」她怔怔地望著柳琇蕊，眼中似有驚喜，又似不敢置信。

柳琇蕊被她望得莫名其妙，不懂為何自己會引起對方的注意，片刻後又聽文馨長公主問她。「妳叫什麼名字？」

陶老夫人張張嘴，終是沒有出聲，只是微不可聞地嘆息一聲。

柳琇蕊被她灼灼的目光盯得有幾分不自在。「我、我叫柳琇蕊。」

「柳」字剛出口，長公主身子便微微晃了晃，只見她阻住欲喝斥柳琇蕊不懂規矩的女兒，勉強牽起一絲笑容道：「果真是個好名字。」接著朝一言不發的陶老夫人望去，眼中有詢問、有期盼、更有恐慌。

陶老夫人深深地回望她一眼，隨後輕輕點了點頭。

長公主臉色霎時白了幾分，半晌，才強笑著對柳琇蕊道：「妳家中可還有什麼人？」

「父母與兩位兄長。」柳琇蕊脆聲答道。

長公主身子又是一僵。「妳……妳二伯母可好？」

「二伯母？我沒有二伯母，只有大伯母和三嬸。」柳琇蕊望了望她。這公主好生奇怪，語氣好似與自家人是舊識一般，可卻又不知道她爹在家中排行第二。

這下長公主臉色蒼白如紙。沒有二伯母……是啊，二十年了，她又怎敢奢望別人一如當年……

深知內情的陶家幾位長輩相互對望一眼，暗自嘆息一聲。

「公主殿下，請上座。」陶老夫人率先打破沈默。

長公主恍恍惚惚地由著陶老夫人引著她落坐，而永寧縣主則是恨恨地刮了柳琇蕊一眼，這才跟上前去坐在她娘親身邊。

柳琇蕊感到相當莫名其妙，她是哪裡得罪這位縣主了？

待這對高貴的母女離開後，柳琇蕊才鬆了口氣。那長公主也不知怎麼回事，老是有意無意地朝她望來，那位縣主則是時不時送她幾個眼刀子，讓她渾身不自在。

「阿蕊，到陶奶奶這兒來。」陶老夫人朝她招招手，拉著她坐到自己身邊，憐愛地摸摸她的臉。這般肖似故友的容貌，莫怪長公主認得出來。她雖不清楚柳家人為何將兒女送至陶府，但當年柳家歸隱後杳無音信，一走就是二十餘年，如今這般送走兒女，想來定是出了大事。

陶二夫人慕氏定定望著這一幕，想想方才長公主的舉動，眉頭緊蹙。她這番表現是要做什麼？當年那事鬧得轟動，如今男婚女嫁，各自有後，這般緬懷過去之舉未免讓人覺得可笑！

「柳阿蕊！」

身後響起熟悉的聲音，柳琇蕊不必回頭便知是何人，會這般叫她的除了堂弟柳耀湖外不作他想。

柳琇蕊與這個小她幾個月的堂弟自小便不對盤，只不過如今年長，彼此都會退讓幾分，這才沒像幼時那般三頭兩日鬥一場。

「做什麼呢？」她停下腳步沒好氣地瞥了他一眼。

柳耀湖也不在意，將手中包袱塞了過去。「衣服刮破了，幫我補一下。」

柳琇蕊下意識便接住，反應過來後惱道：「才補好沒幾日，這又壞了？你到底做什麼了？若是學些不三不四的，你瞧三叔會不會饒你！」

「沒學沒學，就是學騎射時刮破的。」柳耀湖解釋，接著又特意叮囑。「妳可別在我爹面前胡亂告狀！」

「你若沒做，我也懶得理你！」

將包袱抱緊了些，柳琇蕊正打算離開，便聽柳耀湖神神秘秘地道：「柳阿蕊，聽說昨日長公主到府中來了？妳可見著她？」

「見著了。」

「可好看？據聞她可是皇室公主、郡主中最好看的！」

柳琇蕊想了想，誠實地點了點頭。「嗯，好看！」

「那妳猜我今日見著誰了？公主府的大公子！」柳耀湖有幾分神秘地道。

「公主的兒子？這有什麼，她女兒都在，兒子來了也不奇怪。」

「不不不，這位大公子可不是公主的兒子，是駙馬的兒子！」柳耀湖一臉「就知道妳猜不著」的表情。

柳琇蕊一驚。「這是怎麼回事？」

「據說這文馨長公主曾和離過，而駙馬亦娶過妻，還有個嫡子。」

柳琇蕊有點懵了，好一會兒才嘀咕道：「真麻煩。」

「確實挺麻煩的，這大公子地位可尷尬了，娶過妻，可沒幾年妻子就病死了，他自個兒又沒有好差事，想謀個出路不容易啊！」柳耀湖一臉同情。

「誰讓你學這些口舌的，三嬸若知道你一個男子漢跟個婦道人家一樣說三道四，你瞧她會怎樣訓你！」柳琇蕊乘機拍了他一下，引得柳耀湖敢怒不敢言地瞪了她一眼。

「不說就不說，不理妳了！」柳耀湖嘟囔幾句，悻悻然地走了。

看著柳耀湖離去，回想方才他那些話，柳琇蕊忍不住暗忖。奇怪的長公主，麻煩的一家人！

她走了幾步，想到家中這段日子發生的事，不知怎的腦中突然冒出一個想法——或許他們家與這位長公主還真有些過往也說不定。

這想法一冒頭，她便有些坐立不安了，加快腳步，將包袱放回屋裡後，三步併作兩步來到陶二夫人慕氏院裡。

陶二夫人見她到來，不動聲色地招呼。「阿蕊來了？」

柳琇蕊向她行了禮後，開門見山地問：「二嬸嬸，昨日那長公主可與我們家有舊？」

陶二夫人一愣，輕嘆一聲，招呼她到身邊坐著。「二嬸嬸也不瞞妳，確是如妳所想，但具體內情卻不是二嬸嬸能說的。」

柳琇蕊有點失望，但心思一轉，又帶著幾分黯然道：「曾祖父當年那般……」

陶二夫人又是一聲嘆息，拍拍她的手背。「柳元帥忠心為國，這一點無人能否認，妳也無須多想。」

柳琇蕊呼吸一窒，喉嚨似有硬物梗住一般，許多疑惑之事頓時都有了答案。她一直好奇的元帥柳震鋒果然是她的曾祖父，那當年跟隨曾祖父出征的應還有祖父及叔祖父，而另三位少將軍想來就是爹爹及伯父他們。只是，爹爹兄弟四人，剩下那位沒有跟去的是誰呢？

當柳敬東的傷腿、柳敬西的長年咳嗽及柳敬北背後觸目驚心的疤痕在她腦中閃現時，她嚇了一跳。那個留下來的人，是她爹?!

可為什麼呢？當年她爹為何會被留下？難道他身子不好，又或是被什麼絆住了？

她越想越頭疼，匆匆向陶二夫人告罪後便回到自己屋裡。不知怎的，她總對親爹當年沒有跟隨曾祖父出征這事感到有點不安……

紀淮這段日子很憋悶，他好不容易鼓起勇氣拋棄聖人的諄諄教誨，耍了把無賴宣示主權，但還未得到對方回應便糊裡糊塗地落幕了，這怎不讓他萬分洩氣？加上柳耀河兄弟在臨行前還曾與他告別，可柳琇蕊卻一聲不吭，讓他又洩氣幾分。

而柳家兄妹走後，緊接著柳敬南與柳敬北亦離家，這讓他不免深思，柳家莫非出了什麼事？

他苦思不得解，但見隔壁柳敬東等人與往日一般無二，他也就暫且放下心來。

這一日，因與同窗有約，他帶著書墨回了鎮裡。

「據聞二十年前那位因大意輕敵而導致全軍覆沒的柳元帥是被副將出賣的，當今皇上下旨追封他為威國公，柳家後人也奉召上京……」

「那副將是何人？為何要出賣柳元帥？」

「誰知道呢！這種賣國的小人，就該千刀萬剮！」

「柳元帥的後人不是早就不知所終了嗎？」

「祖輩冤屈都洗清了，這會兒自然得站出來。」

紀淮有些恍惚地進了廂房，將身後那些議論全部擋在了門外。

元帥柳震鋒……柳家……

莫非這就是柳家小輩及柳敬南兄弟倆離家的原因？當年那場戰事另有內情？

「紀兄，怎的不入座？」

他回過神來，略帶歉意地朝著同窗徐繼麟笑了笑，這才落坐。

「紀兄也聽聞了柳元帥那事？」徐繼麟笑笑地問。

「略有所聞。」紀淮也不瞞他。

「果真是峰迴路轉，都過了二十餘年，沒想到如今還能沈冤得雪；只是終究物是人非，柳家後人便是再得封賞，又怎能與鼎盛的當年相比？」徐繼麟嘆息。

紀淮將酒杯斟滿，再仰頭一飲而盡，感嘆道：「是非成敗轉頭空，人生起起落落實屬平常。」

高淑容沈默地由著那幫突然出現在家中、一身婢僕打扮的人手腳麻利地裝著行李，心中仍是如驚濤駭浪一般。

上京？她這輩子去過最遠的地方也就一個永昌鎮，如今竟然要上京？

原以為這些人是走錯了門，可瞧著一位滿頭花白的老婦人突然衝上來抱著李氏叫「夫人」……

她苦笑。不怪關氏總是瞧不上自己，原來果真是自己高攀了柳家！

「二弟妹，東西可都收拾好了？」李氏滿臉喜氣地跨進了門。

高淑容收斂心緒，扯出一絲笑容道：「都好了，勞大嫂費心了。」

李氏察言觀色，見她神色不對，暗嘆一聲，坐到她身邊拉著她的手。「大嫂知道妳有許多事想問，可這些還是待到了京城見到二弟，由他親自向妳解釋比較好。」

高淑容點點頭。「我明白的，妳去忙吧，家裡這會兒正亂著呢！」

她亦是在等，等見了柳敬南，等他親口告訴她前因後果，告訴她全部的曾經。

「阿蕊幾個孩子，四弟已經親自去易州接了，如今想來也在進京的路上，相信再過不了多久，便能一家團聚了。」李氏又安慰道。

聽她提及一雙兒女，高淑容怔了怔。說起來她也有幾個月不曾見到他們了，也不知這段日子他們過得可好？

「瑨安村那邊……還有村裡一些交好的人家，不知二弟妹……」李氏猶豫了下，終是開口問道。

高淑容點點頭。「我都打過招呼了，只說須離家一陣，並不曾說其他。」她自己都不清不楚的，又哪能明明白白地告知別人；倒是她的親爹，好似猜到了什麼，聽了她的話也只是點點頭，再叮囑了她一番。

「慎之一向與咱們家親近，如今我們這般突然離去，總得與他道個別，只可惜他前些日子便歸家去了……」李氏傳達柳敬東的意思。

「大嫂放心，耀河已經到鎮裡去了，相信以他與慎之的交情，會到紀府去的。」

而另一邊，與興奮的柳耀海及柳耀湖不同，柳琇蕊一路都有些忐忑不安，雖然柳敬北親自護送他們，可突然聽聞身分轉變，未來更要到一個完全陌生的地方生活，曾經熟悉的某些人，或許終己一生再難見面，這怎能不讓她憂心。

從燕州的小山村，再到易州的書香世家，如今又要到說書人口中那個滿城繁華的京都，過戲裡那些大門不出、二門不邁的生活……她實在無法想像，也覺得十分不安。

突然停下的馬車，將她從沈思中喚醒，接著便聽到柳敬北的聲音在車外響起。

「阿蕊，到了！」

她慌忙整理心緒，正要伸手去掀車簾，一隻布滿老繭的手卻率先將其掀了開來，明媚溫暖的陽光照了進來，她下意識便合上了眼。

「太像了、太像了……」

喃喃的細語在耳邊響起，她睜眼一望，便見一位老婦人滿臉激動地看著她。

她怔怔地望著對方，待那老婦人反應過來，一邊擦著淚水，一邊朝她伸出手來。「小姐，老奴扶您下車。」

柳琇蕊嚇得連連擺手。「不用了不用了，老奶奶，我自己可以的！」

「這怎麼可以！」老婦人不贊同地搖搖頭，堅持地伸著手。

柳敬北久不見姪女下車，行前幾步發現異樣，輕嘆一聲。「阿蕊，聽林嬤嬤的。」

柳琇蕊無法，只好將手搭在林嬤嬤手上，由著她扶著自己下了馬車。

「威國公府」四個剛勁有力的大字映入眼中，她腳步一頓。

「小姐？」林嬤嬤疑惑地喚了她一聲。

她垂下眼瞼，一聲不吭地讓林嬤嬤引著她進了門。

穿過二重門，走過曲徑遊廊，柳琇蕊只是微低著頭尋思默想，直到柳耀海的歡叫聲響起——

「爹！」

她猛地抬頭，見柳敬南含笑站在前方不遠處朝著他們望過來，柳耀海大步走到他跟前，紅通通的臉上全是掩飾不住的驚喜。

前方父兄愉悅的笑容感染了柳琇蕊，她不由自主地加快了腳步，迎上前去。

「爹！」

柳敬南依舊是微笑著任由她習慣性地扯著自己的袖口。「一路可累著了？」

柳琇蕊搖搖頭。「不曾。」

林嬤嬤抹抹淚花，帶笑望著這一家三口，只覺得心中二十幾年的灰暗一下子便被風吹散了開來……

通往京城的官道上，幾輛青布馬車轆轆前行，不到半個時辰，在一處驛站前停了下來。

柳敬東率先從最前面那輛馬車上跳下來，片刻即有驛丞迎了上來。

高淑容坐在馬車上，心不在焉地絞著手中的帕子，隨著離京城越來越近，她心中便越發不安。

「二夫人，驛站到了！」

車外恭恭敬敬的下人聲傳了進來，她整整衣飾、髮髻，搭著婢女的手下了車。

她不著痕跡地環顧了一周，見前頭驛丞滿面笑容地與柳敬東、柳敬西兩人不知說著什麼，片刻又見柳敬東低聲吩咐下人，那下人快走幾步到李氏跟前，壓低聲音說了幾句話。高淑容正感疑惑，便見李氏抬頭朝她望過來，眼中帶著幾分擔憂，讓她更是困惑。

「耀河，你到前方看看，可是發生了什麼事？」她側頭吩咐跟在身邊的柳耀河。

柳耀河點點頭，大步上前抓著個人低聲問了幾句，這才走了回來。

「娘，說是驛站裡有位長公主殿下，原先安排的房間大概得變動些許。」

長公主殿下？高淑容蹙眉，方才李氏擔憂的眼神令她不禁對這位尊貴的長公主殿下有幾分在意。

「二弟妹……」李氏在原地思量了一會兒，終是走了過來，柳三嬸關氏則跟在她的身後。

高淑容望望李氏擔心關切的神情，又望望關氏帶著幾分同情的目光，心中的不安感更盛。

「大嫂、弟妹。」她故作不知情，如同平日一般打著招呼。

李氏張張嘴，輕嘆一聲，用力握著她的手，溫和地道：「不管怎樣，妳只要記得妳是柳家的二夫人、耀河他們兄妹三人的娘親，旁的，都不要緊！」

高淑容被她這番話說得心中一突，莫非真如她所料，那位長公主殿下與她有什麼不妥？

「三位夫人，公主殿下召見。」文馨長公主府的婢女千嬋過來傳話。

李氏與關氏對望一眼，不約而同地齊刷刷望著高淑容，片刻又若無其事地移開了視線。

「煩請姑娘在前頭帶路。」李氏率先出聲。

千嬋連道幾聲不敢，這才引著三人往暫且安置文馨長公主的屋裡去。

柳敬東兄弟倆眉頭緊皺，遠遠地望著三人的身影一點一點消失在視線裡，不禁暗暗嘆息。

回京頭一個遇上的，居然是那人，這真是扯不斷的孽緣啊！

高淑容目不斜視地跟著李氏進了屋，學著李氏、關氏的樣子向文馨長公主行了禮。說起來也多得這十幾年來關氏時不時對她挑刺，這才使得她如今面對貴人亦能不失禮於前。

「多年不見，大……大夫人一向可好？」輕輕柔柔的嗓音，恍若三月春風拂過一般，讓人不自覺便要放鬆下來。

高淑容不動聲色地瞄了一眼上首一身華服的高貴女子——嬌柔若水、秀美如花，這便是文馨長公主給她的第一印象。

「多謝公主殿下關心，民婦一切安好。」李氏不卑不亢地道。

長公主心中一滯，原本光彩照人的雙眸瞬間暗淡下來，良久，輕聲道：「皇上已經下旨追封柳元帥為威國公，如今爵位已由大……大老爺承襲，夫人這聲『民婦』確是不必。」

「謝公主教導。」李氏照舊是恭恭敬敬地施了一禮。

長公主輕咬唇瓣，怔怔地望著她那客氣疏離的神情，不由得苦笑一聲。

關氏見氣氛不對勁，輕輕地伸手扯了一下李氏的衣袖，然後朝著文馨長公主笑道：「都說殿下所出的永寧縣主端莊秀雅肖似其母，怎的不見？」

長公主感激地朝她笑笑。「她前些日便回府了。」頓了一下，將目光移至一聲不吭的高淑容身上，只見她一身與李、關兩人相差無幾的普通民婦打扮，微垂著頭，倒看不清容貌如何。

她瞧著有些失神。便是這樣一位女子陪伴在他身邊長達二十年，並且誕下了他的兒女？

高淑容被她灼灼的視線盯得更加不自在，兩道秀眉不自覺地蹙了蹙。

「妳是……柳……二夫人？」有些遲疑，又似含著惆悵的嗓音在安靜的屋裡顯得更為清晰可聞。

高淑容微微抬頭，迎上對方的視線，片刻又垂下眼瞼，聲音不疾不徐，卻擲地有聲。

「民婦確是柳二夫人。」

長公主身子顫了顫，袖中雙手死死緊握。柳二夫人……柳二夫人，好一個柳二夫人！

她只覺心中苦澀難當，一波又一波的酸楚襲來，讓她身子抖得更厲害，視線也漸漸變得矇矓起來。

使君有婦，羅敷有夫，她不是早就知道了嗎？從此男婚女嫁，再不相干，她縱是公主之尊，亦無法阻止時光的流逝，故人不再……

高淑容再也顧不得什麼禮節規矩，眼睛眨也不眨地盯著上首有些失態的高貴女子，對方那發自內心深處的傷感，她縱使再遲鈍，亦能清清楚楚地感受到。

只是，這又是為什麼？

李氏眉頭緊皺。如今這算什麼？

「公主！」生怕長公主的失態會引起不必要的誤會，她猛地出聲，驚醒了沈浸在過往的公主殿下。

「大……大夫人有話請講。」長公主回過神來，迎上李氏不贊同的目光，心中一驚，知道自己方才失態了，她慌忙整整思緒，揚起大方得體的笑容。

「公主明日仍須趕路，妾身與兩位弟妹便不再打擾了。」長公主臉上的笑容斂起了幾分，頗具無奈地低嘆一聲，轉頭吩咐身邊的婢女。「既如此，千嬋，送送三位夫人。」

千嬋領了命，引著行過了禮的李氏三人出了屋，這才回去覆命。

「大嫂！」關氏有些不甘地喚了一聲。

李氏瞪了她一眼，轉過身去握著沈默不語的高淑容的雙手，壓低聲音道：「二弟妹，再等等，等進了京，見到了二弟，他自會將一切與妳說清楚。」

高淑容定定地望了她一會兒，勾勾嘴角道：「我知道，妳放心，正如大嫂所說，我是柳家的二夫人，無論是現在，還是未來，這一點，無人能改變！」

翌日，因雙方目的地一致，公主位尊，車駕自然先行，柳家緊隨其後，兩撥人馬繼續朝京城出發。

經過文馨長公主召見，高淑容原本不安的心緒反而漸漸平復了下來。這個夫君是她所選，是好是歹她都不會後悔當年的決定，十幾年風雨同路，她自問盡了為人妻、為人母應盡的一切責任，假若天不遂人願，君無情，她便休！

馬車輪子輾壓在大道上，發出一陣骨碌碌的響聲，雄渾巍峨的城牆矗立前方，那便是大商國的京都。

急促的駿馬從城門處疾馳而來，朝兩撥車隊奔去。

正茫然地坐在車內的文馨長公主，心中似有所感，猛地掀開窗簾，竟看到一個讓她每每想起便悔痛難當的熟悉身影。

「擎……」她下意識開口呼喚，可馬上的男子眨眼間便從她眼前掠了過去。

「公主！」千嬋被她不顧身分的行為嚇了一跳，慌忙出聲提醒。

長公主恍若未聞，怔怔地望著那個離她越來越遠的身影，而她自己，則被馬車載往相反方向而去……

道不同，何以攜手百年？

來到柳家車隊前，柳敬南翻身下馬，強自抑住心中激動，大步上前緊緊握住剛步下馬車的柳敬東的雙手，眼眶微紅。「大哥……」

柳敬東亦是熱淚盈眶，他反握住柳敬南的手，顫聲道：「大哥知道，大哥都知道！」

一旁的柳敬西擦了擦眼中淚花，拍拍兄長們緊握住的手。「大哥、二哥，此處人多不便，還是先回府再說。」

兄弟倆各自整理一番，柳敬東望望二弟欲言又止的神情，微微笑道：「二弟妹坐後頭第三輛馬車。」

柳敬南佯咳一聲以掩飾微微泛紅的一張老臉，轉過身去拍拍迎上前來的柳耀河的肩膀，大步朝妻子乘坐的馬車而去。

高淑容先是聽得前頭有人喚了聲「二爺」，尚未來得及細想這二爺是何人，馬車便停了下來，下一秒，車簾被人從外頭撩開，一個高大的身影鑽了上來。

「阿容……」

熟悉的輕語，打扮得有幾分陌生的枕邊人，讓高淑容一時有些許失神。

柳敬南見她呆呆地望著自己，與平日爽脆俐落的樣子大相徑庭，眼中不由自主地逸出幾分笑意來。

「阿容……」他湊到她身旁，靠近她耳邊又是低低地喚了一聲。

溫熱的氣息噴拂得她耳朵癢癢的，高淑容一邊揉揉泛紅的耳，一邊沒好氣地瞪了他一眼。「做什麼這般叫來叫去的！」

柳敬南見她瞬間回復過來，不禁輕笑出聲，長達數月之久的心中鬱結隨著這聲輕笑散了開來，他低低嘆息，猛地摟緊妻子的腰肢，將腦袋搭到她的肩窩上，甕聲甕氣地道：「讓我靠一靠。」

高淑容大感意外，成婚十餘年，這還是柳敬南頭一回在白日裡這般親近她，亦是頭一回在她面前表露出這般茫然無助的脆弱神情。

她一動不動地由著他越摟越緊，原有些許僵硬的身子慢慢軟了下來，良久，抬起手輕輕地回抱住他。

柳敬南感覺到她的溫柔憐惜，不由得抱得更緊了些，似是要從對方柔弱的身子裡吸取勇氣一般。

車外又陸續響起幾道聲音，不一會兒車輪子徐徐地動了起來，車內仍洋溢著濃濃溫情……

威國公府內，久別重逢的柳家人齊聚一堂。

柳敬東坐在主位，望了望一臉疑惑地盯著自己的姪兒、姪女，想到仍未歸來的長子，心中一陣憂慮。

「大哥，事到如今，還是先將柳家之事說與他們聽吧！」柳敬北率先打破寧靜。這個他們，指的自然是柳家歸隱後才進門的高淑容及柳耀河等小輩。

柳敬東點點頭，將當年他們兄弟三人跟隨祖父、父親及叔父征戰沙場，祖父被信任的得力副將馬航雲出賣，於挽城落入敵軍圈套，與三千將士一同戰死，以及後來柳家功過相抵，祖母柳太君散盡家財，帶著他們歸隱祈山村之事詳詳細細地說了出來。

柳耀海聽得青筋爆起，滿臉煞氣地道：「那個卑鄙小人馬航雲呢？如今怎樣了？」

柳敬東一頓，將目光移至柳敬南身上。

柳敬南沈默片刻，沈聲道：「死了，自盡而亡。」

柳敬東若有所思地望了他一眼，又望望一言不發的柳敬北，隨後再接著道：「如今聖上隆恩，還祖父清白，柳家亦奉召回京；只是，現在畢竟不比當年，朝中之事，甚至京城各家彼此關係如何，我們一概未知，今後還須謹慎行事。」

眾人齊齊應聲。

柳敬東又轉頭望向承襲了已逝叔父爵位的堂弟柳敬北。「四弟，侯府那邊人手可夠？」

柳敬北點點頭。「足夠了。」

同啟帝不只追封柳震鋒為威國公，就連與他一同戰死的兩個兒子亦得了封賞，長子柳錚源承襲國公爵位，次子柳錚廷獲封鎮西侯，一門雙爵，極盡榮光。如今柳敬東便是新一任威國公，柳錚廷的獨子柳敬北則為第二代鎮西侯。

柳家當年所住的府邸已被柳太君賣了出去，同啟帝另賜了兩座宅院分別作為威國公府與鎮西侯府，兩府僅隔著一條街。

因柳敬北孤身一人，無妻無子，府中諸事仍須由兄嫂幫他打理，加上柳家兄弟四人相扶相依二十餘年，乍一分離，均感不適，是以柳敬東兄弟三人仍是共居威國公府，而柳敬北雖另有府邸，亦希望能與兄長們同住。

眾人商議過後，見天色不早，遂決定擇日再議未盡事宜。

直到屋裡只剩下柳敬東與柳敬南兄弟兩人，柳敬東才問：「二弟，那馬航雲之死是否另有隱情？」

柳敬南搖頭。「大哥，馬航雲確是自盡而亡，這一點，我與四弟均是親眼所見，絕無半點虛假。」頓了一下，又道：「馬航雲背主害了那麼多條人命，老天亦看不過眼，這二十幾年來馬家兒郎大多短命，馬航雲膝下僅餘一個孫子。我與四弟夜探馬府，持著炳德遺留的書信逼問他前因後果，他……供認不諱，還道這二十餘年飽受良心折磨，早就不堪重負，如今願以死謝罪，只望我們放過他的獨孫……」

柳敬東冷笑一聲。「飽受良心折磨？若不是炳德拿到了當年他出賣祖父、勾結西其人的書信，鐵證如山，他會這般乾脆地認罪？還有炳德的死，若說與他無關，我是絕不相信的！」他平復一下心中怒氣，接著再問道：「後來又如何？我們那好『馬叔』便這樣輕輕鬆鬆地自盡了？」

柳敬南沈默了許久，才低聲道：「不是，他是在親眼目睹……獨孫……獨孫項上人頭時自盡的……」

「什麼?!」柳敬東大吃一驚。「這是何人所為？」

柳敬南又是一陣沈默，半晌，艱難地開了口，聲音飄忽。「是……耀江。」

第十五章

柳敬東大驚失色，猛地站起身來死死地盯著他，眼中全是不敢置信。「你說是何人？何人殺了那馬航雲的獨孫？」

「是耀江，耀江提著馬成平的人頭擲於他面前……」

柳敬東臉色鐵青，一下癱坐在太師椅上，喃喃地道：「我早該猜到的，葉老兄父女的死，想必是受了柳家連累，他們世代居於祈山村，又哪會跟人結下什麼深仇大恨……」

柳敬南長嘆一聲。「據耀江逼問到的口供，那晚凶手殺害了炳德後，見雨勢漸大，尋至山下的葉家避雨，未料被英梅看到其中一人身上帶著的兵器殘留著血跡，為免形跡敗露，這才……」

想到枉死的葉家父女，柳敬東苦澀地合上雙眼，將眼中淚意逼下去，嘎聲問：「江兒……可是一路追凶尋到了那馬成平？」

「確是如此，他一路追尋真凶，直至尋到了馬府，查明了凶手的真實身分，便趁著馬成平外出之時，出手取了他的性命……」

柳敬南心裡亦不好受，不只為了無辜慘死的葉家父女、千里送信的安炳德，還為了性情大變的柳耀江，他根本不敢相信原本性情溫厚的姪兒竟然變得那般狠戾，渾身上下散發著濃濃戾氣，讓人……不敢接近。

過往那個爽朗平和的柳耀江，也許在葉英梅死去的那一刻，便也跟隨著去了，如今的柳耀江被仇恨充斥心房，他甚至不敢去想，這個報了仇、雪了恨的姪兒，餘生又將會變成怎樣的一個人……

柳敬東苦笑。「是了，他離家之前便對官府失望透頂，查到真相後又怎可能再報官，自然是親自動手替葉家父女討回公道……」他深吸口氣，努力平復翻滾的思緒。「現今他人在何處？」

「只聽他說要回祈山村……拜祭葉家父女，告慰兩人在天之靈，旁的沒再多說，我與四弟原以為他會與你們一同上京，沒想到……」柳敬南嘆道。

柳敬東頹然靠在椅背上，許久，長嘆一聲。「罷了罷了，只能盼著他行事多想想父母，旁的，也……」

看著兄長這個樣子，有些話柳敬南便再說不出了。馬航雲痛快認罪，臨死前供出背後主使者竟是先帝，以及同啟帝對馬家含糊處理一事……柳敬南只覺得那些沈痛的真相，倒不如讓它就此沈寂，畢竟，多一個人知曉，便多一個人痛苦。

從柳敬東屋裡出來後，他到了柳敬北那兒，先將今晚與柳敬東的談話告知他，末了再提及隱瞞的意思。

柳敬北苦笑。「二哥這般做是對的，有些事知道了不過是徒增痛苦，因為根本無力解決，倒不如什麼也不清楚，有時無知也是福。」

兄弟兩人互望一眼，均重重地嘆息一聲……

另一處，高淑容沐浴更衣過後便安安靜靜地做著一直無暇完成的鞋墊。得知了真相，對於柳家的起落她其實不大在意，她嫁的原就是落魄的柳敬南，從不曾想過有朝一日能享受榮華富貴，既如此，他是國公府的二老爺，還是祈山村的獵戶，那又有什麼關係？

一陣熟悉的腳步聲響起，她循聲抬頭望去，便見柳敬南臉色沈重地走了進來。

柳敬南原心情不暢，進了屋見妻子一如這十幾年的每個夜晚那般靜靜地等著他歸來，他定定地望著她，突然揚起一抹笑容。是了，他並不是一個人，他有不離不棄的妻子、懂事孝順的兒女，還有什麼可擔憂的？

想到這裡，他猛地上前幾步，一把抱起側頭疑惑地打量著他的高淑容，大步朝裡間邁去，驚得高淑容差點尖叫出聲。

「你、你要做什麼？還不快去沐浴更衣！」她有些慌張，完全無法適應這個與往日截然不同的夫君，只能虛張聲勢，妄圖憑藉餘威挽回幾分劣勢。

柳敬南也不搭話，只是腳步又加快了些許，就這麼一路將她抱進裡屋，放在那張雕花大床上，未等高淑容掙扎著爬起來，他整個人便壓了上去。

許久，帷帳裡斷斷續續地傳來女子的嬌斥。「你、你這個混蛋，居然、居然也不、不去沐浴……啊，你還來？臭死了，拿開！」

男子低沈的笑聲夾雜其中，為這靜謐的夜晚增添幾分曖昧、幾絲柔情密意……

隔得幾日，宮裡來了聖旨，柳敬南被授予從二品工部侍郎官職，柳敬西為從一品將軍，柳耀河得了個校尉頭銜，柳耀海成了御前侍衛，柳耀湖則進了國子監；其中最讓柳琇蕊驚訝的是久未見面的堂兄柳耀江，竟得了個七品縣令的小官，被下放到金州轄內一個小縣城當縣官去了。

她不懂這些官職高低，只知道堂兄還未進家門，便又被外派了。

至於柳琇蕊自己嘛，這國公府小姐的生活對她來說實在是不大適應，雖說親人在身邊，但無論是關氏還是李氏，都下足了心思教導她大家女子的禮儀，估計是想著亡羊補牢，畢竟如今與在祈山村不同，外出交際一言一行都代表著國公府，疏忽不得。

柳琇蕊先是老老實實地跟著兩人學了一段日子，後來忍不住了，三頭兩日尋理由逃避，見了李氏及關氏便巴不得繞道走。

這一日，為了躲避尋她的李氏，她在府裡東鑽西鑽，跑累了便在一隱蔽的樹墩上坐著歇息。

「……論理，這番話不該由我來說，只是，二弟與文馨長公主那段過往，京中知曉之人並不在少數。自二十年前二弟寫下放妻書那一刻起，她便與柳家再無半點瓜葛，公主府也好，江家也罷，咱們還是離遠一點較為適合，三弟妹與公主殿下這段日子走得過近了，京中漸漸有閒言閒語流出……」

一陣熟悉的說話聲隱隱傳來，她怔了怔，豎起耳朵細細一聽，待聽清楚話中內容時，臉色驀地大變。爹爹與那文馨長公主曾是……夫妻?!

後頭還說了什麼話她已聽不清楚，腦中一直響著「二弟寫下放妻書」這幾個字，恍恍惚惚地起了身欲往高淑容屋裡去。

她呆呆地走了片刻，最後卻尋了處僻靜的地方坐了下來，努力回想與文馨長公主曾有過的一面之緣，不知過了多久，低沈的熟悉男聲突地在她耳邊響起——

「阿蕊，妳獨自一人坐在這兒做什麼？」

她抬頭一望，見讓她苦惱了多時的主角——她的生父柳敬南——出現在她面前。

「爹……」她吶吶地叫了聲，繼而怔怔地望著他，一言不發。

柳敬南被她望得眉頭擰到一處，突然伸出手來彈了下她的額頭，柳琇蕊痛呼一聲，捂著額頭、滿眼控訴地望著他，他微微一笑。「做什麼那般望著爹，不認得了？」

柳琇蕊被他這樣一問，糾結的問題又跑了出來，她定定地看著淺淺笑著的爹爹，終是期期艾艾地問：「爹，你……你與那文、文馨長公主曾經是夫妻？」

柳敬南臉色一沈。「這話妳是從何處聽來的？」

柳琇蕊被他陰沈的臉色嚇了一跳，結結巴巴了半天也說不出個所以然來，柳敬南怒氣更盛。

「小小年紀不學好，倒聽些亂七八糟的話！」

柳琇蕊眼淚一下便掉了下來。「又、又不是我故意要聽的……」

柳敬南也不理她，嚴肅地道：「還不回屋裡去？」

柳琇蕊無緣無故被罵了一頓，委委屈屈地抹著眼淚，快步跑回了自己屋裡。

她身後的柳敬南眉頭緊蹙，不懂女兒是從何得知他與文馨長公主那段過往。曾經的那段婚姻，他本想著尋個合適的時候告知妻子，可這段時日他要忙著工部的事，高淑容也要學著處理府中之事以及如何與各府女眷打交道，夫妻兩人各忙各的，便是每晚同床共枕，可誰也不願提那些糟心事來打擾這難得的溫馨時刻，這一拖便拖到了如今。

他重重地嘆了口氣。看來不能再拖了，有些事若是從旁人口中得知，對夫妻兩人關係百害而無一利。

正按李氏的教導準備著給各府回禮的高淑容，見夫君沐浴更衣後便瞬也不瞬地盯著自己，她嘆了口氣，放下手中禮單。「說吧，可是有話要與我說？」

柳敬南被她這般一問，打了一晚上的腹稿不知怎的全都記不起來了，僅能定定地望著她，說不出半句話來。

高淑容見他一聲不吭也不在意，逕自起身將桌上散落的各式禮單收拾妥當，這才進了裡屋。

她彎著腰整理床鋪，聽到身後響起熟悉的腳步聲，頭也不回地念叨。「耀海這孩子生性跳脫，這御前侍衛當得讓人操心，我總怕他有朝一日從祈山村的小霸王變成了京城的小霸王；耀河倒好些，進了兵營好生歷練一番也是好的；還有阿蕊，下個月便滿十四了，跟著大嫂學了規矩……」

柳敬南怔怔地聽著她絮絮叨叨，心中一片寧靜，只覺得這樣的日子，便是過一輩子他也是心甘情願的。

「阿容……」他喃喃地喚了聲，聲音纏綿，讓一直說個不停的高淑容不由自主地停了下來，回過頭來望著他。

柳敬南走到她身邊，摟著她的肩膀在床沿坐下，將她有著薄繭的纖手緊緊包在手中。

「你怎麼了？有話但說無妨，夫妻之間沒有什麼是不能說的。」高淑容疑惑地望著他欲言又止的神情。

柳敬南定定地回望著她，片刻，沈啞地道：「有件事一直沒有向妳說……」

高淑容突然感到有點不安，直覺柳敬南接下來說的那番話絕對不會是好的。

「我本名柳擎南，柳敬南是歸隱祈山村後改的名字，這、這妳也是知道的。當年祖父大敗西其歸來，先帝曾將五公主下嫁柳家……」柳敬南咬咬牙，終是將話說了出來。

「那個五駙馬，便是你？五公主，便是如今的文馨長公主？」高淑容心中一突，臉上卻是平靜無波。

柳敬南忐忑不安地點點頭。

高淑容暗自磨牙。她就知道、她就知道！

實在是忍耐不下去，她倏地推開柳敬南，彎下身子伸手往床底下不知摸著什麼，不一會兒，猛地一個翻身，將柳敬南壓在了身下。

柳敬南一時不察，只覺寒光一閃，冰冷的刀子已經抵在他脖子上。

「我告訴你，不管你是柳敬南還是柳擎南，你生是我高淑容的人，死是我高淑容的鬼，若還懷念以前什麼五駙馬、五駙牛的日子，趁早給我滅了！我娘當年可早有準備，說你這種有幾分姿色的男人不怎麼可靠，讓我把剔骨刀帶上，將來你若敢對不住我……哼哼！」

「胡說八道什麼，什麼叫男人有姿色。」聞言他哭笑不得，頗為無奈，頓了頓又問：「岳母大人果真在妳出嫁前給了妳一把剔骨刀？」

「可不是，據說削鐵如泥呢！可惜我要留給阿蕊當嫁妝。」高淑容有些惋惜地道。

柳敬南額頭滲出一陣冷汗，岳母大人果真世間奇女子也！待聽得妻子要把刀留給女兒當嫁妝，心裡頭偷偷替不知在何方的未來女婿掬一把同情淚。

「別想著轉移話題，說！你是不是心裡還想著那個什麼公主？告訴你，敢跟我搶丈夫，管她什麼文馨公主、武馨公主的，我一刀劈了她，再劈了你！」高淑容惡狠狠地道。

柳敬南見她越說越不像話，便斥道：「還敢胡說？」言畢，一個翻身將兩人轉了個方向，還順手奪了高淑容的刀扔到地上。

他雙手捧著她的臉，一臉真摯。「我與她，早就斷了夫妻情分，如今男婚女嫁，八輩子也扯不到一塊兒去。我承認，當年對她確實有點動心，亦想過與她做一輩子恩愛夫妻，可惜這只不過是我一廂情願，她早已心有所屬，便是如今的五駙馬。」見妻子神色不明，他有點不安地再道：「自與妳成親，我便打算此生與妳一起，生兒育女，白頭偕老……」

高淑容垂眼不言，片刻，淡然地道：「不早了，早些安歇吧。」

柳敬南見她神情莫測，心中更為不安，用力將身下這具纖細的綿軟身子抱得更緊，不知所措地道：「妳、妳惱了？那那、那些事早就過去了，若不是回到京城，我、我也快要記不起這個人了。」

高淑容側頭避開他的目光，聲音依舊清清淡淡，聽不出喜怒。「我約了大嫂明日到慈雲庵去，這會兒再不安歇，明日一早怕是起不來了。」

柳敬南見她答非所問，心中那股不安越發強烈了，但終究不敢再多說，任由高淑容推開他，將錦被往上拉了拉，合上眼睛一言不發。

他茫然地望著渾身散發出抗拒氣息的妻子，心裡像是被針刺了一下，這種感覺，比當年得知新婚妻子心有所屬更為難受。

當年，他是柳家最出色的小將軍，被譽為柳家新一代的希望，本是萬丈雄心欲闖一番事業，卻被一道賜婚聖旨折了騰飛的雙翼。一朝成為駙馬從此便與仕途絕緣，這讓他惱過、不甘過，可新婚當夜，挑落紅蓋頭那一刻，他覺得就這樣做一個平平凡凡的駙馬爺，似乎也不是件那麼難以接受的事了。

情思懵懂初展的少年，遇上了清麗絕俗的絕代佳人，那一眼，便讓他陷了進去，往後的日子更是恨不得將世間所有的寶貝送到她跟前，只為抹平她總是輕蹙的娥眉。

只可惜天不遂人願，滿腔情熱終是抵不過一個早已過世的人，他尚未體會郎情妾意的幸福甜蜜，便先品嚐了一廂情願的失落心酸。如此掙扎數年，原以為死去多年的人卻又活生生出現在他眼前，當他眼睜睜望著那自成婚以來從未展顏的妻子含淚帶笑飛撲至對方懷中，那一瞬間，他便清楚地知道這一場情感的獨角戲該落幕了。

之後兄長、弟弟們浴血歸來，柳家功過相抵得以保存族人，家產散盡只為遠離，而他，等來的卻是妻子淚求放妻書……

柳敬南長長地嘆息一聲，從過往的回憶中回過神來，怔怔地望著背對著他的高淑容，緩緩地靠近，直到他的胸膛感受到那一陣熟悉的溫熱。

「阿容……妳當年，為何要主動提起婚事？」村裡人人爭相討好的明媚少女，為何要將自己的真心赤裸裸地捧於人前，任由對方宣判？

假寐的高淑容聽到他這番話，頓時惱羞成怒，陡然轉過身來，用力推開他。「我高淑容不是婆婆媽媽之人，想要的從來都是主動爭取，得之我幸，失之我命，努力過了，得失與否又有何關係！」

柳敬南一怔，片刻低低笑了起來，並且越笑越大聲，越笑越放肆，直笑得高淑容怒火更盛。

「笑什麼笑，不許笑！」她恨恨地捶著他的胸膛。

柳敬南雙手一伸，將她緊緊鎖在懷中，額頭碰著她的，望著她泛著紅暈的臉，忍不住輕輕親了一下，讓高淑容掙扎得更厲害了。

「阿容，我很慶幸，慶幸妳當年的主動。」他貼近她耳邊，喃喃細語。

他更慶幸，慶幸經歷過一段情傷，令他沒有錯過這樣美好溫暖的女子。

高淑容臉上升起一抹酡紅，抵抗的動作不知不覺停了下來，任由柳敬南將她抱得更緊……

次日一早，柳琇蕊梳妝完畢來向父母請安，她納悶地望望神情淡淡的娘親，又望望時不時偷看妻子的爹爹，兩道彎彎的秀眉蹙了蹙。「爹，你惹娘生氣了？怎的老偷偷看她？」

柳敬南被這缺心眼的閨女搞得差點岔了氣，佯咳一聲，努力板著臉，端出嚴父的架子。「胡說什麼！不是說今日要與妳大伯母到慈雲庵去嗎？還不快去瞧瞧妳大伯母那邊可都收拾好了？」

柳琇蕊又被斥，一邊起身往外走，一邊不高興地嘟囔。「做什麼這般大聲說話，明明就是在偷看嘛！不承認還要罵人……」

柳敬南嘴角抖了抖，尤其在收到妻子似笑非笑的眼神後，恨不得衝上前去堵住女兒那張嘴。

慈雲庵的靜月師太與李氏是相交多年的好友，李氏離京二十餘年，回來後一直不得空去見見故交，今日總算能如願，是以約了高淑容一起，帶著柳琇蕊往山上去。

到了慈雲庵，便有小尼姑迎了上來。「可是柳家兩位夫人及小姐？師父命我在此等候。」

李氏略帶歉意地朝她躬了躬身。「有勞小師父了。」

小尼姑慌忙回禮。「夫人不必客氣，請隨我來。」

三人客氣一番後，跟著小尼姑到了靜月師太的廂房。

柳琇蕊專心致志地品嚐著靜月師太準備好的桂花糕，直到聽到自己的名字才茫然地抬頭望望正說得起勁的李氏三人。

「阿蕊姑娘福澤深厚，兩位夫人無須擔心。」靜月師太嗓音輕柔和緩，讓人心生好感。

柳琇蕊疑惑地望望她，見她朝著自己笑得可親，也回了她一個甜滋滋的笑容，靜月師太見狀，臉上的笑意更深了。

而後李氏與靜月師太敘舊，高淑容打算去求平安符，柳琇蕊自然樂顛顛地跟著出來，可高淑容卻嫌棄她跟在身後嘰嘰咕咕說個不停礙著自己誠心求佛，揮揮手讓她帶著婢女佩珠到外頭候著。

柳琇蕊癟癟嘴，很不高興自己如此被娘親嫌棄，憤憤不平地嘟囔幾句，悻悻然退出了殿外。

今日到慈雲庵上香的人並不多，稀稀疏疏約十多人，柳琇蕊初時還能老老實實地候在殿外，待一炷香時間過去都未見李氏及高淑容出來，她便有些不耐了，轉過身去吩咐佩珠留在此處守候，她則快步朝前方那棵高大的許願樹走去。

身後的佩珠既擔心她一個閨閣小姐會被什麼衝撞到，又擔心自己跟去後萬一兩位夫人出來尋不到她們會著急，是以只能留在原地乾著急。

柳琇蕊可不清楚她的糾結，她自幼在祈山村常常一個人到處跑，如今在京城無論去哪兒都要有丫頭陪著，早就煩不勝煩了，這會兒又哪會想那麼多。

她繞著密密麻麻掛著各式荷包的許願樹轉了一個圈，心裡好奇，正想尋個人問個究竟，便聽見身後不遠處傳來年輕女子的談話聲。

「縣主，沒有見著，許是看錯了吧……」

「可我明明瞧見他往這邊來啊！」這聲音蘊著一絲疑惑，聽來有些熟悉。

「奴婢看了幾回，確是沒有，這會兒也不早了，還是先回去吧，長公主若是見不著您會著急的。」那婢女勸道。

柳琇蕊從樹幹後伸頭望去，認出前方的華服女子正是在易州陶家見過的永寧縣主。許是知道了自己親爹與對方娘親過往的那段關係，她如今瞧著這永寧縣主總覺得不太自在，噘著嘴將身子縮回樹後，腦子開始胡思亂想起來。

爹爹都有娘了，應該不會再想著那位長公主殿下了吧？長公主不是說也早就成親了嗎？如今女兒都這麼大了……

聽永寧縣主主僕兩人的聲音越來越遠，她方從樹後走出，看著兩人米粒大小的背影，柳琇蕊順著她們來時方向走了小片刻，環顧四周，奇怪地撓撓頭。「她們在找什麼呢？」

撲通一下重物掉落的聲音生生把她嚇了一跳，她後退幾步，死死盯著突然從小山上掉下來的身影。

那人一身儒生打扮，正背對著她掙扎著從地上爬起，然後拍拍衣袍上沾染的灰塵，又整整歪了的髮冠，轉過身來對她作了個揖。

「阿蕊姑娘，小生有禮。」

柳琇蕊嘴角抖了抖，呆呆地望著衝她笑得春風滿面的紀淮，見他臉上還沾著幾道灰痕，難為他居然還能笑得很溫文、很有才子氣質。

可當見到對方又掏出那把風騷摺扇搖啊搖，配上髒兮兮的臉，樣子說不出的滑稽，她再也忍不住，噗哧一下笑出聲來，直笑得彎了腰。

紀淮一愣，一顆心被她清脆悅耳的笑聲勾了去，眼神溫柔地注視著越笑越放肆的意中人，見她笑得臉蛋紅撲撲，整個人越發顯得嬌媚，連日奔波所帶來的疲累彷彿一下子便隨著這笑聲飄蕩開了。

也不知過了多久，柳琇蕊才勉強止住了笑意，掏出帕子拭拭笑出來的淚花，待見到依舊頂著一張花貓臉賣弄風騷的紀淮，又忍不住捂著嘴吃吃地笑個不停。

紀淮便是再為色所迷也察覺到不對勁了，他打量了一下衣著。嗯，還算整齊！髮冠，沒有歪！

柳琇蕊見他如此模樣，忍著笑從身上掛著的小布包中掏出一面約巴掌大的西洋鏡，鏡面對著他的臉，雙唇抿得緊緊的，努力將笑聲壓了回去，一對調皮的小梨渦歡快地跳了出來。

紀淮被明亮的鏡面晃了一下，待看清鏡中畫面，臉上一僵，可轉眼又是雲淡風輕。他大手一伸，搶過柳琇蕊手中素淨的帕子往臉上擦了擦，再小心地疊好塞回袖中，朝她笑得溫文有禮。「多謝阿蕊妹妹。」

柳琇蕊傻愣愣地望著自己的絹帕被人堂而皇之地據為己有，片刻後才反應過來。這個壞胚子！她都差點忘記此人有多表裡不一、多可惡了！

正打算動用武力奪回帕子，後頭響起佩珠的驚呼聲讓她止住了動作，轉過頭便見李氏及佩珠一前一後地向自己走來，她只得恨恨地瞪了一眼回復原貌後笑得可惡的某人。「壞胚子！」

紀淮挑挑眉，率先迎上前去。「紀淮見過柳伯母。」

李氏先是皺眉望了佩珠一眼，然後親切地招呼。「是慎之啊，真是許久不見了。」

佩珠來回看看兩人熟絡的樣子，知道自己方才那聲驚呼讓夫人不悅了；可她也是見自家小姐與一名陌生男子相對而立，心中震驚，這才脫口呼叫出聲，怎知這男子竟是府中熟人。

紀淮又與她客套了幾句，直至書墨氣喘吁吁地抱著包袱趕了上來。

「少、少爺，書、書墨要累、累死了……」他喘了幾下粗氣，這才發現在場眾人，眼睛一亮，立即歡天喜地地湊到李氏跟前，咧著大嘴向她躬了躬身，清脆響亮地喚了聲。「柳大伯母！」

李氏笑得合不攏嘴，連連道了幾聲好，隨後主動邀請道：「兩位可是今日方到京城？若尚未有落腳之處，不如先到寒舍暫住？」

紀淮亦不與她客氣。「如此便多謝伯母了！」

會試在即，紀淮作為應試舉子，自然得提前進京準備。他將想法告知父母，得了兩人應允後便帶著書墨踏上了往京城的路。

這一路風塵僕僕，加上又惹上了不得了之人，紀淮僅能四處躲躲藏藏，狼狽不已，讀書人風度全無。好不容易抵達京城，又差點被人逮個正著，許是老天亦覺他一路不易，竟讓他進京頭一日便碰上了心心念念數來月的小丫頭，驚喜之下，一個不察便從藏身的小山上掉了下來。

柳琇蕊見這壞胚子接下來又將會有一段日子在她眼前晃悠，不禁小小聲地罵了句。「裝模作樣的壞胚子！」

紀淮不動聲色地瞄了她一眼，眼底笑意滿滿。好些時日不見，這丫頭倒真有幾分嫻靜婉約的大家閨秀模樣了，若不是知道她內裡性子，倒還真會被她騙去。

李氏左右看看，不見高淑容，便轉頭問姪女。「阿蕊，怎的不見妳娘？」

柳琇蕊奇怪地答道：「娘在殿裡求平安符，佩珠不曾見她出來嗎？」

「二夫人從殿裡出來後便說要去尋小姐，讓奴婢先回稟大夫人，她尋到小姐後便在東二廂房等候。」佩珠急忙回道。

「許是妳娘沒找著妳，這會兒先到廂房去了。」李氏不在意地點點頭，吩咐剛走過來的家丁領著紀淮先上馬車，她則帶著柳琇蕊及佩珠到廂房與高淑容碰頭，還未到約好的廂房，便見高淑容神情不豫地從另一側走了過來。

高淑容見到她們先是一怔，很快便神色如常，笑笑地道：「正想去尋妳們，沒想到倒先遇上了。」

李氏微微一笑，也沒多問，只道了句。「天色不早，還是回府吧。」

柳琇蕊則上前幾步挽著高淑容的手臂，撒嬌地抱怨道：「娘，妳去哪兒了，要這般久！」

高淑容戳了她腦門一下。「還不是去尋妳這個定不下來的潑皮猴！」

眾人說笑幾句後，李氏將遇到紀淮主僕以及邀請他們到府裡暫住一事說了遍，高淑容有點意外，但亦表示了歡迎。

回府的馬車晃晃悠悠地朝目的地駛去，因分了一輛馬車給紀淮，柳府女眷及婢女便同坐一車。

高淑容心不在焉地應付了女兒幾句，便陷入了方才見到文馨長公主的回憶當中，連李氏投注過來若有所思的目光亦不曾察覺。

「夫人，前方是文馨長公主府的車駕！」駕車的家丁緩緩停了車，對著車內道了句。

李氏下意識望向恍恍惚惚的高淑容，而後應了句。「那便讓路讓公主先行。」

柳琇蕊聽到「文馨長公主」幾字時，袖裡雙手不禁攥了攥，眼神亦不由自主朝娘親飄去，見她微垂著頭，看不出神情如何，她心中一緊，突然冒出一個想法——娘親，她是不是知道了？

半晌，馬車又動了起來，可車內卻一片安靜，再不見方才的談笑風生。

她早已心有所屬，便是如今的五駙馬？想到昨夜柳敬南的話，高淑容暗暗冷笑，心中陡然升起一把無名火。

好一個心另有所屬！好一個柳擎南！

第十六章

紀淮主僕的到來自然受到威國公府主子們的熱烈歡迎，柳敬東等人更是積極邀請他務必留在府內小住，柳敬北含笑看了看笑得溫文爾雅的紀淮，眼中閃過一絲促狹的笑意。

他攏著手佯咳一聲，一臉真摯地道：「大哥，我覺得慎之還是住鎮西侯府較為適合，一來亦可與我作伴，二來侯府往來之人少些，更有利於他靜心備考，你意下如何？」

紀淮正端著茶碗的手一頓，隨後若無其事地繼續呷了一口茶。

柳敬東兄弟三人互望一眼，稍思索片刻，柳敬南率先點頭道：「四弟說的極是，與國公府相比，侯府確是更清靜些，若是備考的確是個好去處。」

柳敬東與柳敬西亦點頭表示贊同。

這樣一來，方得意著又能時常見到心上人的紀淮，便在柳家兄弟四人商量妥當後被打包送到了鎮西侯府，讓他暗暗惋惜不已。

而柳琇蕊從慈雲庵回來後便一直膩在高淑容身邊，意欲打探她是否真的已得知柳敬南與文馨長公主曾為夫妻之事。高淑容原就心情不暢，見女兒一直在身旁囉囉嗦嗦的便惱了，直接訓斥幾句，將人趕走了。

柳琇蕊被她訓得垂頭喪氣，咕噥幾句後老老實實地回了自己屋裡。

只不過她很快便沒有心思再去打探父母之事了，因李氏不但請了一位據聞從宮中出來的嬤嬤教導她女子禮儀，更隔三差五地帶她出席各式宴會，讓她忙得團團轉，再無暇去想別的事。

「柳阿蕊！」

正在園中漫步的柳琇蕊，感覺後背被某物擊中，不悅地皺眉，正欲回過身去查看是哪個不要命的敢拿東西砸她，便聽到柳耀湖喚她。

她瞪著三兩步追上來的柳耀湖，雙手扠腰教訓道：「叫姊姊！」

柳耀湖也不理她，直扯著她的袖口往園裡高大的玲瓏假石後躲。

「做什麼鬼鬼祟祟的。」柳琇蕊不高興地掙扎了幾下，可柳耀湖扯得緊，她怕會弄壞衣裳，只好放棄了。

「柳阿蕊，我聽到一個消息，嘻嘻，是關於二伯父的！」柳耀湖鬆開手，神神秘秘地壓低聲音道。

「你又打哪兒聽了這麼多消息？」柳琇蕊無奈，這傢伙總能打探到各種小道消息，也不知他在學堂裡都學了些什麼。

「我人緣好，朋友多，門路自然廣！」柳耀湖得意地揚揚腦袋，片刻才想起目的，又低聲問：「原來二伯父以前與那文馨長公主是夫妻，妳可知道？」

柳琇蕊一怔，繼而若無其事地哦了一聲。

柳耀湖也不在意，繼續接著道：「瞧妳這般模樣也是知道的，可妳又知不知道這文馨長公主在被賜婚二伯父之前，曾與現在的五駙馬、當年的江家少爺有過婚約？」

柳琇蕊這下倒有些意外了，湊上前去，同樣低聲問：「這是怎麼回事？」

「當年江家少爺外出辦差時出了意外，眾人都以為他必死無疑，公主身分尊貴，自然不可能守望門寡，後來便嫁了二伯父。」柳耀湖一屁股坐在石塊上，將他得來的消息一一道來。「過得幾年，誰也沒想到這江少爺居然活著回來了，身邊還帶著個三、四歲的兒子。據聞是被人所救，昏迷了一段日子，醒來又忘了前塵往事，接著便與救命恩人的姑娘成了親，生了個兒子。」

柳琇蕊被勾起了興趣，催促道：「後來呢？又怎樣了？」

「後來江少爺恢復了記憶，便帶著死了娘的兒子回京認祖歸宗了唄！」柳耀湖叼著根野草，吊兒郎當地道。

柳琇蕊沒好氣地拍了他腦門一下。「有你這樣虎頭蛇尾的嗎？」

柳耀湖齜牙咧嘴地做了個怪模樣，才又接著道：「後來就很明顯了，不知什麼原因二伯父與長公主和離，咱們家離開了京城，長公主又與江少爺再續前緣，皆大歡喜啦！」

柳琇蕊瞪了他一眼，拍拍衣裳欲轉身走人，又聽柳耀湖裝模作樣地道：「兜兜轉轉，再續前緣，天作之合，人人稱羨！」

她踢了踢他的長腿。「再說三道四，我便告訴三嬸去，讓她天天唸死你！」

柳耀湖摸摸鼻子，小小聲說了句。「最毒婦人心……」

柳琇蕊回到屋裡，腦子裡一直想著方才柳耀湖那番話。爹爹與文馨長公主之事如今連在外頭的堂弟都聽到消息了，這段日子數次應邀外出的娘親又怎可能會不知道，但見父母還如往常一般相處，想來應該無礙才是。她細細回想近日高淑容對柳敬南的態度，確與以往並無不同，這才落下了心頭大石。

正如柳耀湖所說，長公主與駙馬是人人稱羨的天作之合，與柳家、與父母又有何關係呢？

鎮西侯府內。

「少爺，書墨到處打聽過了，並不曾有表少爺的消息。」小書僮一蹦一跳地推開房門，噔噔噔地跑到書案前對正作著畫的紀淮道。

紀淮放下筆，皺眉問：「果真都打聽過了？」

「都打聽過了，也拜託了耀海少爺幫忙，想來表少爺不打算參加這次考試了。」書墨一邊伸出手抓了一把書案上的瓜果，一邊順口回道。

紀淮有些疑惑，表兄曾與他相約要在會試中再一決高下，日後也一起為官的，他原以為這次應試能在京城遇到他，還帶上了父母為他準備的衣物、銀兩，如今卻怎麼也找不到人，難道真如書墨所說，他改了主意不打算參加此次考試？

「對了少爺，書墨聽說下個月二十號便是阿蕊姑娘十四歲生辰，柳家伯父、伯母們打算大辦一場。」書墨嘴裡嚼著瓣桔子，含含糊糊地道。

紀淮一怔。那隻偽兔子快十四歲了？十四歲的女子，可以商議親事了呢……

他低著頭，心中暗暗思索，如今柳家已不是祈山村那個獵戶柳家，而是一門雙爵的柳家，小丫頭雖不是長於富貴地，亦比不得京城名門女子那般自幼接受貴族小姐教導，甚至還不是正正經經的威國公嫡親小姐，可親伯父威國公、堂叔父鎮西侯均對她寵愛有加，加上生父任工部侍郎才沒多久便接連辦妥了幾件差事，皇帝在朝堂上多次大加讚賞，兄長還是御前侍衛，是最接近皇帝的人，這般深受聖眷的家族，家中唯一姑娘的親事，還不被人盯上？

想到這裡，他內心一陣憂慮。如今的他不過一介書生，家世在豪門貴冑林立的京城根本不值一提，唯一的優勢便是他與柳家眾人交好，往來較為方便。可是，友人與女婿，標準本就不同，柳家，可願意放棄京城貴族子弟而選擇他？

「紀少爺，侯爺有請。」正焦慮間，門外便有小廝來報。

紀淮不敢耽擱，稍整了整衣冠後回道：「這便去，煩請小兄弟前方帶路。」

那小廝連道幾聲不敢，這才引著他到了花園的涼亭處。

正自斟自飲的柳敬北見他過來，遠遠便向他招手。「慎之快來，陪我飲一盅！」

紀淮在他對面落坐，笑問：「柳四叔可是有煩心事，怎的對花獨酌起來了？」

柳敬北哈哈大笑，將杯中物一飲而盡。「對花獨酌？也就你們這些文人雅士做得出來，我這持刀弄棒的粗魯漢子學這些，不成了東施效顰嗎！」

紀淮不置可否，先將他的空杯滿上，再替自己倒了一杯。

柳敬北笑盈盈地望著他，戲謔地道：「硬是將你從國公府拉到了侯府，可是心有不甘？」

紀淮臉上淺笑微僵，不一會兒若無其事地道：「他鄉遇故知，本是人生一大樂事，紀淮又怎會心有不甘。」

「你說『他鄉遇故知』與『洞房花燭夜』相比，哪個更喜樂些？」柳敬北依舊笑咪咪的，不等紀淮回答，他又接著道：「若是先能金榜題名，再便洞房花燭，雙喜臨門，是不是人生便再無憾了？」

紀淮心中一突，迎上對方的視線，見他雙眸帶笑，可眼裡卻是一片認真。

他一顆心急劇跳動。這是試探？還是……

也不知過了多久，他緩緩開了口，語氣誠懇。「情如磐石，從未轉移。」

柳敬北定定地望著他，接著自言自語般地道：「阿蕊就要十四了呢，慕國公府二少爺與她年紀相仿，今日幾位嫂嫂帶著她出席慕國公夫人的壽辰宴……」

紀淮心中警覺。這話是何意？莫非這兩家國公府要商議親事？

柳敬北又將整杯酒一飲而盡，隨後拍拍衣袍，語氣輕鬆地說了句。「一家有女百家求，東挑西揀真是愁，愁、愁、愁！」

紀淮聽了更是心慌意亂，恨不得將那隻擾亂他心神的偽兔子綁到身邊來！

另一邊，京城慕國公府裡，柳琇蕊卻與永寧縣主正式對上了。

永寧縣主捂著被踢疼的腿，不敢置信地瞪著被婢女拉著、氣鼓鼓的柳琇蕊。

居然有人敢打她?!

「妳、妳妳……」她又羞又氣又恨，一把推開欲上前扶起她的婢女，掙扎著爬起來，雙手掩面，哇的一聲大哭，一拐一拐地離開了。

柳琇蕊恨恨地瞪著她的背影，絲毫不在意周圍那些或震驚、或幸災樂禍、或同情的目光。

「小、小姐！」佩珠哭喪著臉。這下禍闖大了！自家小姐打了在宮裡頗為得臉的永寧縣主，若是追究起來……

「阿阿、阿蕊……」柳琇蕊剛結交的袁府小姐袁少萱亦是張口結舌。永寧縣主出口傷人，反被柳琇蕊駁得惱羞成怒，一巴掌搧過來欲教訓敢回嘴的柳琇蕊，卻沒料到竟被對方一手撥開，接著又被一記螳螂腿掃倒在地。

還有比這更讓人震驚的嗎？

同樣高度集中注意力與夫君前妻對峙的高淑容，自然想不到她的寶貝女兒先與對方的女兒戰了一場，並且取得了「壓倒性」的勝利。望著秀美絕倫、舉止優雅的文馨長公主，她心中冷笑，突然生出一絲不屑來。這便是皇家公主？早前先在慈雲庵截住她，明裡暗裡地表示著與柳敬南的熟絡，開口閉口「擎南擎南」的，全然不顧彼此身分，實在是讓人氣不過！

可這倒不是讓她氣了柳敬南這麼多日的主要緣由，而是長公主口中那個溫柔多情、體貼入微的「擎南」，對比與她相處十幾年的冷面夫君，著實令她感到陌生，再想起柳敬南先前親口承認當年對長公主確實動心過，心中不禁又惱又酸。這便是心悅與否的差別嗎？

但她也明白的，柳敬南待她或許不如前妻那般，可這十幾年亦不曾薄待過她；只不過對他來說，文馨長公主與她，一個是求而不得，一個是主動上前，她，從一開始便亮出了所有底牌，又怎能與他心中戀慕多年而不得的高山雪蓮相比……

斂起思緒，高淑容強自壓下這些沮喪的念頭，眼神憐憫，口吻同情地侃侃言道：「公主殿下，妳很可悲，妳永遠活在過去裡。柳擎南在妳身邊時，妳心中只有『早逝』的江少爺；江少爺成了妳枕邊人，妳又懷念過去的柳擎南。妳總是只顧著自己，無視身邊為妳付出的人，直到失去了才追悔莫及。

「如今妳到我面前來，說我的夫君曾經如何溫柔體貼、風流多情，可是，人不風流枉少年，他正是經歷過那段過去，才鑄就如今頂天立地的柳敬南！他，是我的夫君，是我兒女的生父，不是妳口中那個將妳捧在掌心的擎南，這一點，請妳無論如何不要再忽略！」

長公主臉色一下變得慘白，身子不住地顫抖，袖中雙手死死攥著。她怎會知道這些？難道是他說的？一想到這個可能，她整顆心便如被人捏在手上，且越捏越緊，令她痛不欲生。

她不願相信，當年那個時時刻刻將她擺在首位，總是千方百計討好她的男子，竟會將兩人那段過往對別的女子坦白；她更不願正視，曾經心中只有她的人，如今卻與她再無半分瓜葛。

高淑容見她這副模樣，突然失去了乘勝追擊的興致，她深深地再望了僵立當場、面無血色的長公主一眼，正欲轉身離去尋李氏等人，便聽有慕國公府的婢女急匆匆前來稟報。

「公主、柳二夫人，出事了，永寧縣主與柳小姐……鬧……起了爭執！」

剛剛還劍拔弩張的兩人立即回過神來，異口同聲地問：「出什麼事了？」

那婢女心中焦急，可亦知道兩府之人都得罪不起，只能含含糊糊地道：「柳小姐將縣主碰倒了，縣主哭著要進宮請太妃娘娘作主，秀和長公主勸都勸不住。」

高淑容大吃一驚。阿蕊碰倒了永寧縣主？她稍加一想便明白對方這話必是相當委婉，那縣主又不是紙紮的，碰一下就倒，她頭疼地撫額。那個一點就著的小炮仗，還當是在村子裡呢！惱起來就動用武力解決。

她不敢耽擱，急急跟在文馨長公主身後，由著那婢女引著去尋闖了禍的女兒。

此時屋內，柳琇蕊抿著嘴一言不發地任由關氏訓斥。

「妳瞧妳如今這像什麼樣子！這是京城的慕國公府，妳打的是當今聖上的表妹，不是祈山村那些阿貓阿狗。平日裡教妳的禮節全都是白教了，骨子裡便是個上不了檯面的野丫頭——」

「三弟妹！」李氏聽她越說越過分，厲聲喝止。

關氏未盡之話被生生堵在了喉嚨裡，她恨恨地瞪了一眼毫無反應的柳琇蕊，惱怒地站立一旁不再多說。

李氏握著姪女的手，柔聲問：「阿蕊，不管怎樣，妳動手就是不對，若是追究起來，只怕原先有理也變得無理了。聽伯母的，去向縣主道個歉，這事便這樣結了。」

永寧縣主哭著要進宮告狀，為了不讓事情鬧大，李氏再三考慮，還是決定讓柳琇蕊先低頭，畢竟在場那麼多人親眼目睹了柳琇蕊一腳將對方撂倒在地，不管這事是誰錯，一旦鬧進宮裡，吃虧的終究也只會是柳琇蕊。

柳琇蕊依然不出聲，固執地抿著嘴，明明白白地表示不願意，讓李氏好一陣嘆氣。

「阿蕊！」高淑容快步走了進來，先是將女兒拉起來上上下下打量了一番，見她好好的沒有任何不妥，這才鬆了口氣。

柳琇蕊一見娘親到了，眼眶一下泛紅，幾滴淚珠堪堪掛在眼睫上，硬是不肯掉下來，讓高淑容又好氣又無奈。

「妳這笨蛋，真是……真是讓人少擔心片刻都不行！」她恨恨地戳了柳琇蕊額頭一下，仍覺氣不過，又用點力捏了她嘴角一把。「妳這張嘴不是挺能說的嗎？怎的不動口反而動起手來了！」

柳琇蕊被她捏得一陣痛，那幾滴眼淚終於啪嗒一下掉落了下來。

「她罵我，還罵爹爹和娘，我反駁了她，她說不過我便要動手，我就一手撥掉她，再一腳把她撂倒在地！」她一邊抹眼淚，一邊將事情經過老老實實地道來。

高淑容妯娌三人均是一怔，互望一眼，倒不知該如何再勸了。

剛走進來的慕國公夫人楚氏聽了她這番話，腳步一頓，直到關氏發現她的到來，主動招呼了一句，她才重又揚起笑容，與李氏、高淑容及關氏三人見過了禮，而後坐到柳琇蕊身邊，和藹地道：「一直聽大堂姊說威國公府有位乖巧貼心的嫡姑娘，如今可總算是見著了。」

柳琇蕊抹掉眼淚，疑惑地望了她一眼，又回頭望了望李氏。

「妳陶二伯母，便是出自慕國公府。」李氏笑著替她解惑。

柳琇蕊恍然大悟。「原來夫人您是陶二伯母娘家弟媳！」

楚氏笑笑，又拉著她的手問了她日常愛好，見她口齒伶俐，活潑嬌俏，便又喜歡幾分。

「方才的事，慕伯母也聽說了，確是縣主出言不遜在先，阿蕊維護爹娘孝心可嘉。只不過，縣主如今確實被摔到了，阿蕊是個敢做敢當的好姑娘，就摔傷縣主之事向她賠個禮如何？」

柳琇蕊望望楚氏鼓勵的眼神，又望望高淑容及李氏，終是點點頭。「好。」片刻，她又嘀咕道：「我摜倒她是我不對，我也只就這事賠禮！」

楚氏失笑，倒也沒再多說什麼，親自拉著她的手，領著她往永寧縣主所在的屋裡去，高淑容等人自然亦跟著同行。

一行人尚未行至目的地，便聽前方一陣喧譁，楚氏蹙眉，轉頭低聲吩咐身邊的婢女前去察看出了什麼事，半晌，那婢女回來稟道：「夫人，永寧縣主哭鬧著出了府，現在往宮裡去了，秀和長公主與文馨長公主拉都拉不住。」

楚氏側頭望望高淑容妯娌三個，又望望毫不在意的柳琇蕊，無奈地搖頭輕嘆一聲。終是驚動了宮裡……

「縣主之前不是被秀和長公主勸住了嗎？怎的這會兒又……又進宮裡去了？」楚氏奇怪地問。

婢女不敢隱瞞。「文馨長公主進來後，聽縣主身邊伺候的人說了事情經過，便罵了縣主幾句，縣主這才哭著進宮。」

婢女話音剛落，秀和與文馨兩位長公主並肩走了過來。

「今日此事給夫人帶來麻煩了，小女……」文馨長公主率先對著楚氏歉然地道。

「公主言重了，孩子之間鬧兩下也是難免，不算什麼。」楚氏笑笑地回了禮。

文馨長公主又轉過頭來望望站在楚氏身邊的柳琇蕊，見她雙唇抿得緊緊的，這神情，倒有幾分像她的生父。

她心中一痛，慌忙收斂思緒，抬頭端出幾絲笑容。「改日再來向夫人賠禮道歉，告辭了。」

「五皇姊……」秀和長公主望著姊姊纖細的身影，許久許久，才嘆息一聲。

這又是何必呢，當年認不清自己的心，如今失去了再來後悔，除了徒增煩憂外，還能有什麼？

而另一處，接獲消息的柳敬南深深地朝五駙馬江宗鵬躬了躬身。「柳擎南教女無方，傷及縣主，還望駙馬海涵，柳擎南改日必登門賠禮道歉！」

江宗鵬定定地望著他，半晌，面無表情地道：「柳大人言重了。」說罷，頭也不回地上了回府的馬車。

第十七章

「你是說阿蕊打了永寧縣主？」紀淮吃驚地望著前來報信的書墨，心中有點意外，又有點在意料之中。那丫頭那般強悍，都敢把男子剝光綁在樹下，如今發生這事好像亦沒什麼好奇怪的。

書墨用力點了點頭。「據說太妃娘娘兩人都罰了，要她們閉門抄經。」

紀淮沈默了。兩邊都罰，不偏不倚，算得上是公正了。徐太妃的意思想來亦代表著皇帝的意思，永寧縣主是賢太皇太妃嫡親外孫女，賢太皇太妃在先帝與彼時的五王爺奪嫡之爭中出了不少力，無論先帝還是今上都對她尊敬有加，就連當年五長公主與駙馬和離這樣大的事，先帝都不曾追究，這自然是看在那時的賢太妃的分上。

而徐太妃雖只是太妃，可在宮中卻位同太后，當年先帝駕崩，便是她一力扶持年僅十二歲的大皇子繼位，亦即如今的同啟帝。同啟帝對她孝敬有加，與她所出的甯親王亦是兄弟情深，更曾多次欲下旨尊其為太后，可均被徐太妃婉拒。

宮裡若要護短，重罰阿蕊那丫頭也不會說不過去，畢竟不少人親眼目睹了永寧縣主被那丫頭摺倒在地。

他若有所思地放下手中書卷，陷入了沈思當中……

柳琇蕊被關在了威國公府小佛堂裡，柳敬南放話，既然是抄經便要老老實實地抄，離佛祖近點，想來更能修身養性。

她垂頭喪氣地任由佩珠將自己的日常用度及文房四寶搬到了佛堂東側的小廂房內，也不敢再反駁，認命地抄起了佛經。

就這回之事，她被父母、兄長訓了幾遍。父母自然是訓斥她行為有失；大哥柳耀河得到消息後亦從兵營裡趕了回來，一見面就劈頭蓋臉地罵她笨蛋，打了人還將自己陷進去，實在是枉為他的親妹子；柳耀海更是惱得直跺腳，直說她這「螳螂腿」太不地道了，言畢還親自示範了一遍正正宗宗的，若不是高淑容氣得掄起棍子將他打了出去，他便要拉著柳琇蕊練習了。

被親娘掃地出門的柳耀海訕訕然地回了宮中，正在御書房裡翻著奏摺的同啟帝聽聞一大早便急匆匆來請假的柳侍衛又回來了，好奇地讓太監傳了他進來。

柳耀海先是規規矩矩地向他行了禮，同啟帝擺擺手示意他免禮。

「你怎的又跑回宮了，不是說要回府瞧瞧你妹妹嗎？」同啟帝疑惑地問。

「被我娘拿棍子趕出來了。」柳耀海老老實實回答。

同啟帝一個沒留意，被茶水嗆著了，背過身去大聲咳起來，好一會兒他才緩過來，擦擦嘴角問：「你娘為何把你趕出來？」

「我要教妹妹正宗的螳螂腿！」

同啟帝又是一陣咳，半晌，沒好氣地道：「朕的表妹被你寶貝妹妹一腿掃到了地上，你居然還嫌她那一腳不正宗？敢情是覺得朕的表妹容易欺負是吧？」

「阿蕊才不會無緣無故打人！」柳耀海大聲反駁，絕不允許任何人詆毀他的寶貝妹妹。

同啟帝清楚他的性子，掃了他一眼，將視線又落回奏摺上。

柳耀海見他這副樣子便急了，咚咚咚地走到御案前，擲地有聲。「阿蕊是天底下最好的姑娘，才不會不講理！」

同啟帝輕笑一聲，無奈地搖搖頭。這個愣頭青！

「朕知道了，你的妹妹是天底下最好的姑娘。」

柳耀海用力地點點頭，不一會兒又唉聲嘆氣地道：「可是好姑娘卻被懲罰了……」

「行了行了，再過半個月不是你那寶貝妹妹的生辰嗎？朕到時賞她幾件賀禮，就當是獎賞好姑娘的。」同啟帝瞪了他一眼。

「謝皇上！」

同啟帝望了望樂得雙眼瞇成一道縫的屬下，笑嘆一聲。這般魯直的性子……

同啟帝少年登基，如今也不過弱冠之齡，宮中徐太妃雖待他親厚，可到底隔了一層，每每他望著徐太妃與甯親王的相處便羨慕不已。高處不勝寒，他久居高位，可心中亦渴望平凡人的脈脈溫情，直到遇到了一根筋的柳耀海，他才頭一回感受到平常人之間的友情；再加上先帝當年對柳震鋒所為，讓他對柳家自有一番歉疚，是以對這愣頭青柳耀海總是百般優待，否則，大商國武藝高強的年輕人並不少，他又何必挑中這才十六歲的少年？

這日，柳琇蕊依舊奮筆疾書，直抄得腰痠背痛才停下筆來，一邊揉著肩膀一邊嘀咕。

「還是大哥說的對，應該選個沒人留意的時候再動手的……」

嗒地一下腳步落地聲傳來，生生將她嚇了一跳，循聲望去，居然見紀淮站在窗邊拍著衣袍，她稍一思索便清楚這書呆子是爬窗而入了。

見她望了過來，將衣冠整理完畢的紀大才子衝她輕揚眉梢，蕩開一抹淺笑。

柳琇蕊順手將寫壞了的宣紙揉成一團朝他砸過去。「你這壞胚子，居然爬窗，聖人書都白讀了！」

紀淮笑嘻嘻地接過飛來的小紙團，掏出從不離身的摺扇搖了幾下。「聽聞阿蕊妹妹如今禮佛，小生特來見識見識。」

柳琇蕊嘴角抖了抖，哼了一聲，扭過頭去不再理他。

紀淮見她不理自己，湊到書案前笑咪咪地道：「和永寧縣主起衝突了？吃虧了不曾？那活祖宗可是小氣又愛記仇，妳惹了她，恐怕以後不得安寧嘍！」

柳琇蕊先是又哼了一聲，仰著頭不屑地撇撇嘴。「我會吃虧？真是天大的笑話！」而後頓了一下，狐疑地問：「你又怎麼知道她小氣愛記仇？你認識她？」

紀淮以摺扇掩嘴，佯咳一聲，正想隨便尋個理由躲過去，柳琇蕊卻正正對上他的臉，一雙清亮大眼盯著他，在他心中激起一陣漣漪……

半晌，他收斂心神，頗有幾分不自在地道：「上京途中曾遇到過，嗯……還發生了些許不愉快，是以才曉得她那人小氣記仇。」

柳琇蕊被他勾起了興趣，搬著繡墩送到他腳邊。「來來來，坐著說坐著說！」

紀淮望著她殷勤的樣子，無奈地摸摸鼻子，方坐好便聽柳琇蕊連聲發問。

「你是不是得罪她了？被她報復了？」

「阿蕊此言差矣，君子有所為，有所不為，那等欺負女流之輩的卑劣事，我輩讀書人深以為恥，又怎會做得出來。」紀淮清咳一聲，正色道。

柳琇蕊不以為然，繼續催促道：「那你在路上到底發生了什麼事？」

「沒什麼大事，左不過是瞧不過那永寧縣主欺辱讀書人，便仗義出言暗諷了她幾句，這才被她記恨上了。」紀淮雲淡風輕地道。

「你說了什麼話暗諷她？」柳琇蕊好奇。

紀淮又再佯咳一聲，別過頭去不瞧她。

柳琇蕊見他這副擺明不願多說的模樣，也不多做糾纏，再換個問題。「你上京那日，莫非是在躲她？」

紀淮這回倒老老實實地點了點頭，繼而長嘆一聲。

「唯女子與小人難養也，古人誠不欺我，紀淮平生積善無數，倒不曾想到會惹上一尊活祖宗，被她一路追趕至京城，連客棧都不敢投宿，只能露宿山野之處。」想到那段東躲西藏的日子，他又再為自己掬一把心酸淚。

柳琇蕊本欲反駁他那句「唯女子與小人難養也」，可又聽他說被人追趕得連客棧都不敢投宿，不由得露出一個幸災樂禍的笑容來。

「真是太心酸了，可是好長日子不曾梳洗、不曾吃過一頓飽飯？」她努力壓下越來越上揚的嘴角，做出一個沈痛的表情來。

紀淮瞄了一眼她裝模作樣的樣子，心中又好氣又好笑，這隻偽兔子就是沒有同情心，光會幸災樂禍！虧得他還擔心她被太妃處罰了心中難過，這才趁著這日柳敬南相邀過府，陪著柳家長輩喝了幾杯酒，便尋了個理由偷偷溜出來瞧瞧她。

「聽聞我那般狼狽，妳很開心？」也不待柳琇蕊回答，他恨恨地用手中摺扇敲了她腦袋一記，在她要發火之前提著書生袍往門口衝去，卻不知是跑得過快沒留意還是怎的，腳下突然一個踉蹌，差點摔了下去。

柳琇蕊摸著被他敲得有點疼的腦門，本想教訓他一頓，卻在看到對方落荒而逃的狼狽身影後，噗哧一下笑出聲來。

「壞胚子！」她小小聲罵了一句，嘴角卻越揚越高。

紀淮跑出了佛堂，又兜了幾個圈子，才裝出一副滿懷愧疚的神情回到了屋裡。

「讓幾位久等了，喝多了幾杯一時有點迷糊，這才耽誤了時辰。」他朝著柳敬東兄弟四人作了個揖。

柳敬東大笑著拍拍他的肩膀。「年輕人酒量不行，還得多多鍛鍊，否則將來進官場，才沒幾杯便被人灌趴下了，那多惹人笑話啊！」

柳敬南與柳敬西亦是戲謔地望著他，而柳敬北則將手中那杯酒一飲而盡，似笑非笑地斜睨他一眼。

紀淮被他望得心中一突，有幾分不自在地別過臉去。

柳琇蕊老老實實抄了一段日子的佛經，終是趕在了她十四歲生辰到來前幾日完成了任務。

柳家長輩商議過後，決定這次生辰不大辦，如往年那般一家人齊聚一堂慶祝一番便可。考慮到紀淮孤身一人在京，加上與自家交情不淺，柳敬南等人亦打算邀他過府，這一下倒是如了紀淮所願。

他接過柳敬北遞來的帖子，臉上全是抑制不住的歡欣笑意。若是以往在柳敬北面前他還會收斂些許，畢竟他可是覬覦著人家的姪女呢！可自心思被對方察覺，而柳敬北卻沒在柳家人面前拆穿他之後，他再對著柳敬北反多了幾分肆意。

柳敬北沒好氣地刮了他一眼，終是沒再說什麼，搖頭失笑地走了出去。對於紀淮與小姪女之事，他確實有幾分樂見其成，比起將來讓姪女嫁到高門大戶，他更希望柳琇蕊尋個家裡簡單點的夫婿。

到了柳琇蕊生辰那日，紀淮打扮妥當，確認上上下下無一絲不妥後，從懷中掏出一枚青玉鳳凰紋玉珮，拇指來來回回地撫摸了幾遍，臉上漾起一絲輕柔的笑意……

這威國公府嫡小姐的生辰，原本並不曾引起京中各府注意，可偏偏宮裡帝后兩人同時賞賜了賀禮。這下，先前因柳琇蕊在慕國公府掃那一腳而對她極為不屑的各府夫人，不得不重新估量她的價值。帝后賜禮慶賀臣女生辰可是前所未有，這威國公府竟是開了先例，雖傳旨的太監只說是威國公那位身為七品縣令的嫡長子辦了幾件差事，使得龍顏大悅，這才賜了賀禮，可仍是掩不住威國公府深得聖眷這一事實。

如此一來，威國公府原本其樂融融的親友小聚，自傳旨太監走了後，便迎來了一波又一波上門恭賀柳家小姐生辰的人潮，讓柳敬東兄弟幾個滿是無奈。

柳琇蕊亦感意外，尤其是一個又一個往日瞧著高不可攀的小姐或明或暗地與她套著近乎，她更頭疼不已；可來者是客，她便是再煩躁也得客氣有禮地招呼。

好不容易將這些不請自來的客人送出了門，她長長地吁了口氣，開始興致勃勃地拆著禮盒，直到一隻活靈活現的木雕兔子映入她眼內，令她一陣驚喜。

她愛不釋手地將那兔子捧到手上，細細地撫摸著，再翻翻盒外家人貼的小紙條。

「咦？紀書呆送的？」柳琇蕊略感意外地自言自語。「那書呆子居然還會雕刻？」

她將手上的木雕兔來來回回看了幾遍，也不知觸碰到了哪裡，那木雕兔的肚子啪的一聲裂開，從裡頭掉下一物，砸到她的腿上。

柳琇蕊嚇了一跳，心想這書呆子的技術大概仍有待加強，否則怎沒兩下就壞了！她低下頭來看看落在衣裙上的物品——

一塊玉珮？

她拿到手上仔細翻看，認出這是青玉所製，雕琢著鳳凰圖樣，表面平滑光亮，瞧著倒有些年頭了；再細細查看那隻木雕兔，見肚子上有個小小的突起，用力一按，竟又啪地一下裂了開來，裡頭是四四方方的小格子，想來方才這玉珮便是藏於此處。

她納悶地看看木雕兔，又瞧瞧手上的青玉鳳凰紋玉珮，心中有股異樣之感慢慢冒起。

「阿蕊，可歇下了？」

門外高淑容詢問的聲音將她喚醒過來，她下意識便將這玉珮收入袖中，朝著門外回了句。「娘，還沒呢！」

高淑容推門進來，見她正收拾著桌上凌亂的禮盒，微微一笑，坐到她身邊戲謔道：「這回可算是大豐收了！」

柳琇蕊抿嘴一笑，嬌憨地道：「一年也就這麼一回……」

高淑容笑笑地戳了戳她的額頭。「小財迷！」頓了一下，轉而柔聲叮囑。「如今可又大了一歲，是大姑娘了，再不能像以往那般動不動便耍小脾氣，更不許調皮，做些不合規矩之事。」

柳琇蕊抱著她的手臂，將腦袋枕到上頭，拖長聲音道：「知道了……」片刻，又似是想到什麼，賊賊地問：「那前幾日娘掄著棍子將二哥趕出去，算不算不合規矩？」

高淑容一愣，瞬間想起那日柳耀海硬要教女兒正宗的螳螂腿，結果被她趕出去一事，她失笑，捏了柳琇蕊嘴角一把。「壞丫頭，居然連娘都敢取笑！」

柳琇蕊雙手捂嘴，吃吃地笑個不停。

其實，對這種名門女子生活不適應的，又何止她一人？

母女倆說笑一陣，高淑容憐愛地摸摸女兒的臉蛋，想到今晚試探著詢問親事的幾位夫人，她心中嘆息。彷彿只是一眨眼間，當年那個小小的肉團子便長得這般大了，都可以議親事了……

斂了斂思緒，高淑容拍拍女兒小手。「好了，不早了，妳也早些安歇吧。」

「好，娘也是。」將娘親送出了門，柳琇蕊這才從袖裡掏出那塊玉珮，她心裡納悶至極，方才她為什麼在娘親進來之前飛快藏起它呢？這不過是書呆子送她的生辰禮而已！

手掌中溫潤的觸感似是隱隱喚起了內心深處某些一直被她忽視的感覺，她輕吁口氣，強自壓下紛亂的心緒，將這塊引得她胡思亂想的玉珮扔進妝匣子裡，整個人往花梨木大床上倒去。

也不知過了多久，她又從床上爬了起來，走到梳妝檯前，將那青玉鳳凰紋玉珮從妝匣子裡拿了出來，自言自語道：「放在這裡好像不大好。」

她環顧屋裡一周，總覺得放哪兒都不好，心中不由得有些洩氣，早知道方才就應該大大方方在娘親面前亮出來的。

思前想後，最終她從櫃子裡翻出一段紅繩，穿過玉珮上的小孔，牢牢地打了個結，掛在了脖子上，再塞進裡衣內。

玉質溫潤的小小玉珮透著薄薄的裡衣貼在她胸口，她有些失神地將手按在上頭，良久，猛地倒回床上，將錦被兜頭蓋上，黑暗中，她小小聲地罵了句。「這該死的書呆子，送個賀禮都不讓人省心！」

而造成柳琇蕊煩惱了好一陣的元凶紀淮，此時已喝得有點醺醺然，見柳敬北的情況亦不比他好得了多少，酒量稍好的柳敬東不放心，便讓下人扶著他們到了屋裡。柳敬北在國公府內原就有自己的院落，紀淮雖是客，可柳家長輩待他如子姪一般，是以亦將他安排到了柳敬北院落裡的西側廂房。

「明明酒量就不大好，偏要喝這麼多，若是夫人知道又該罵了！」小書僮一邊喋喋不休地數落著，一邊服侍他梳洗。

紀淮無奈地按按額頭，已不知是第幾次後悔當年自己的有眼無珠，竟挑了這麼個又貪嘴又聒噪的小子做書僮。

「少爺，這玉珮怎的就只剩一塊了，另一塊呢？難不成不見了！哎喲喂，我的大少爺啊，若是夫人知道了肯定會罵死你，那可是要傳給未來少夫人的！」書墨正整理著主子身上攜帶的物品，發覺原本應是一對的鳳凰玉珮少了一只，臉色一下就變了。

紀淮大手一揮，將他手中的玉珮奪過來，塞進懷中，含含糊糊地道：「沒有不見，我收好了，準備日後給你家少夫人呢！」

書墨哦了一聲，也不再追問，老老實實收拾妥當，又整整床鋪。「少爺，都好了，書墨便先去歇息了。」

紀淮不在意地揮揮手。「去吧去吧。」

直到關門聲響起，歡快的腳步聲漸漸遠去，他才將懷中的玉珮拿了出來，來回撫摸著，笑得如隻狡猾的狐狸一般。

過了十四歲生辰，柳琇蕊的親事便被正式提上了日程，儘管她上頭幾位兄長均未成親，可李氏及高淑容卻覺得並無大礙，先相中合適的人選，待柳耀江幾個成婚了再出嫁也未嘗不可。

提到兒子親事，李氏暗暗嘆了口氣，心裡不大樂觀，葉英梅是在與他情濃之時離去的，如今的柳耀江是否會樂意再行婚配？

高淑容見她神色不豫，知道她想起了千里之外的姪兒柳耀江，想到柳耀江與葉英梅之事，她亦不禁深深地嘆了口氣。

片刻，李氏收斂心緒，笑著問：「之前在祈山村時便聽聞妳欲替耀河訂下妳娘家嫂嫂的姪女，如今可還是這般打算？」

高淑容點點頭。「那姑娘我也見過，人極好，我自然樂意聘娶她過門，先前只是因發生了太多事才將這事暫時擱置，只不過……」如今的柳耀河已不再是祈山村的柳耀河，他的妻子，未來將是一府主母、誥命夫人，從山村到京城，從村婦到貴婦，這當中的不易她深有體會，就不知那姑娘是否能適應得了。

想到在京城的這段日子，她每回出席各式宴會總會收到一些貴夫人有意無意的鄙視眼神，言談中亦會不經意地流露出對她的不屑，這些她並不是不清楚，心裡也很不舒服，但只要想想她家中夫妻和睦、子女孝順，外頭的閒言閒語對她影響並不大，可若是換成剛成婚的小媳婦……她能否承受得住這些？

沒多久，柳琇蕊從佩珠口中得知父母欲替她擇婿，心裡有幾分不自在，她實在無法想像未來將有一日，她會與一名陌生男子共度餘生，為他生兒育女、打理家事。

「阿蕊，妳如今便是我的人了……」

那日紀淮宣示般的話語驀地從回憶裡跳出來，令她一下子從椅子上跳了起來。

什麼叫是他的人了？她什麼時候成了他的人了？那個壞胚子、登徒子！

她咬牙切齒，之前那些憂思倒一下跑得乾乾淨淨了。

第十八章

只要一想到紀淮那句「妳是我的人了」，柳琇蕊便怒火中燒，恨不得將那壞胚子痛打一頓以洩心頭之恨，早已將心中那隱隱的思慮瞬間拋在腦後。

這日，她終於尋著了報仇的機會。

紀淮笑容滿面地從柳敬東書房內出來，會試在即，柳敬東為他引見了國子監祭酒，一番交談之後，他受益匪淺，對即將到來的會試更是多添了幾分信心。他心情愉悅地搖著摺扇，順著迴廊曲徑踱著步子欣賞府中閒雅宜人的景致，只覺得映入眼中的一切均是那般美好，美好得讓他愜意地微合雙眼。

突然，他感覺腰間束帶被人從後頭抓住，還來不及反應過來，便被一股力量扯往一座假山後走去，讓他差點站立不住。

「何人如此失禮？」他輕斥，正想使力挽回劣勢，一張熟悉的嬌俏面孔便出現在他眼前。「阿蕊？」

他先是一驚，繼而無奈，用上幾分力將已經有點鬆垮垮的束帶搶了回來，俊臉微紅。這壞丫頭真是……這扯人束帶的壞習慣太不好了，得改！

柳琇蕊可不在乎他怎麼想，由著他將束帶重新綁好後，猛地又扯著他的袖口，語氣極不友善地道：「你這壞胚子，當日在祈山村小樹林對我、對我……我還未跟你算帳呢！」

紀淮一怔，接著便輕笑出聲，望著柳琇蕊微微泛紅的雙耳，故作疑惑地問：「哪日？小生做了何事惹惱了阿蕊妹妹？還請阿蕊妹妹明言告知。」

柳琇蕊蚊蚋般哼哼了幾聲，到底不敢將那種事清清楚楚地道出來。

紀淮一見更樂了，將袖口從她手中奪了回來，整整衣冠，撿起掉落地上的摺扇，拍了拍上面沾染的沙塵，再塞回腰間，朝著她作了一揖，強抑笑意，滿臉誠懇地道：「小生愚鈍，還請阿蕊姑娘不吝賜教！」

「就……就是、就是那樣啊……」柳琇蕊支支吾吾，臉上紅雲更濃。

「到底哪樣？那樣是何樣？」紀淮故作不解。

「那、那樣啊，就是那樣！」柳琇蕊跺了一下腳，有些氣急敗壞。

紀淮心裡樂翻了天，可臉上卻仍是一派溫文，擺著求知若渴的模樣。「汝之那樣，確為何樣？不明言，吾怎知汝那樣為怎樣乎？」

柳琇蕊被他一番「這樣那樣」兜得暈乎乎，直到看到對方臉上那幾絲賊兮兮的笑意，頓時了悟。

這壞胚子，分明是明白她話中意思，卻裝作不清楚的樣子來戲弄她！

她恨恨地掄起小拳頭往他身上砸去。「臭書呆、壞胚子！居然敢作弄我！」

紀淮捂著嘴悶笑不已，任由雨點般的拳頭砸在身上。兩人鬧得不可開交，孰料這般親密的姿態清清楚楚地落到了不遠處的柳敬南眼裡。

柳敬南瞪大雙眼，不敢置信地盯著前方那對小兒女。

這、這、這……

他臉色鐵青，心中怒火翻騰。男女授受不親，他們、他們……簡直不成體統！

他大步朝渾然不覺的兩人走去，待離得大半丈遠，重重地咳了一聲，嚴厲地叫道：「阿蕊！」

柳琇蕊舉起的拳頭還未砸下去，便被身後熟悉的聲音嚇了一跳，她急急轉過身來，見柳敬南臉色陰沈地盯著她，心裡開始發毛。壞了壞了，又該被罵了！

「爹。」

「柳二伯父。」

兩人齊刷刷地行禮。

柳敬南瞪著女兒，重重怒斥。「平日所受的教導都往何處去了？女子應有的禮節儀態可有用心記著？這般行為成何體統！」

柳琇蕊不敢出聲，低著頭老老實實挨訓。

柳敬南越看越氣，語氣越發嚴厲。「還不回屋裡去！」

紀淮自柳敬南出現那一刻便深知大事不好了，這位與柳敬北不同，可是阿蕊的生父，任哪個父親見到女兒與男子這般親近都會不高興的……只是，再轉念一想，終有一日他也得親自向柳家父母表明心意，如今不過是提前了些許日子而已。他待阿蕊是真心實意，亦是誠心要求娶她為妻，只要能擁得佳人入懷，過程坎坷曲折些又有何懼？從來好事便是多磨的！

想明白這點，他忐忑不安的心倒是慢慢的平靜下來了。

而被重斥的柳琇蕊仍是提心弔膽著，她快步回了自己屋裡，也不敢去想柳敬南會如何罰她。

她重重地嘆了口氣，坐在桌邊托腮望著窗外出神，一時似是有些忽略的想法隱約要冒出頭，一時又被爹爹將發作的怒火驚得小心臟一抽一抽的，她拍了幾下臉，將這些煩亂的心思強行壓了回去，陡然站起來往床上撲去，將整個人埋進軟綿綿的被褥裡，甕聲甕氣地哼了哼。「又讓那書呆子逃過去了！」

同時間，跟著柳敬南來到書房的紀淮就算想逃也不行，雖然他早做了心理準備，亦自我安慰過一番，在前往書房的路上更是連腹稿都打好了，可當他真單槍匹馬地面對臉色不善的柳敬南時，亦控制不住如擂鼓般的胸腔。

「柳二伯父。」他硬著頭皮朝坐在書案前一言不發、死死盯著自己的柳敬南躬了躬身。

柳敬南氣怒不已，努力深呼吸幾下將怒火稍稍壓了回去，這才冷冷地道：「不敢當紀公子這聲稱呼。」

紀淮心中一跳，看來事情比他想像的更為嚴重，「未來岳父」比他意料中更要難對付！

他暗嘆口氣，迎上柳敬南憤怒的目光，眼神真摯，語氣誠懇。「紀淮自知行為有失，不敢妄想得伯父認同。只是，情不知所起，一往而深，紀淮心如明月，情如磐石，一言一行俱出自本心，並不曾存半分輕薄之念。」

見柳敬南依舊是冷冷地望著自己不作聲，他略感侷促，又再躬身道：「自與伯父相識以來，紀淮深受柳家長輩諸多照顧，伯父、伯母視紀淮如子姪，事無巨細，關懷備至，紀淮感念於心。如今、如今所為確實……」他聲音越來越小，臉上亦浮現愧色。易身而處，若是他全心信任之人竟然在他不知道的情況下對自己的掌中寶生了覬覦之心，他又怎會不怒。

柳敬南眼睛一眨不眨地盯著他，良久，冷笑道：「想我柳擎南終年打雁，卻沒承想被雁啄了眼。柳擎南識人不明，引狼入室，實在是活該！」

紀淮心裡更為不安，深知這回難以善了，只能將姿態擺得更低，任由對方發落。

柳敬南見他這等反應，心中更惱了，憤憤地揮揮手。「我也不敢再受你的禮，紀公子請回吧！」

紀淮臉色一僵，聲音哀求。「柳伯父……」

「回吧回吧！」柳敬南眼不見為淨，轉過頭去不再看他。

紀淮無法，只得暗嘆一聲，仍是恭恭敬敬地向對方行了禮，這才邁著沈重的腳步出了書房。

而一直乖乖待在房裡的柳琇蕊坐立不安地等了半日，不見柳敬南著人來喚她，不知怎的更為不安。若是爹爹發作一頓，處罰了自己，這事便也過去了，如今這般一反常態地晾著，反而讓她有種大禍臨頭之感。

紀淮垂頭喪氣地回到了鎮西侯府，他拖著如有千斤重的腳步往自己居住的院落而去，途經後花園涼亭邊，迎面遇上正欲出門的柳敬北。

「柳四叔。」他強打起精神朝著柳敬北行了個禮。

柳敬北望了明顯十分沮喪的紀淮一眼，心中有些納悶，這年輕人無論何時總是一副樂觀積極的樣子，如今這模樣倒是頭一回見。

「你這是打哪兒回來？前些日我還聽大哥說要為你引見蘇大人，想來也就這兩日的事。」

「今日柳大伯的確是為紀淮引見了蘇大人，紀淮便是從國公府回來的。」

「難不成被蘇大人打擊到了？那老傢伙就是說話難聽了些，倒不是刻意找碴之人。」柳敬北更感疑惑，還以為他是被那治學嚴謹、說話不留情面的國子監祭酒打擊了。

「蘇大人學識淵博，真知灼見，字字珠璣，紀淮獲益良多。」紀淮慌忙回道。

柳敬北皺眉望著他，許久，福至心靈，長長地「哦」了一聲，笑得不懷好意。「暴露了？被大嫂、二嫂，還是二哥識破了？」

紀淮俊臉一紅，掩嘴清咳一聲，直至感覺臉上熱度稍褪，才摸摸鼻子，尷尬地、小小聲地喚了句。「柳四叔……」

柳敬北哈哈大笑，用力拍了拍他清瘦的肩膀。

「想來除了二哥，沒人能讓紀大才子如此受挫了！年輕人，吃得苦中苦，方能娶媳婦，別氣餒，柳四叔支持你！」言畢，也不待紀淮再作反應，朗聲大笑著出了門。

紀淮哭笑不得地望著他漸漸遠去的身影，半晌，自言自語地道：「吃得苦中苦，方能娶媳婦……這倒也是！」

這日起，他每日溫習完便往威國公府跑，時不時湊到柳敬南身邊，無懼對方冷臉，再接再厲……

「柳二伯，您的茶！」紀淮端著茶碗過來，小心翼翼、恭恭敬敬地送到柳敬南面前。

「不敢煩勞紀公子。」柳敬南不冷不熱地瞄了他一眼，將視線重又投至手中書卷。

「能為伯父效力，乃紀淮三生之幸，何來煩勞之理。」紀淮面不改色，仍是態度謙恭。

連日來柳敬南更冰冷的話語他都禁受過了，如今這般態度算不得什麼！

柳敬南不理他，面無表情地別過臉去。

紀淮將茶碗放置桌邊，輕手輕腳地退了出去。

「喲，慎之何時竟與許福搶起差事了？」柳敬北揹著手，慢悠悠地踱著方步走過來，聲音含著顯而易見的戲謔。

從柳敬南書房裡出來，正暗暗在心裡自我鼓勵一番的紀淮，聽到這明顯看好戲的聲音，眉梢一下便垂了下來，可憐兮兮地喚了聲。「柳四叔……」

柳敬北何曾見過他如此表情，樂得差點噴笑出聲，他努力斂起笑容，佯咳一聲。「慎之千萬別放棄，正所謂精誠所至，金石為開，終有一日二哥會被你打動的。」

紀淮長嘆口氣，蔫頭耷腦地嗯了一聲。

柳敬南與紀淮的異樣自然引起了柳敬東與柳敬西的注意，兄弟倆面面相覷，對這兩人態度的轉變均感十分奇怪，尤其是柳敬南翻天覆地的變化更是讓他們雲裡霧裡。

「二弟，可是慎之做錯了事？」柳敬東率先問了出口。

柳敬南動作一頓，片刻又若無其事地將茶碗送到嘴邊，微微呷了口。

柳敬北笑盈盈地望望兄長們，也不出聲，悠哉悠哉地替自己倒了杯茶。

柳敬東見弟弟不答，不由更好奇了，探了探身子又道：「若是他做了錯事，你教導他便是，慎之年紀尚輕，有時考慮問題難免不夠全面細緻，但他懂事明理，你若將道理與他說清楚了，自然會改過來。」

對這滿腹才學、恭敬有禮、心胸寬廣的後生，柳敬東是一百個滿意，自是不希望他走岔了路。

柳敬南沈默不語，對紀淮他自然亦是相當欣賞，否則便不會對他諸多照顧，更不會時常邀他到家中。若不是太信任他的品行為人，他又怎有機會在自己眼皮子底下做出那樣的事來！可便是如今，他雖惱紀淮辜負自己的信任，卻仍不曾懷疑過他會對女兒做出不軌的行為。

不過，嬌養長大的寶貝女兒，居然被自己引進家門的豺狼盯上了，只要一想到這，他便氣得心口發疼！

柳敬北低著頭掩飾臉上笑意。二哥的糾結心思他自然心知肚明，可他樂得看熱鬧，尤其是看著少年老成的紀淮吃癟受挫，他便覺得心情極為愉悅。

而另一位當事者柳琇蕊其實日子也不好過啊，那日被親爹撞個正著，她提心吊膽了半日，終在晚膳前等到了柳敬南。

柳敬南又痛斥了她一頓，罰她將女四書各抄一百遍，還不得再隨意外出。

柳琇蕊哪敢討價還價，老老實實地應了下來。若是以往在祈山村，萬事大多有小霸王二哥替她出頭，她即使自己出手，亦能掩得乾乾淨淨；如今在京城，二哥身有差事，她頭一回動手即被抓了個正著，運氣可謂差到了極點。

於是，她便二度過上了抄書的日子，對紀淮的水深火熱、爹爹的糾結氣憤均無暇顧及。

「柳四啊，你家老二實在、實在太難搞了！紀淮、紀淮快、快……呃，快撐不住了！」早就喝得不知東南西北的紀淮，哪還有平日半分溫文氣質，聖人教導、規矩禮節全被拋到了九霄雲外。他一手拎著酒壺，一手搭在柳敬北肩上，壓抑了大半月的心酸不滿一下子便倒了出來。

柳敬北好笑地望了望肩上那隻手，雖早知對方骨子裡並不是個迂腐之人，但卻不知竟會如此……如此有意思。

柳四？他摸摸下巴，搖頭失笑。

「呃！說變臉……就變臉，不、不管別人怎、怎麼做小伏低都、都無動於衷，真是、真是……鐵石心腸，讓、讓人完、完全束手無策……」紀淮打了個酒嗝，抱怨的話還來不及說完，便被書墨的大吼聲打斷了。

「少爺！」小書僮咚咚咚地跑了過來，兩三下將主子手中的酒壺奪下來扔到石桌上，用力扶起他往亭外走，手忙腳亂之中亦不忘回頭招呼柳敬北。「柳四叔，書墨先扶我家少爺回房了。」

柳敬北含笑望著這對有趣主僕離去的身影，小書僮乘人之危抖威風的聲音伴著清涼的夜風傳入他耳中，讓他忍俊不禁。

「真是讓人少操心片刻都不行，年紀也不小了，怎麼就這樣愁人呢？若是沒有我，你可怎生是好喲……」

柳敬北輕笑一聲，順手替自己斟滿了一杯酒，仰頭一飲而盡。

果真是當局者迷，二哥若真是不接受他，又怎會至今三緘其口，任大哥、三哥怎樣問都絕口不提為何對他轉了態度，更絕不可能再允他頻繁上門，早就將人一棍子打出去了！

正感嘆間，隨從許壽走了過來，恭恭敬敬地回稟。「侯爺，吳家又送了帖子上門，欲邀您於本月十八日參加吳家小少爺的週歲宴。」

柳敬北臉上的笑意凝住了，淡淡地道：「替我回了。」

許壽不敢多話，低頭垂手應了聲。「是。」

柳敬北又將手中酒一飲而盡，眼神幽深，許久，嗤笑一聲。

有些人，是太把自己當一回事了！不過也是，他至今未娶，確實容易讓人生出些妄想來！

好不容易將書抄完，並讓柳敬南過了目，雖說又被爹爹訓斥一頓，可終於完成了任務，不用日日奮筆疾書，柳琇蕊暗暗鬆了口氣。慢吞吞地踱著步子回屋，途經花園處，卻聽到一陣談話聲——

「紀公子，二老爺如今在國公爺書房裡商議要事，並不在此處。」柳敬東身邊的侍從許福的聲音透過層層疊疊的枝葉傳入她耳裡，讓她不由自主地停下了腳步。

「紀……公子這段日子常來尋爹爹？」她側過頭去問身邊的佩珠。

佩珠點點頭，斟酌著回道：「紀公子這段日子來得勤些，每回都來尋二老爺，只不過……只不過二老爺不知怎的……像是不大高興一般。」

柳琇蕊大為好奇，爹爹與紀書呆以往在祈山村的時候，三頭兩日便要對弈一番，若不是輩分不對，她懷疑這兩人說不定都要結拜做兄弟了，可如今爹爹竟然不高興紀書呆來找他？

她摸著下巴思索半晌仍不得解，又聽身後不遠處響起紀淮溫文的聲音。

「既如此，那我改日再來。」

她眼珠子一轉，趁著一陣風吹來之時抖了抖身子，雙手環胸，低聲吩咐佩珠。「我覺得有點涼，妳到屋裡替我拿件披風過來，我還要再逛逛。」

佩珠稍想了想，終是點點頭。「奴婢這便去，小姐稍候。」

柳琇蕊對她擺擺手。「去吧去吧！」

佩珠朝她福了福，這才離開。

待再也見不著佩珠身影，柳琇蕊猛地提起裙襬，飛快跑了起來，她左拐右彎的，專挑平日較少人來往的小路走，直至見到遠方紀淮那熟悉的背影。

她環顧四下，確定並無其他人，這才彎下身子尋了塊小石子，對著正欲離去的紀淮用力擲過去——

紀淮今日沒有見著柳敬南，只好滿懷失望地離去，他如今是越挫越勇，誓要將「未來岳父」拿下，取得通往大紅花轎的准行條。

想到好一段日子沒見的柳琇蕊，他心裡癢癢的，也不知那丫頭如今怎樣了？

「咚」的一下響聲，他摸摸被東西砸中的後腦勺，納悶地回過身去，四處看了看，並不見有其他人在，他又低頭望望地上，只見一顆圓滑的小石子孤零零地躺在那裡。

「紀書呆！」

恍若天籟的女聲突然響起，讓他驚喜萬狀，猛地抬起頭來，便見不遠處的樹後伸出一隻白淨纖細的手向他揮了揮。

他揚著抑制不住的歡喜笑容，大步流星地走了過去，那張方才還想念著的容顏隨即出現在他的眼前。

「阿蕊！」他拍拍身上衣袍，笑容滿滿地喚了聲。

柳琇蕊被他太過燦爛的笑容晃了下，片刻才回過神來，用力扯著他的衣袖，將他拉到了樹後，壓低聲音問：「紀書呆，上回之後，你是不是又得罪我爹了？」

紀淮眼珠子一眨不眨地望著她，根本沒有留意她問了什麼話，便心不在焉地嗯了一聲。

果真是女大十八變，不過大半月不見，這丫頭出落得越發標致了，瞧這一身打扮，比京城中的名門貴女不知好看多少倍！

他越想越美，只覺得自己眼光實在是好得很，竟發現了這樣一顆蒙塵的明珠，若是能早日將這顆明珠納入懷中便更好了……

「紀書呆，紀書呆！」柳琇蕊見他傻愣愣地望著自己，伸手在他眼前揚了揚，結果對方卻突然露出個傻兮兮的笑容來，令她心裡不知怎的有點發毛。

這書呆子，莫非唸書唸傻了？

第十九章

柳琇蕊見他仍是傻呆呆的模樣，忍不住伸手捏住了他手臂上一處軟肉，稍用些力一擰——

只聽「嘶」的一口倒抽氣聲，紀淮徹底回過神來。

他揉著被擰得有些痛的手臂，無奈地瞪了柳琇蕊一眼。這壞丫頭，下手可真不留情！

柳琇蕊抿著嘴得意地笑，嘴角的小梨渦若隱若現，看得紀淮心癢癢，恨不得伸手去戳一戳，將它們再戳得深些，也好過總這般時隱時現地勾引人。

「書呆子，傻不拉嘰的，小心被人賣了去！」柳琇蕊取笑道。

紀淮失笑，拂了拂衣袍，朝她作了個揖。

「多謝阿蕊妹妹關心，小生惶恐。」

柳琇蕊見他又回復了往日裝模作樣的斯文貌，忍不住啐了他一口。「臭書呆，就沒有正經的時候！」

紀淮笑聲輕揚，清亮溫和的眸光緊緊鎖著她，覺得光是這般望著她，這連日來被柳敬南打擊得就要潰不成軍的勇氣又慢慢凝聚起來了。

柳琇蕊被他望得臉頰泛紅、心跳失序，一下便將來尋他的目的忘得乾乾淨淨了，只是結結巴巴地道：「做、做什麼這、這般看著人家？看得人心、心裡發毛！」

紀淮被她堵得心口一窒，暗暗嘆了一聲。果然是個不解風情的榆木腦袋！

他展開摺扇搖了搖，含笑道：「不做什麼，就是覺得多日不見，阿蕊妹妹倒越發像個大家閨秀了。」

柳琇蕊只覺一陣熱浪急速往臉上沖來，原就泛著紅暈的臉霎時紅豔如天邊晚霞，舌頭亦開始打結，可她卻仍強撐著，虛張聲勢地道：「要要、要你講！」

紀淮忍俊不禁，望著對方越來越紅的臉蛋，忍不住思索。這丫頭莫非受不得別人誇讚？

他清咳一聲，將摺扇收回，正色道：「阿蕊妹妹雖自幼長於鄉間，可德言容功卻不輸於人，折莖聊可佩，入室自成芳……」

柳琇蕊臉頰似是驀地燒了起來，她強撐了一會兒，終是忍不住雙手捂臉，試圖用微涼的手將臉上的熱度壓下。

紀淮見她果如自己所想那般受不得別人誇讚，更是羞得直接捂臉不敢看人，不禁掩嘴悶笑出聲。

柳琇蕊好不容易感覺臉上熱度稍褪，急劇亂跳的心也漸漸緩了下來，這才將手鬆開。

當她看到紀淮笑得飆淚時，頓時便明白自己又被對方戲弄了，她恨恨地朝著紀淮腿上飛踢一腳，氣惱道：「壞胚子，就不曾有過好心眼！」說罷，再也不看他一眼，轉身氣呼呼地離去了。

紀淮揉了揉有點疼的小腿，臉上笑意盈盈，他笑嘆一聲。「這丫頭，就是太暴力了，這點不好，日後也得改！」

會試在即，李氏及高淑容擔心孤身一人在京城的紀淮，這兩日替他準備了考試所需的一切物品，又怕他在鎮西侯府得不到妥善的照顧，若不是柳敬東說怕突然搬了地方紀淮會一時不適應，她們甚至打算讓紀淮到威國公府裡暫住幾日。

正式考試當日，來自各地的考生雲集京城貢院，紀淮一大早就帶著書墨出了門。連考三場，對這些文弱書生來說不可謂不辛苦，過去因為身體撐不住而中途被抬了出來的考生亦不在少數。

書墨嘰嘰咕咕地將紀夫人、李氏及高淑容曾經叮囑過的話又從頭到尾唸了一遍，讓紀淮滿是無奈。好不容易到了貢院，他連忙接過書墨手上那包柳家眾人為他準備的考試用品，縱身一跳下了馬車，大步朝著前方大門而去，將書墨囉嗦的話語全拋到了身後。

「哎喲！這死孩子，怎的就這麼不聽話呢！」書墨用力跺了一下腳，終於成功將他親娘經常罵他的話大大方方地用上了。

柳琇蕊心不在焉地繡著花，才繡得幾針，她便提著針怔怔地望向窗外，早兩日便聽府中下人議論著會試之事，現今這個時辰，那書呆子應該在考場上了吧？看他平日時不時酸溜溜地掉書袋的樣子，加上臨考前大半個月還時不時往國公府跑，似是胸有成竹，想來這次考試應該問題不大吧？

一想完，她又覺得自己想太多了，不由自言自語起來。

「那書呆子有什麼好擔心的……」話未盡，她先是一愣，繼而嘀咕道：「那壞胚子，誰會擔心他！」拍了拍臉頰，低著頭繼續飛針走線。

會試進行到了最後一日，高淑容坐在桌邊繡著小屏風，柳敬南歪在榻上翻著書。

「也不知慎之考得如何了，折騰了這些日，想來吃、睡都好不到哪兒去。大嫂那邊說是派了人到貢院門外候著，等他出來便先接他來家裡，好好替他補補身子。」她一邊穿針引線，一邊隨口道。

柳敬南聽她提起那個覬覦寶貝女兒的小子，冷哼一聲，也不搭話。

柳敬南與紀淮反常的互動仍持續著，無論對方如何冷淡，紀淮依舊一得空便往他跟前湊，態度謙恭，如此一來，倒越發顯得柳敬南不近人情，讓高淑容亦看不下去了。

「他年紀輕，便是犯了錯也是人之常情，你比他虛長這麼多歲，有什麼不滿意的為何不直接說出來？如今這般冷冷淡淡的，倒讓人覺得你刻意為難小輩。」高淑容停下手中動作，回過頭來望著柳敬南，為紀淮抱不平。

柳敬南聽了心中更是惱怒。那個混小子！

他哼哼唧唧地在榻上轉了個身，背對著高淑容，就是不肯表明態度。

高淑容見他像個耍小脾氣的孩童一般，不禁好笑。她放下手中木梳，走到榻邊坐了下來，輕輕推了推越活越回去的夫君。「哎，說你呢！怎的像個三歲小孩一樣，還生起悶氣來了？」

柳敬南挪了挪身子，拒絕她的觸碰，嘴裡嘀嘀咕咕。「反正妳就是覺得我是個為難小輩的渾人，再多話說了也沒趣。」

高淑容更感好笑，用力戳了戳他的後肩。「你還跟我對上了，都多大歲數了！」

柳敬南往榻裡頭又挪了挪，就是不肯回過身來。

高淑容搖頭失笑，重又坐下繼續繡著未完工的屏風，轉移話題閒聊著。

「今日又有兩家夫人向我打探阿蕊的親事，這京裡的適齡男子倒也不少，可我新來乍到的，也不大清楚對方品行如何，實在不敢輕易許下來，畢竟這婚嫁大事不同兒戲，萬一挑了個不靠譜的，那還不誤了女兒一輩子！」頓了一下，她又嘆息一聲。「自從上一回與永寧縣主發生衝突後阿蕊的名聲便不大好，如今這些上門提親的，想來也不是衝著她本人而來，這從說的不是次子便是小兒子中即可窺之一二了。」

柳敬南猛地轉過身來，憤憤不平地道：「我的女兒怎麼了？哪裡如此遭人嫌棄了？她秉性良善、孝敬長輩、友愛兄弟，德言容功樣樣不差！要我說，這京裡就沒幾個年輕人能配得上她！這都什麼歪瓜裂棗，也敢糟踐人？」

高淑容被他這般大的反應嚇了一跳，待聽完他的話不禁噗哧一下笑出聲來。

「嗯，你的女兒自然是最好的，那些歪瓜裂棗根本配不上！」她忍著笑點頭附和。

柳敬南又想到了覬覦女兒的紀淮，冷哼一聲，再次背過身後，順手將錦被拉了拉。

紀淮拖著有些沈重的腳步出了貢院大門，與相識的幾位友人道過了別後，瞧見一早便守在外頭的書墨一邊向他這邊跑來，一邊歡喜地揚著手。「少爺少爺！」

他微微一笑，由著小書僮扶著他一步一步走到威國公府派來的馬車前。

國公府二管家恭恭敬敬地向他躬了躬身。「紀公子，奴才奉國公爺之命前來迎接，侯爺如今亦在國公府中。」

紀淮客氣地向他回了禮。「有勞了。」

到了國公府，自然得到了柳家長輩們的熱情招待，只是眾人也知道他累得不輕，是故只是簡單問了幾句便讓人擺膳。紀淮飽餐了一頓，又痛痛快快地淨過了身，倒在房中那張花梨木大床上，不一會兒便進入了夢鄉。說到底，這持續數日的考試真的把他給累壞了。

這日，柳琇蕊在屋裡用了些茶點，便帶著佩珠到園子裡走動走動。

園裡林木扶疏，怒放的鮮花迎風搖曳，水石亭臺、小橋曲徑，處處是閒雅宜人的景致。她隨手折了枝枝條，迎著柔和的清風愜意地微合雙眼。

不久，一陣嘈雜聲隱隱傳來，她輕蹙秀眉，抬頭往聲響處望去，似是見到紀淮有些狼狽的身影，繼而又見父兄等人出現，她往前幾步，伸長脖子欲看個清楚，卻再次被叔伯幾人的身影擋住了視線。

「妳去前面打聽打聽，看到底發生了什麼事？」柳琇蕊無奈，只得側頭吩咐佩珠。

佩珠應了一聲便離開了，半晌，她回來稟道：「小姐，據聞紀公子說了些話惹惱了三少爺，三少爺嚷嚷著要教訓他一頓呢！」

柳琇蕊更感好奇，心中暗暗嘀咕。先是爹爹，然後是二哥，往日無往不利的書呆子如今要受挫了？只不過，他到底做了什麼事才能先後惹惱一向與他交好的父兄呢？

她百思不得其解，可一時又不知要尋誰來問，僅能抱著疑問，踱步園中。

這晚她到父母屋裡請安，屋外的小丫頭見她過來，正打算進去通報，柳琇蕊卻制止了她，擺擺手讓她下去了。

「我倒覺得慎之甚為不錯，若不是怕紀家父母急著抱孫，當初在祈山村我便有這層意思了。如今他這般做法，雖不大合規矩，可那又怎樣？若他真能如他所言那般對阿蕊，阿蕊一輩子順心和樂，那這些規規矩矩又算得了什麼！」

高淑容滿是喜悅的聲音從屋內傳出來，讓柳琇蕊的腳不知不覺便停了下來，她心中一突，忍不住往前幾步，繼而又聽到柳敬南的聲音。

「那小子居然那般早便存了心思，真是……不行！想娶我的女兒，哪有這般容易！」

她整顆心跳得更厲害了。娶？誰要娶誰？紀書呆？她？

這想法一冒出頭，她便嚇了一跳，心跳加劇，直跳得她忍不住將手輕輕按在心口處，只盼著能讓它稍稍緩下來，卻沒注意，她的臉上已慢慢染滿了紅霞……

自聽了父母的談話後，柳琇蕊心裡一直平靜不下來。紀淮那日說了什麼她雖不清楚，可從父母、兄長的態度以及府裡這段日子的動靜來看，她覺得自己便是猜不中十分，也能猜到七、八分了。

她捂了捂滾燙的臉蛋，心裡似喜似惱，也分不清到底是何感覺。那書呆子自認識她以來便是個無賴樣，時不時氣得她跳腳，如今、如今竟然……

「誰知道他是不是又在戲弄人！」她咕噥道，想到對方的無賴可惡，又覺得這種可能性極大。

「阿蕊！」

柳耀海的大嗓門驀地響起，害她差點將桌上的茶碗打翻。

「二哥。」她無奈地暗嘆口氣，這段日子柳耀海也不當差，三頭兩日便來告誡她一番，讓她離紀淮那個書呆子遠一些。

柳耀海進來後照樣先灌了一杯茶水，接著開始語重心長地教導她諸如「畫虎畫皮難畫骨，知人知面不知心」、「負心多是讀書人」、「百無一用是書生」之類的話語，柳琇蕊聽得耳朵都要起繭了，可每每她想抗議時，柳耀海便會死命地瞪著她，直瞪得她心裡發虛。

今日亦不例外，她擺出一副虛心、誠懇的模樣，柳耀海說一句，她便點一下頭，順帶著附和。「二哥說的極是！」

柳耀海見她如此受教，這才滿意地點頭。「妳明白便好！」言畢，拂拂衣袖，大搖大擺地離開了。

「你們猜紀公子這回大概多久才會被三少爺扔出去？」

「半個時辰，賭一兩銀子！」

「一刻鐘，二兩！」

「立刻！十兩！」

威國公府內，幾位小廝圍在樹蔭底下打賭，突然插進來的聲音讓他們嚇了一跳，緊接著「撲通」一下聲響，這段日子以來不知第幾度被柳耀海扔出門外的紀淮不負眾望地再次重演了這一幕。

「給錢給錢，就說了立刻嘛！」書墨笑呵呵地朝著目瞪口呆的小廝們伸出手掌，完全不因拿主子打賭換錢而內疚。

嘻嘻，又賺了一筆！

他樂得雙眼都瞇成了一道縫，將收來的銀兩小心翼翼地裝進荷包裡後，學著柳敬北的樣子對著唉聲嘆氣的幾人拱拱手。

「承讓承讓，貴府三公子武藝越發高強了，我家少爺被摔了這麼多回都沒有事。」言畢，不待那幾人回神，便一蹦一跳地朝門口方向跑去。「少爺，書墨來扶你回去啦！」

紀淮由著小書僮歡天喜地扶著自己往鎮西侯府而去，回去的路上，他突然出聲問：「賺了多少？」

正為又大賺一筆而高興不已的小書僮笑咪咪地衝口而出。「不多不多，才不到五十兩……」最後一字剛從嘴裡吐出，他立刻反應了過來，咽了咽口水，畏懼地望了望衝他笑得如和風細雨般的主子。

「少、少爺，書書、書墨……」書墨結結巴巴想解釋，可終是嘆了口氣，不情不願地將剛贏來的錢塞到了紀淮手中。「都在這了！」看著主子理所當然地將他的銀兩據為己有，他不滿地嘀咕道：「欺負人，那是人家的血汗錢……」

紀淮似笑非笑地瞄了他一眼，小書僮立即噤聲，再不敢多話。

會試過後，他便挑了個柳家長輩均在的時候向他們表明了對柳琇蕊的心意，說來也是因這段日子到國公府提親的人家實在太多了，讓他不得不快刀斬亂麻。只可惜他方將心底話說了出來，柳耀海便視他如洪水猛獸，再也不許他上門，即使偶爾進了府門，亦會被他扔出來，讓紀淮屢屢受挫。偏偏柳家長輩們只是笑盈盈地坐在一邊也不阻止，任由柳耀海一次又一次把他扔出去。

想到這段日子的悲慘遭遇，他重重地嘆了口氣。讀書人的氣節在這柳家人面前確實半分都沒有了！

真真是「岳父」未平，「舅兄」又至啊！

再想到至今仍未曾回府的柳耀河，他更覺得前景堪憂。一個就這麼難對付了，若是再來一個，只怕媳婦還沒娶進門，他便先丟了半條命了。

回到鎮西侯府，即見柳敬北坐在涼亭裡衝他笑得好不開心，紀淮嘴角抖了抖，一把推開書墨扶著他的手，大步走到亭中，直接坐到了柳敬北對面抱怨道：「柳四叔好不厚道，一直這般旁觀，也不替紀淮美言幾句。」

柳敬北哈哈大笑，用力拍拍他的肩膀。「好事多磨，放心，終有一日你會如願的。」

紀淮不滿地望著他，指控道：「你就只會說這些似是而非的話！」

柳敬北笑得更厲害了，這段日子他看熱鬧看得甚為開懷，覺得再讓姪兒多摔他幾回也不錯，又哪會輕易斷了這個樂子。估計幾位兄長也是同樣的心思，否則若是真不讓他上門，方法多的是，這傻小子又哪有機會入得國公府門半步？

而此時的國公府正房內，李氏一邊替柳敬東按捏著傷腿，一邊笑罵。

「你們兄弟幾個看樂子也看夠了吧，慎之是個文弱書生，哪禁得住耀海這般摔來摔去的，真把人摔壞了，你瞧二弟妹會不會饒得了你們！」

柳敬東哈哈大笑。「那小子竟敢在我們面前耍心眼，就要給些教訓，讓他曉得柳家的閨女不易娶！」

李氏又好氣又好笑。「二弟妹如今是丈母娘看女婿，越看越滿意，你等著吧，過不了多久她便會出面了。」

柳敬東又是一陣大笑，許久，才斂起笑聲道：「也是時候了，阿蕊嫁到紀家去確實是個不錯的選擇，早些將親事訂下來也好了一樁心事。」

接二連三受挫，讓紀淮都不禁有點洩氣了，原以為能得到柳家其他長輩們的支持，哪想到個個都是袖手旁觀，他沮喪地嘆了口氣，撫著下巴思索。莫非他真是太高看自己了？

「快命人準備轎子，侯爺要進宮看三少爺與眾侍衛們比試武功！」柳敬北身邊的隨從許壽急促的聲音順著風飄入他耳中。

柳耀海今日不在府中？紀淮頓時一喜，只覺機會來了。

「侯爺，紀公子往國公府去了。」許壽恭恭敬敬地向「要進宮看姪兒比武」的柳敬北回稟。

柳敬北微微一笑，將手中黑子落到棋盤上。「知道了。」看了這麼多回熱鬧，也是時候幫著推一把了。

紀淮收拾一番後，也不喚那個專拿他打賭換錢的沒規矩書僮，獨自大步流星地進了威國公府。

國公府的下人見他又到了，均笑意盈盈地問候。「紀公子來了？」

紀淮蠕蠕雙唇，清咳一聲，無視眾人眼中的戲謔，正欲說幾句場面話，便見高淑容身邊的婢女走過來向他行了禮。

「紀公子，我家夫人有請。」

紀淮先是一驚，繼而大喜，接著又心有不安。柳二伯母喚他，到底是福是禍？饒是他再忐忑，亦不願放過這大好機會，好不容易能直接接觸到意中人的雙親，他怎可能白白錯過，自然得緊緊抓著！

跟著婢女到了高淑容等候他的屋裡，他依禮問候，微微抬頭瞄到對方含笑的臉龐，心裡不由自主便鬆了口氣。還好還好，看來不大像是不好的消息。

柳琇蕊拿著外祖父的來信一臉激動地往高淑容屋裡去。自離開祈山村後，她就不曾見過外祖父母，心裡也是十分掛念，尤其是自小便最疼愛她的外祖母鄧氏。如今收到這樣一封厚厚的來信，她只恨不得插翼飛往瑨安村，抱著許久不見的外祖母撒嬌。

經過一方小花圃，見前頭一個熟悉的身影迎面走來，她定睛一看，認出那是最近頗遭父兄嫌棄的紀大才子。

紀淮被打擊了這麼久，今日終於得了「未來岳母」的認可，心中樂呵，待他見到那個令他魂牽夢縈的纖細身影時，臉上霎時蕩開了燦爛如陽的明媚笑容。

柳琇蕊見他笑得歡喜，不知怎的心中也添了幾絲喜悅，只不過這喜悅只持續了小片刻，她頓時便想起那日聽到的父母談話，以及這段日子以來的煩惱。

紀淮大步走到她跟前，只覺得今日真是個大好日子，煩人的「未來岳父」以及「未來舅兄」均不在家，「未來岳母」認同了自己，又意外遇到了「未來妻子」。

「阿蕊！」他喜不自勝地喚了一句。

柳琇蕊見這個擾亂她心緒的罪魁禍首又出現在眼前，不由得哼了一聲，別過頭不耐煩地道：「阻道了，快讓開！」

紀淮也不惱，只是笑望著小丫頭明明有些羞澀卻故作煩躁的臉，往旁邊稍挪了幾步，再向她作了個揖。

「小生謹遵姑娘言。」

柳琇蕊見他笑嘻嘻的，突然感到十分不爽。這壞胚子從來就是這般沒個正經的，誰知道他說的話是真是假！

她恨恨地瞪了對方一眼，啐了他一口。「臭書呆！」說罷，加快腳步往高淑容屋裡去了。

紀淮被她罵得一怔，半晌回過神來，輕笑一聲，將掛在腰間的摺扇拿下來啪的一聲展了開來，心情極佳地踱著方步欣賞著滿園春色。

好一片醉人春色！

第二十章

柳琇蕊拿著信件快步離去，行了一段路，又忍不住停下來回望一眼，瞧著紀淮那悠悠然的背影，她暗暗嘀咕。「壞胚子的話就是不可信！」語畢，用力地點了一下頭，似是想證明自己的說法沒有錯一般。

到了高淑容屋外，她清清脆脆地喚了一聲。

「娘，外祖父來信了！」一面說又一面加快腳步進了屋裡。

在屋裡的高淑容聽到女兒的叫喚，歡喜得疾步迎了上來，一把抓過女兒手中的信封，急不可待地拆了開來。

厚厚的大信封裡裝著分別要給柳敬南夫婦及柳琇蕊兄妹三人的信，柳琇蕊探長脖子望著高淑容一封一封地翻過去，終於在最後一封看到了自己的名字。

她接過信，急急地拆了開來，首先映入眼裡的便是外祖父的老生常談，一段長長的訓導讓她看得急躁不已，既想快些翻過去，又怕漏了其他內容，直到外祖母歪歪扭扭的字跡出現——

以上純屬廢話，小阿蕊無須理會。

無論字跡或內容都與前幾頁形成鮮明對比，讓柳琇蕊噗哧一下笑出聲來，彷彿又看到外祖母調皮地對她眨眨眼睛，繼而摟著她咬耳朵，祖孫兩人邊說邊發出陣陣賊兮兮的笑聲。

她抑住笑容，依依不捨地繼續翻看著鄧氏及小表弟的來信，當她終於將那疊厚厚的信件看完後，心中越發想念過去在祈山村的日子，不禁重重地長嘆一聲。到了京城不是學規矩就是赴宴，再不就是禁足、罰抄，就不曾有過好事！

剛好亦將信件看完的高淑容聽到她這一聲長嘆，沒好氣地捏了她的嘴角一把。「小小年紀的哪來那麼多嘆氣事，都快要把山給嘆掉了！」

「真想外祖母他們……」柳琇蕊悶悶地道。

高淑容一怔，笑笑地點了下她的額頭。「總有一日會再見到他們的。」

母女倆正坐著小聊，卻聽門外咚咚咚地響起一陣腳步聲，緊接著高淑容的貼身婢女佩玉掀起簾子走了進來，笑容滿面地道：「二夫人，大喜啊，剛剛有人來報，紀公子高中會元！」

柳琇蕊尚未反應過來，高淑容驀地站起身來驚喜萬分地問：「此話當真？」

「千真萬確，來報喜的人先到了侯府，聽聞紀公子到咱們府裡來了，這才又到這邊來報，剛好紀公子還未離開，在二門外便被人堵住了！」佩玉喜悅地道。

雖然近日紀淮在府裡頗遭柳敬南父子嫌棄，但稍有點眼色的人都知道他與國公府、侯府關係匪淺。

高淑容大喜過望，甚至已有些手足無措了。「哎呀！果真是天大的喜事，要大肆慶祝一番……不行不行，還未殿試呢，這回便搞得那般大過了些，還是先通知家裡其他人。對了，可通知二老爺他們了？還有大夫人、三夫人……」

「夫人放心，府裡的小子們都搶著去報了。」佩玉笑道。這樣的美差事不搶著去幹才是傻子呢！

「好好好！」高淑容摩著手掌笑得合不攏嘴。

柳琇蕊心中亦甚是欣喜。那書呆子果然不愧是個書呆子，唸書還是有兩把刷子的！

紀淮剛出了二門便被一窩蜂而來的人包圍住了，好一會兒才從這七嘴八舌的道賀聲中明白過來。

噢，原來今日是放榜的日子啊！他只想著難得「未來岳父」與「未來舅兄」都不在家，急匆匆前來國公府，一時倒也忘了放榜的事了。會元？他摸了摸下巴，好似意料當中，又似是意料之外。

剛從外頭回來的柳敬南見到這一幕，重重地咳了一聲，原還圍著紀淮討要賞銀的下人們立即請安行禮，得了允許後哄地一下便散了。

紀淮喜悅的神情在見到柳敬南後不由自主地收斂了起來，他恭恭敬敬地朝柳敬南躬了躬身。「柳二伯父。」

柳敬南淡淡地嗯了一聲，再上上下下打量了他一番後，開口訓導。「年輕人須戒驕戒躁，切不可被一點點的成績迷了眼，未來要走的路還長著呢！」

紀淮不敢還嘴，老老實實地應了一聲。「二伯父說的極是。」

柳敬南面無表情地點點頭。「你明白就好。」言罷，揹著手邁著步子往書房方向而去。

紀淮摸摸鼻子，自從自己的心思被對方發現後，他每回見到柳敬南都心中發虛。這也難怪，誰讓他瞧中了人家的掌上明珠呢？

他站在原處思量了一會兒，一咬牙，終是向著柳敬南的身影追了上去。

「二伯父……」他吶吶地喚了一聲，得了柳敬南一記斜睨後訕訕然地笑了笑，一聲不吭地跟在他身後。

兩人一先一後地進了書房，柳敬南施施然地在太師椅上坐了下來，未等他開口，紀淮便十分有眼色地替他倒了杯茶。

他也不說話，接過了茶碗小小地抿了一口，眼神瞄了下書案上的書卷。

紀淮察言觀色，手腳麻利地行至書案前，將那書卷小心翼翼地捧了過來，遞到柳敬南跟前。「二伯父，您要的書。」

柳敬南又是嗯了一聲，拿過書卷翻到了上回停留之處，一邊慢悠悠地品著茶，一邊細細翻看，直至天色陰沈了下來，府裡陸陸續續點起了燈，他才從書卷中回轉過來。

柳敬南方將書卷放置在一邊的方桌上，便見到紀淮筆直地站在方桌的另一側，他一怔。莫非這小子一直站到如今這個時辰？

紀淮見他終於停了下來，心裡不自覺地鬆了口氣。這站了大半日，他覺得腿都有些麻了。

柳敬南眼神複雜地望著他，心情頗為糾結。理智上告訴他，紀淮是最好的女婿人選，無論家世還是人品都無可挑剔；可情感上他又十分不高興自己唯一的寶貝女兒就要被別的男子搶走了，是以這段日子他都任由兒子死勁地折騰紀淮。可亦是因為柳耀海的毫不留情，讓他深深意識到紀淮的一片真心實意，讀書人大多有些清高，更愛惜面子，而紀淮屢屢被柳耀海當眾扔出門去，卻仍不放棄，一直堅持至今，單憑這一點，他便不得不承認這小子是真心想求娶女兒的。

思緒千迴百轉，良久，他終是長長地嘆息一聲。罷了罷了。

「隨我到屋裡用膳吧！」他淡淡地道了一句後，又衝著外頭喚了聲。

不一會兒，許福推門走了進來。「二老爺。」

「你到二夫人那兒回一聲，今晚我不回去用飯了。」

許福領了命躬著身子退了出去，柳敬南這才望向紀淮，見他一如既往地恭謹有禮，心中那股一直堵著的惱氣不知不覺便散了些。

「走吧。」他語氣平淡地招呼了一聲後，率先走了出去。

紀淮不敢耽擱，連忙跟了上去，心中有股淡淡的欣喜。「未來岳父」這是要接受他了嗎？

高淑容正在屋裡等著柳敬南回來用膳，得了許福的報信後點點頭。「二老爺可有說他到何處去？」

許福躬著身子道：「二老爺與紀公子一道用膳，如今想來是在東屋裡頭。」

高淑容一怔，繼而露出個恍然的笑容來。看來那個倔得像頭牛般的夫君終是被攻陷了！她笑意盈盈地吩咐。「既如此，你便讓人好生伺候著，再吩咐廚房多做幾個紀公子愛吃的菜，順道與二老爺說一聲，就說我的意思，今晚便不再限他的酒了。」

許福笑笑地應了一聲，退了出去。

高淑容喜孜孜地在屋裡轉來轉去，心裡默默地計劃著紀、柳兩家的親事，到最後，連柳琇蕊出嫁的日子都暗暗琢磨起來了。

隨後，紀淮又是忐忑，又是歡喜地陪著柳敬南用了晚膳，喝得醺醺然地由著國公府的下人扶著他上了往鎮西侯府的馬車。

一路晃悠悠地到了侯府，方下車，便見書墨撲了過來，抱著他的手臂樂得蹦個不停。「少爺少爺你可回來了，這回老爺與夫人都要樂壞了！」

紀淮被他晃得暈頭轉向，猛地一巴掌拍在他額前，生生止住小書僮的動作。「再跳，你家少爺便要暈壞了。」

書墨也不惱，好脾氣地扶著他往大門裡走，一邊走一邊搖頭晃腦地道：「守得雲開見月明，書墨此生無憾矣！」

紀淮被他這番亂七八糟的話逗得笑出聲來，沒好氣地瞪了裝模作樣的小書僮一眼。「這番話又是打哪兒學來的？」

書墨嘻嘻地傻笑幾聲，也不搭話，輕哼著不知名的小調扶著主子一步一步往屋裡去。

「今科會元是……燕州紀淮？」同啟帝翻著禮部遞上來的名單，手指戳著「燕州紀淮」四個字，思量了片刻才問身邊的小太監。「朕彷彿記得威國公及鎮西侯隱退後便是居於燕州，可有此事？」

小太監躬著身子回道：「確有此事，威國公與鎮西侯自當年離京後便一直居於燕州。」

「嗯。」同啟帝輕輕敲著御案。「紀淮……這名字似是在哪兒聽過……」

半晌，他猛地一拍大腿。「朕記起來了，柳耀海！那小子前一陣子總在嘀嘀咕咕著『紀淮紀淮』什麼的，沒想到這紀淮竟成了今科的會元，朕倒要看看，這燕州新科會元答的卷子如何！」一邊道，還一邊翻著御案上擺放的答卷。

良久，同啟帝大笑著用力拍了拍御案，臉上全是抑制不住的濃濃喜悅。

「妙、妙，果然妙極了！」

「恭喜皇上又將得良臣。」小太監察言觀色，立即跪下來恭賀。

同啟帝笑笑著擺擺手。「如今說這些為時尚早，是騾是馬還得拉出來溜溜。」

他自親政後便一直致力於培植新一代得力臣子，見到才學出眾的青年自然喜不自勝。

他沈吟片刻，又道：「前一陣子賢太皇太妃還為了永寧縣主的親事求到母妃跟前去……」想到那個任性的永寧縣主，同啟帝不由得頭疼地撫撫額。

論理，京中適齡男子並不在少數，家世般配、人品出眾的亦不少，可偏偏均入不得永寧縣主的眼，而賢太皇太妃也捨不得逼她，是以便一直拖了下來。

如今一眨眼永寧縣主便已及笄，婚事自然不能再由著她那般拖下去。在今科進士當中擇一為婿是賢太皇太妃及徐太妃定下的意思，永寧縣主便是不願也不得不點頭應允。

想到五長公主府裡的各種糾葛，同啟帝又是一聲長嘆，搖頭苦笑，他自言自語道：「再看看吧，看這燕州紀淮殿試如何。」

隔得幾日，柳琇蕊便被高淑容拉著上了馬車，說是讓她陪著到廟裡祈福。

「紀……大哥中了會元，妳自己一人到廟裡祈福便是，做什麼要拉著我。」柳琇蕊坐在墊得軟綿綿的榻上，不情不願地努著嘴。

高淑容拍了她一下。「死丫頭，陪娘來一回便這般不樂意？」

「也不是不願意……」柳琇蕊甕聲甕氣地應了聲。她並不是不願意陪娘親到廟裡去，只是因是為了對方而去的那個目的而感到渾身不自在。

替紀書呆祈福……她暗暗地撇了撇嘴。那個書呆子……

高淑容可不管她樂不樂意，紀淮殿試在即，她既將對方視作未來女婿，當然要更用心對待，若是紀淮能在殿試中再度奪魁，那可就是連中三元，本朝至今仍未出現過連中三元之人呢！這樣一想，她便整個人都激動起來了。

母女倆下了車，高淑容吩咐下人們在外頭等候，隨後便帶著柳琇蕊及佩玉、佩珠進了廟裡。

柳琇蕊陪著她在菩薩面前求了籤，高淑容叮囑她好生等著，自個兒帶著佩玉去尋大師解籤文。

久不見高淑容回來，柳琇蕊打算去尋人，正巧一名女子走了過來朝她福了福。「柳小姐。」

柳琇蕊疑惑地望了望她，直至那女子微微抬頭，她才看清對方的容貌，原來竟是永寧縣主身邊的丫頭。

「柳小姐，我家縣主有事相邀，請隨奴婢來。」婢女恭敬有禮地道。

柳琇蕊更感好奇，自上回與永寧縣主鬧過一場後，兩人同時被罰，徐太妃當初雖想著讓雙方握手言和，可不知怎的卻一直不見下文，她便也將此事扔到腦後去了；如今永寧縣主要見她，莫非是心生不忿意欲報復？

只不過，事情都過去這麼久了，直到今日才來報復，她會不會太能忍了啊？

她苦思不得解，卻也覺得自己坦坦蕩蕩的，又何須懼怕對方，加上這婢女的態度，分明是命令，不是邀請，明顯容不得她拒絕。她思量片刻，也不顧佩珠焦急的眼色，點點頭道：「請姊姊前面帶路。」

光天化日之下，這麼多人瞧見她跟著對方走，難不成那永寧縣主還能吃了她不成？

佩珠見她竟然同意了，心中急到不行。來者不善，善者不來，永寧縣主素來難以相處，加之身分尊貴，京中貴女只能追著捧著，又哪敢得罪於她，自家小姐初生之犢不怕虎，早些日子先是那樣一腳掃倒了對方，如今又……

她用力跺了跺腳，不知該先回去尋高淑容，讓她出來阻止，還是應該跟著去，以防柳琇蕊出事，想了小片刻，她終究決定追著兩人的身影而去。

柳琇蕊保持著高度警惕跟在那婢女身後，雖說她無懼那個刁蠻縣主，可到底防人之心不可無，還是小心為妙。

她沿途細心留意，認出這是廟裡專供貴族人家歇息的林中小院。

「柳小姐，到了，我家縣主在前頭。」那婢女突然停下腳步，轉過身來朝她說道。

柳琇蕊往前望去，果見永寧縣主站在前方不遠處的桃花樹下，正向這邊望來。

她不動聲色地觀察周遭，除了剛離去的婢女外，此處只有她與永寧縣主兩人。

「柳琇蕊，妳趕緊給本縣主過來！」永寧縣主見她動也不動地站在原處，不由得不耐煩了，大聲命令道。

柳琇蕊慢吞吞地踱著步子朝她走去，氣得永寧縣主恨恨地跺了幾下腳，噔噔噔地跑過來，氣惱道：「妳怎麼連走個路都這樣慢吞吞的！」

柳琇蕊慢條斯理地道：「我怕妳在前面埋了陷阱，所以得將妳引過來。」

永寧縣主被她堵得一窒，心虛地移了移目光，片刻後又虛張聲勢地道：「本縣主才不會做那些卑鄙無恥之事！」

「妳做了。」柳琇蕊一臉「果然如此」的表情。

永寧縣主更加心虛，可卻死鴨子嘴硬。「胡說八道！不許妳詆毀本縣主！」

「哦。」柳琇蕊老老實實地點了點頭，心中卻得意得很。大哥就是大哥，說的話從來便是對的，敵急我緩、敵強我溜，如今這永寧縣主性子急躁，她自然得以慢制急。瞧，這不是把對方氣到了嗎？

永寧縣主見她如此聽話，滿意地點了點頭，纖手一揮，大大方方地道：「上回妳雖、雖害得本縣主摔倒了，可本縣主大人有大量，便不與妳計較了。」

「哦。」柳琇蕊又老老實實地點了點頭。

永寧縣主趁此機會，猛地朝她掃出一腳，可一直不曾放下戒心的柳琇蕊只輕輕一跳便避開了她的攻擊，然後往半蹲著身子、傻愣愣地伸出一腿掃了個空的永寧縣主肩上一推——

只聽撲通一聲，永寧縣主應聲倒在了地上。

「就知道妳沒安好心！」柳琇蕊得意地朝她揚揚眉。

「妳——」永寧縣主掙扎著在地上坐直了身子，卻也不站起來，只是恨恨地瞪著她，想到今日一番佈置又落了個空，苦練了這麼久的螳螂腿居然一點用處都沒有，自己身為縣主，卻三番兩次在這鄉下野丫頭面前落面子，不由得越想越氣，氣到極處便哇的一聲大哭起來。

柳琇蕊見原本還氣呼呼的永寧縣主突然嚎啕大哭，不由得被嚇了一跳，結結巴巴地道：

「妳妳、妳哭什麼啊？誰讓妳先動手的！」

「我就哭，關妳這個野丫頭什麼事！」

「妳這般坐在地上又哭又鬧的，還不如野丫頭呢！」

「要妳管！你們姓柳的都沒有一個好東西，遇到你們就沒好事！」永寧縣主越想越心酸，尤其是想到這段日子以來父母的冷戰，眼淚便掉得更厲害了。「自從認識你們這些姓柳的，我家裡便不得安寧，爹和娘就是不見一個笑臉，都是你們害的……」她一邊哭，一邊控訴。

柳琇蕊有些傻眼，待聽得對方的話後，瞬間想起永寧縣主的親娘文馨長公主與自家親爹曾經的那段過往，她便沈默了。

想來為了那段往事心中不舒服的並不止她一人，就連這尊貴的永寧縣主也不好受。

「原本他們便清清淡淡的，如今倒越發冷冰冰了，都是你們，你們這些姓柳的都不是好人！」永寧縣主越哭越傷心，傷心父母的冰冷、傷心家無寧日。

柳琇蕊被她哭得手足無措，也不知該如何勸解，只盼著聽到響聲的婢女快些過來勸一勸，可她又哪想得到永寧縣主已事先吩咐過不許任何人輕易踏進來。

也不知過了多久，永寧縣主終於發洩完畢，自行擦乾了眼淚，望了柳琇蕊一眼，頤指氣使地道：「還愣在那兒幹麼？還不過來扶我起來！」

柳琇蕊原對她存著那丁點少得可憐的同情頓時消失得無影無蹤了。這討厭的傢伙！

她恨恨地上前幾步，伸出手欲扶起永寧縣主，不料手在觸碰到對方的那一瞬間，永寧縣主狡黠一笑，猛地用力扯住她的手，撲通一下將柳琇蕊拉倒在地，隨後乘機轉身欲逃離。怎知柳琇蕊並非省油的燈，在倒地那一刻便迅速回過神來，使勁一撲，整個人壓坐在她後背上，將她壓得動彈不得。

「憑妳這三腳貓功夫也敢暗算我？」柳琇蕊跨坐在她後腰處，得意洋洋地道。被兄長們說了這麼多年的「三腳貓功夫」，如今終於可以光明正大地用到別人身上了！

永寧縣主被她這般壓著，差點喘不過氣來，她四肢不停掙扎，嘴裡大聲放話威脅。「野丫頭，快放開我，否則要妳好看！」

柳琇蕊向來是吃軟不吃硬，哪受得了她這番威脅，揚起手掌便朝著她的屁股用力搧了下去——

「啪」的一下清脆拍打聲，原還咒罵著對方的永寧縣主霎時懵了。

她她她、她竟然……竟然被人打屁股?!

未等她再度大罵「野丫頭」，柳琇蕊又是啪地一掌搧了下來。

永寧縣主又羞又氣，長這麼大，從未有人敢對她如此無禮，便是她的親娘，亦不曾打過她的屁股，如今、如今……簡直是奇恥大辱啊！

「柳琇蕊，妳敢這樣對我，我絕對不會放過妳的，我、我進宮……」

柳琇蕊一聽她說要進宮告狀，動作不由得一頓，片刻又轉念一想，打一下是打，打十下也是打，既然一定會被告狀，那便先打個夠本再說。

主意打定後，她又是啪啪啪地連打了三下，直打得永寧縣主哇的一聲又哭了起來。

「妳、妳這個野丫頭，我要找皇上表哥……」

柳琇蕊笑咪咪地停了下來，語調是說不出的輕鬆。「妳去找啊，就說被我打屁股了，我倒要看看妳有沒有這個臉去說。」

永寧縣主臉色一白，哭聲不由自主便弱了下來。

柳琇蕊見她這般反應，知道抓住對方死要面子的死穴了，又是好一陣得意。

「左不過我都已經打了，到時全京城的人都知道永寧縣主被威國公府小姐打屁股，噗哧……」她越說越覺得好笑，突然生出一絲期待，真盼著永寧縣主進宮告狀，反正最多她也不過再被禁足加罰抄書罷了。

永寧縣主恨得咬牙切齒。她確實不敢，被個鄉下野丫頭打了屁股，這麼丟臉的事要是真傳出去，那她以後也不用見人了。

柳琇蕊見她一動不動，便鬆了力道，施施然地站起來拍拍衣裙，再理理髮髻。

隨後永寧縣主亦爬了起來，臉上又是淚水又是灰塵，原先綰得整整齊齊的髮髻變得鬆垮垮的，身上那身名貴的衣裙更不必說了，縐巴巴的，樣子是說不出的狼狽。

她死死地瞪著柳琇蕊，只恨不得撓花對方那張沾沾自喜的臉。

「我警告妳，今日這事便罷了，若妳、若妳敢敢、敢將這事傳揚出去，我絕對不會放過妳的！」她凶猛地撂下話後，便一拐一拐地往小院裡去了。

柳琇蕊笑盈盈地望著她幾次三番欲伸手揉揉屁股卻不敢的身影，不由得又噗哧一下笑出聲來。

這個刁蠻縣主，也不是那麼難對付嘛！

她得意地晃了晃腦袋，只覺得通體舒暢，大有揚眉吐氣之感。

第二十一章

「阿蕊，要回去了！」

正得意間，柳琇蕊便聽見身後傳來高淑容喚她的聲音，她回頭一看，見高淑容帶著佩玉、佩珠走了過來。

「娘，我在這！」她高聲回應，小跑著迎上前去抱住高淑容的臂膀。

「都說讓妳好好候著，偏又跑了開來，妳怎麼總不聽話呢！」高淑容恨鐵不成鋼地戳了一下她的額角。

柳琇蕊老老實實認錯。「娘，我錯了。」

「每回認錯都認得比別人快，可卻是個不記打的性子，若有下回還是會犯！」

「再不敢了，真的！」柳琇蕊抬頭睜著一雙大眼睛盯著她，試圖讓娘親發現她眼裡閃耀的真誠之光。

高淑容被她這副模樣逗樂了，輕輕擰擰她的臉蛋，搖頭失笑。「妳呀……」

這時候再不賣乖表決心絕對是傻子，柳琇蕊自然覺得自己不是傻子，是以她很有眼色地一把抱住高淑容腰肢，施展渾身解數撒嬌裝乖。

回歸和睦的母女倆坐上馬車，到了威國公府後，相攜著進了門，柳琇蕊眼尖地發現三、五個小廝各抱著個酒罈子往廳裡去，便側頭詢問跟在身邊的小婢女。

「怎的搬這麼多酒？家裡可是來了客人？」

小婢女朝她福了福，脆聲回稟。「回小姐的話，二少爺和三少爺在前頭招呼紀公子呢！」

二少爺？柳琇蕊大喜。「大哥回來了？什麼時候的事，怎的事前不曾有通知？」

高淑容亦是一喜，長子在軍營裡可不像次子這般能時常歸家，算起來她都有數月不曾見過他了。

「回小姐的話，二少爺是與三少爺一同到府的，沒多久紀公子也來了，二少爺便吩咐廚房上酒，如今已是第二回了。」

柳琇蕊擔憂地蹙了蹙眉。「喝這麼多，萬一傷了身子可如何是好。」

高淑容卻是無奈地笑笑，搖頭輕嘆。那兩個小混帳，擺明是又要捉弄人了，只怕慎之這回逃不掉了。「吩咐人準備醒酒湯，再讓人通知二少爺，便說是我說的，酒易傷身，紀公子殿試在即，還是保重身子為好。」

小婢女應了一聲，領命去了。

柳耀河得了話，遺憾地嘆息一聲，將酒杯放下，大手一揚，施恩般朝喝得滿臉通紅的紀淮道：「今日便到此為止吧，待他日再尋機會痛痛快快喝一場！」

紀淮暗暗鬆了口氣，「未來大舅子」去了軍營，別的不說，這酒量倒越發讓人受不住了，幸虧「未來岳母」回來得及時，否則他今日只怕是不能輕易走出這威國公府大門了。

這娶個媳婦，怎的就這麼艱難呢？

高淑容到廟裡去並不僅僅是為了替紀淮祈福，更是為了長子柳耀河的親事。

早些日子瑨安村來信中還夾雜著她的嫂子陳氏的信件，陳氏在信中詢問了她娘家姪女與柳耀河的親事，畢竟如今陳家那姑娘已然及笄，親事不能再拖，若是柳家無意，陳家亦能再另行擇婿。

高淑容看罷，沈默了片刻。陳家過世的老爺子與高老舉人原是同窗，兩人關係甚篤，便訂下了兒女親事。陳家的姑娘亦皆曾讀書識字，而她看中的那位，乃陳家老大的長女，往日便幫著照顧家中弟妹，打理家務事。

陳老大夫婦都是老實人，得知柳家原是京城貴人後便心生退意，畢竟兩家門第相差太遠，只是先前已私下有了共識，若是他們私自再將女兒另行婚配，終歸有違自幼所受教導，是以才拜託陳氏代為詢問柳家意思。

說實在的，她是願意與陳家結親的，只不過就是猜不準柳敬南與柳耀河的心思，不知他們是否願意再迎平民女子進門。

後來她將陳氏信上內容如實告知了柳敬南，並表示陳家那姑娘當初她在瑨安村時見過，人品、相貌均是不差。

柳敬南聽罷，思量了許久才點頭道：「妳既認為那姑娘人品佳，那想來是無礙的。只一層，她若進了柳家門，日後遇到的人與事必與以往截然不同，她可有信心面對之後的種種？耀河是妳我長子，他日必定要挑起我們這一房的將來，作為他的妻子，身上肩負的擔子必然不輕，她可能承擔得起？」

「你所擔心的問題亦正是我擔心的，是以才這麼難抉擇。」高淑容嘆息一聲。

柳敬南稍想了想。「既如此，那便問問耀河的意思吧，這畢竟是他的終身大事，若是願意，那便聘娶這陳家姑娘，若是他不願，妳再婉轉地回了大嫂。」

夫妻兩人既商量妥當，便趁著今日柳耀河好不容易回來一趟，將事情原原本本告知了他，並表明最終結果由他決定。

柳耀河思索了許久後，試探著問：「陳家姑娘，可是那年揹著摔傷腿的阿蕊回家的那位姑娘？」

高淑容點點頭，笑道：「難為你還記得這事，確實是她。」

柳耀河微微一笑。原來是她！

「娘既然與高家伯母有了默契，君子無信則不立，那便娶吧！」

另一側，永寧縣主忍著屁股的隱隱痛意重新梳洗完畢，心中暗暗詛咒那個鄉下野丫頭柳琇蕊，發誓有朝一日要讓她為今日所做一切付出代價。

好不容易那羞煞人的痛意消退一些，走路總算正常了，她才高聲吩咐婢女備車回府。

馬車在五長公主府門前停了下來，一列下人齊齊出來迎接，她不耐煩地揮揮手，示意他們退下，邁著不大自在的步子往所居住的院落而去，方步下花園裡的拱橋，迎面便遇上親娘文馨長公主。

「這段日子妳都做什麼去了？宮裡幾次派人傳召妳進宮都推三推四的。」
「沒做什麼。」永寧縣主別過臉去淡淡地回了句。
「我聽聞妳在練些什麼功夫，可有此事？姑娘家便要有姑娘家的樣子，這般打打殺殺的成何體統。」文馨長公主蹙眉責備道。
「我整日打打殺殺，總好過某些人吵吵鬧鬧！」永寧縣主反駁道。
「江敏然，妳是怎麼和妳娘說話的，誰教妳的！」
一聲低沈的訓斥自她身後響起，她回頭一望，便見她的生父五駙馬江宗鵬不悅地瞪著她，而他的身後還站著異母兄長江沛。
永寧縣主紅著眼用力跺了一下腳。「誰教的？反正不是你們教的！」言畢，強忍著身體上的不適，加快了腳步往院裡去。
「妳，簡直是……簡直是不成體統！」江宗鵬氣得臉色鐵青，而一旁的文馨長公主臉上亦是一片惱怒，在後頭一直不發一言的江沛則若有所思地望了望永寧縣主有些不自然的步姿。
永寧縣主衝回了房裡，大聲叫婢女們全都退下去，她又生氣又傷心地將屋裡擺放的物品亂砸一通，這才氣惱難消地一屁股往榻上坐。
「哎喲！」一聲痛呼從她嘴裡發出，她蹦起來揉了揉屁股，心中恨透了那始作俑者柳琇蕊。「野丫頭，終有一日定叫妳知道我的厲害！」
「縣主。」屋外的婢女輕輕敲了敲門。

「什麼事？」永寧縣主沒好氣地應了句。

「縣主，少爺讓奴婢送藥來。」婢女怯怯地道。

永寧縣主一怔，心中一片複雜，她的親生父母都不曾發現她受了傷，偏偏這個一向被她冷待的異母兄長察覺了不妥，還特意讓人送藥過來。

「進來吧。」

得了允許，婢女小心翼翼地推開了門，輕手輕腳地邁了進來，將青瓷藥瓶遞至永寧縣主面前。「縣主。」

永寧縣主接了過來，輕輕撫摸著瓶身的圖案。

忘了從何時開始，她便再也不曾叫過他「大哥」，也許是從第一次聽聞他是爹與別的女人生的孩子開始，也許是在爹娘一次又一次因為那個「救命恩人之女」冷戰後開始。曾經和睦相處過的異母兄妹，如今比之陌生人卻好不了多少，儘管他們住在同一屋簷下，儘管他們本應是這世間上血緣最親近之人。

思緒翻騰，良久，她才輕嘆一聲，順手將瓶塞拔開……

殿試那日一早，柳琇蕊坐在桌邊托腮望著李氏及高淑容為那書呆子忙進忙出的身影。那書呆子，有什麼好擔心的？她努了努嘴。

「都準備妥當了？可千萬不能有漏的，這次可是至關重要的一次！」高淑容千叮萬囑。

書墨用力點了點頭，再三保證。「都準備妥當了，書墨以項上人頭保證，絕對不會有失的，二伯母放心好了！」

「伯母放心，確無遺漏。」紀淮笑笑著安撫道。

見他如此表態，高淑容終於稍稍放下心來。

「娘，再不讓他們走，就要遲到了。」柳耀河邁進屋來提醒道。

「那快走快走，千萬不能耽誤了時辰！」聞言高淑容便急了，連忙催促著他們上路。

「兩位伯母、阿蕊妹妹，告辭了。」紀淮躬了躬身，含笑斜睨了一眼正無聊得小小打了個哈欠的柳琇蕊，暗暗無奈。這沒良心的壞丫頭！

見引得娘親與大伯母忙了大半個時辰的罪魁禍首終於走了，柳琇蕊輕輕吁了口氣，伸直身子撒嬌道：「娘，大伯母，我餓了！」

同啟帝翻閱著答卷，臉上笑容越來越濃，片刻，大笑著道：「好好好，今科果然人才濟濟！」

他將答卷放到一邊，正要落筆確定今科一甲名單時，似是想到了什麼，轉過頭去問站在一旁不知神遊到何處去的柳耀海。

「柳耀海，你與那燕州紀淮是何關係？」

柳耀海猛然聽到有人喚他，先是嚇了一跳，待聽清後，不高興地嘀咕道：「我倒寧願與他沒有任何關係。」

同啟帝被他這話勾起了興趣，將筆一扔，興致盎然地追問：「這紀淮可是得罪於你了？

朕瞧著你像是對他有些不滿。」

「何止是有些不滿，是非常不滿！」柳耀海咬牙切齒地道。那個混蛋，居然敢覬覦他的寶貝妹妹，他們梁子可結大了！

同啟帝一怔，倒不曾想過他會有如此的大反應。

「來來來，你與朕詳細說說，看這紀淮到底做了什麼罪惡滔天之事，讓你如此耿耿於懷。恰好前幾日太皇太妃還問了朕這燕州紀淮一些事，你回了朕，朕也好去回太皇太妃。」他笑盈盈地道。

柳耀海義憤填膺，正欲張口，突然聯想到了某些事，神色古怪地望了望同啟帝，不答反問。「太皇太妃瞧中紀淮那小子了？可是想將永寧縣主下嫁於他？」

同啟帝笑道：「朕也不瞞你，太皇太妃既然知曉這燕州紀淮，想來平日亦多有關注今科的適齡男子，紀淮乃會元，年紀對得上，她有此想法亦不奇怪。」

聞言柳耀海臉色更為古怪，似喜似惱，讓欲從他口中打聽紀淮之事的同啟帝更感疑惑。

「這、這是怎麼了？難不成這紀淮真有極大不妥？」

柳耀海感到十分苦惱。太皇太妃瞧中了紀淮，欲將永寧縣主下嫁，若是成了事，那小子便再也不能覬覦他的妹妹，這分明是極好之事啊！可他怎的又覺得有什麼地方似是極為不妥呢？

同啟帝見他掛著一張苦瓜臉又不知走神兒到了何處，猛地一拍御案，大喝一聲。「柳耀海！」

柳耀海被嚇了一跳，下意識便單膝跪地。「屬下在！」
同啟帝無奈地望著他，見柳耀海憨憨地摸了摸後腦勺，衝著他嘻嘻嘻地傻笑幾聲，不禁嘆道：「敢在朕問話之時走神兒的，普天之下想來也就你這混小子一人了。」
柳耀海自動自發地站了起來，又傻笑了幾聲後，摸摸鼻子小聲道：「不行的不行的，紀淮不能娶永寧縣主。」
「你嘴裡嘀嘀咕咕的在說些什麼呢？」
柳耀海亦為自己方才那句話吃驚不已。紀淮不能娶永寧縣主？為何不能娶？
同啟帝稍稍回想了一下，而後試探著問：「紀淮不能娶永寧縣主？」
「對！」這字一出，柳耀海又是一陣納悶。他回答這麼快做什麼？
同啟帝深深地望了他一眼，良久，放聲大笑。「原來如此，原來如此！朕明白了！」
難怪前些日子總是聽他嘀咕什麼「紀淮紀淮」的，原來是好姑娘被人盯上了！這寵妹如命的傻小子怎可能淡定得下來；再想到前不久聽聞的威國公府趣事，他又是一陣大笑，直笑得差點喘不過氣來。
原來……原來傳聞中那個想吃天鵝肉的「癩蛤蟆」竟是他欲欽點的狀元郎！
紀淮早些日子三頭兩日便被柳耀海扔出府門，外頭早就有各種各樣的傳言，其中以「某舉子癩蛤蟆想吃天鵝肉」的說法流傳得最為廣泛。
癩蛤蟆狀元郎……同啟帝越想越覺得好笑，笑得柳耀海滿臉通紅，不知自己究竟是何處引得這明裡一本正經，暗地不知何為正經的年輕皇帝這般大笑。

也不知過了多久，同啟帝終於抑住了笑聲，他拭了拭眼角笑出來的淚水，果斷地執起御筆，在一甲名單首位寫下——

燕州紀淮。

「一甲頭名，燕州紀淮。中了中了，紀公子中了，快回去報喜！」一大早奉命來候榜的威國公府下人，一眼便看到高高張貼在榜上那熟悉的名字，頓時歡叫起來。

「連中三元，這可是連中三元啊！」早關注著這「燕州紀淮」的人驚呼出聲，霎時間，原就洶湧的人群一下沸騰了起來。

「連中三元？這可是真的？」

「千真萬確！」

「了不得啊了不得，這可是頭一回！」

「燕州紀淮？是上回小結巴說的那個想吃天鵝肉的癩蛤蟆？」

「可不正是他，這小子倒也有幾分本事！」

書墨亦是一大早便跟著國公府的人來候榜，可他一個小矮個又哪擠得過周遭那些高頭大馬的人，早不知被擠到了何處。待聽得有人驚呼連中三元的燕州紀淮，他瞬間樂歪了，在原地手舞足蹈，直到威國公府的下人尋著了他，拉著他直往府處奔走。「書墨小子，快快回去討賞錢！」

消息傳回威國公府，柳家長輩們自是喜不自勝，就連這段日子瞧紀淮相當不順眼的柳耀河兄弟倆亦不禁替他感到高興。

紀淮寒窗苦讀十數載，如今可謂一舉成名，成了大商開國以來最年輕的狀元郎，還是唯一一個連中三元的狀元郎，單憑這點，亦讓少年老成的他激動得差點連話都說不索利了。

他人逢喜事精神爽，來者不拒地灌下一杯又一杯的酒，直喝得醉醺醺的，趁著還有點理智，他尋了個理由出去吹吹風。

柳敬東等人知道他今晚真的喝得不少了，是以大方地擺擺手讓他出去了。

他搖搖晃晃地靠在迴廊欄杆上，皎月當空，滿天繁星點點，回頭望了一眼不遠處窗櫺裡透出的熱鬧喜氣，他嘴角微微上揚。金榜題名，他總算是盼到了！此時此刻的濃濃喜悅，他迫切希望能與心中的那人分享。

也許是酒壯人膽，也許是這段日子柳家長輩們待他一如既往的和善，令他有些放肆，腦子一熱，抬腿便往柳琇蕊所居住的院落方向去……

紀淮高中，柳琇蕊亦甚為歡喜，她幫著高淑容與李氏、關氏照顧著後廚，又吩咐下人們準備醒酒湯後，這才得了空回到自己屋裡。

將屋子裡的東西稍整理了一遍，她便打算先做會兒繡活，拿出針線盒，轉過身來突然發現窗外冒出個腦袋來，嚇得她手一鬆，針線盒啪的一聲掉了下來。待她認出那腦袋原來是新鮮出爐的狀元郎紀淮後，不由得惱怒地跺了下腳。「壞胚子，總這般嚇唬人！」

紀淮仰著一張酡紅的臉朝她笑得好不開心。「阿、阿蕊，我中了，妳高、高不高興？」一邊問還一邊欲翻過窗戶爬進屋來，嚇得柳琇蕊連聲阻止。

「你你你別動，我出去！」

這個酒鬼，明顯醉得不輕，還敢爬窗？萬一不小心摔倒了，那不是給人添話題嗎？新科狀元樂極生悲，有門不走爬窗摔壞腿！

她咚咚咚地跑出了門口，見紀淮睜大雙眼一動不動地望著她，臉上的笑容是說不出的歡暢，一顆心不知怎的突然撲通撲通地亂跳起來。

紀淮見心心念念的小姑娘出現在眼前，神情越發欣喜，但仍是執著地問道：「阿蕊，我考中了，妳、妳高不高興？」

「又、又不是我中了……高高、高興什麼！」柳琇蕊結結巴巴地反駁道。

「我考中了，妳高不高興？」已經不知是酒令人醉還是美色醉人的紀淮，固執地一定要得到確切答案。

柳琇蕊心跳越發急促，被他追問得紅霞滿面，可她亦知道不能再與眼前的醉貓糾纏，只得飛快地應了句。「高、高興啦！」

紀淮終於聽見了最想得到的答案，嘴巴咧得更開了，再無半點平日溫雅斯文的模樣，反倒顯出了幾分傻氣來。

「我、我也很高興，阿蕊，我真高興！」他揚著極度愉悅的笑容，迷濛卻又溫柔至極的眸光緊緊鎖著她，直望得柳琇蕊手足無措了起來。

「你你、你還不回去？若是爹爹發現了，又、又該……」她期期艾艾地道。

「阿蕊！」紀淮突然喚了她一句。

「做、做什麼？」

「阿蕊。」

「有話便說啊！」

「阿蕊……」

「你怎麼了，真醉了？」

「阿蕊，阿蕊，阿蕊……」紀淮越發叫得起勁，聲聲溫柔，字字纏綿，只覺得便是這般靜靜望著她、叫著她的名字也心滿意足。

柳琇蕊感覺臉上如火燒一般，雙手已不知該擺放到何處，只得輕輕覆在臉上，盼著以手上的涼意將臉蛋溫度壓下去。

「阿蕊……我醉了……」紀淮呢喃般低低道了句，讓柳琇蕊哭笑不得，她原先急促紊亂的心韻也因而慢慢平復了下來。

醉貓主動承認自己醉了，這還是頭一回見。

「知道自己醉了還不回去歇息，在這耍什麼酒瘋？」她沒好氣地瞋他一眼。

沐浴在柔和月光下的女子，一張俏臉染著紅霞，如秋水般的雙眸似喜似嗔地朝他望來，令紀淮更感醉意濃濃。果真是酒不醉人人自醉啊！

「醉了……真醉了……」紀淮癡癡地凝望眼前人，心裡暖融融的。

柳琇蕊別過臉去避開他灼人的目光，抑住再度失序的心跳，扯著他的衣袖往西側小門去。「快、快回去歇息，明日一早便不會醉了。」

紀淮任由她扯著自己，含著溫柔淺笑的目光緊鎖她的側臉。

兩人走至西側小門，柳琇蕊四處打量一番，確信並無外人，這才回過身來念叨。

「下回可不能再這般沒規沒矩地跑來，弄得人家也跟你一般鬼鬼祟祟的，明明人家都沒做什麼……啊！」她話尚未說完，突見一團黑影閃過，嚇得她一下子往前跳開，正正撞入了紀淮懷中。

紀淮下意識地抱住撞入懷中的溫香軟玉，實在想不到上天會如此厚待他，竟讓他有這意外之喜。

柳琇蕊好一會兒才反應過來，臉上騰地一下瞬間竄紅，用力掙開了那個寬厚的懷抱。

「原來女子抱起來是軟綿綿的……」紀淮失望地望了望空空如也的懷抱，似是感慨、似是回味般輕輕嘆息了一聲。

柳琇蕊臉上燒得更厲害了，用力推了他一把，恨恨地罵道：「假道學，登徒子！」

紀淮被她推得一下踉蹌，搖搖晃晃地跌坐在地，他也不惱，輕笑著望著柳琇蕊惱羞成怒離去的身影。

恁是無情也動人！

他失笑撫額，正打算站起來，又聽身後響起熟悉的腳步聲。

「我可不是擔心你，就是想來看看你走了不曾，若是被人瞧見，爹又該罵我了。」柳琇蕊不自在地為自己的去而復返解釋。

不錯，就是這樣，她才不是因為擔心他會不會摔傷呢！

紀淮望了望欲蓋彌彰的某人，很識時務地沒有戳破她的話，一本正經地道：「對，阿蕊並不是因為擔心我才折返的。」

柳琇蕊被他這番話說得更不自在了，強忍著羞惱，故作不耐地道：「快起來，再遲些被爹看到，他真的又該罵了！」

紀淮怔怔地望著她，許是酒意上湧，又許是壓抑許久的心思終於破土而出，他驀地出聲道：「阿蕊，當我媳婦，可好？」

轟的一聲，柳琇蕊頓覺腦子裡恍如被炸開一番，整個人都懵了。

紀淮本是情之所至才說出這番極不合規矩的話來，可當這話真脫口而出，他又並不覺得後悔，反是鬆了口氣。他有些期待，又有些忐忑地緊緊盯著柳琇蕊，等著她的回應。

片刻，柳琇蕊才回轉過來，氣急敗壞地道：「你這壞胚子，又作弄人是不是！」

聞言，紀淮頓時有種搬石頭砸自己腳的感覺。都怪他平日太愛戲弄這丫頭，如今在她面前信用徹底耗盡了，不怪她在聽了他的話之後會是這般反應。

果真是報應不爽啊！

他頭疼地撫額，望著柳琇蕊氣呼呼的背影再次慢慢消失在視線中，長長地嘆了一聲，心中明白這次她大概不會再回來了。

他扶著門檻掙扎著站了起來，又深深望了不遠處閃著光亮的屋子一眼，垂頭喪氣地一步步走了出去。

柳琇蕊氣怒難消地回了屋裡，心中暗暗咒罵那個總愛戲弄人的書呆子。

「臭書呆子，真可惡！」她恨恨地一拳砸在圓桌上，震得桌上的茶壺、茶碗乒乓作響。

「阿蕊，當我媳婦，可好？」

一靜下來，紀淮嗓音便如魔音一般使勁在她周遭迴響，她捂住耳朵拒絕再接受荼毒。

「不好不好，才不好！」

她奔至裡間，撲向花梨木大床，抓起被子蒙住頭，掙扎了會兒後終於放棄，靜靜地躺在床上，腦中一遍又一遍地回想著紀淮今晚最後那句話，怔怔地望著帳頂陷入沈思。

紀淮這書呆子雖有些書生酸氣，可實際上卻不迂腐，對她某些不合規矩的行為從不以為忤，這一點比她的外祖父高老舉人要好些；雖然他經常氣得她跳腳，在她面前亦多了幾分無賴，可她，應該是不討厭他的。

只是如今他這句話……

早些日子聽到的父母談話又再次浮現，仔細琢磨，她霎時心如擂鼓。這種事怎可能拿來開玩笑，他……是認真的？

整整一晚，她輾轉難眠，心裡似喜似惱，直到天將濛濛亮才迷迷糊糊地睡了過去……

第二十二章

「今科狀元年紀相仿，據聞也不曾婚配，倒是個極佳的人選。」徐太妃含笑對同啟帝道。

同啟帝動作一頓，將手中茶碗放下，微微笑道：「紀淮與柳家關係極好，此次赴京便是住在鎮西侯府。」

徐太妃一時不明白他話中意思。「這有何問題？」

同啟帝又道：「柳家只得一女，暫未婚配。」

徐太妃恍然大悟。「原來如此！」頓了一下，又有些遲疑地道：「只是，太皇太妃那處……」

同啟帝也有些頭疼，紀淮和柳家都是他亟欲重用之人，他亦有成人之美的打算，可太皇太妃的面子也不能不給……

徐太妃亦感無奈。這怎麼都湊到一塊兒了？

「燕州紀淮？」永寧縣主驀地從榻上站了起來，滿眼不可思議地望著賢太皇太妃。

雍容慈愛的太皇太妃好笑地搖搖頭。「都已是大姑娘了，怎的還這般毛毛躁躁、吵吵鬧鬧的？若是以後當了別人家的媳婦，那可不是要惹笑話嗎？」

永寧縣主胡亂應了一句，重又在她身邊坐下，急切地追問：「外祖母，您選的人是今科狀元？那狀元是來自燕州的紀淮？」

「正是，這回妳可不能再推三阻四了啊！這紀狀元才學可算是頭一人了，加上年紀也輕，將來必是大有前途。」

「不行，我不同意！若是其他人還有商量的餘地，就這姓紀的絕對不可以！」永寧縣主恨恨地道。

自回京後，她先是被罰禁足、抄書，繼而苦練螳螂腿想報一腳之仇，後來又受了不宜外揚的傷，一時倒也忘了去尋那個臭書生，豈料如今外祖母為自己挑的夫婿人選竟然是他？

一想到對方曾那般羞辱自己，她不由心頭火起！

「這紀淮有何不可？外祖母瞧今科的進士當中，他可是最出色的！」太皇太妃奇道。

「總之他不行，您還是換一個吧！」永寧縣主乾脆耍賴。

「妳當挑夫婿有那麼輕鬆嗎？想換就換！就這紀淮也是外祖母留意了許久才訂下的人選。」太皇太妃沒好氣地道。

「您一向疼我，便再換一個吧！」永寧縣主撒嬌道。

「婚姻大事豈同兒戲，妳對這紀淮到底有何不滿？」太皇太妃堅持不允。

「有些人天生便是討人厭，總之我就是瞧不上他，選他還不如選上回那位。」

「妳可是見過這紀淮？怎的聽妳這語氣像是認識他一般？」太皇太妃奇道。

永寧縣主動作一頓，不自在地別過臉去，而後不屑地道：「他是何等身分，我是何等身分，又怎會認識他？只不過曾見識過他為人的刻薄，故才不喜他而已。外祖母，雖說婚姻大事自來便是由長輩作主，可畢竟日後過日子的是我，若是相看兩相厭，那又有什麼意思呢！」說到最後，她突然想到爹娘的情況，眼眶一下便紅了。

賢太皇太妃見她如此反應，也不由自主地想到女兒、女婿，眼神微黯，許久，輕嘆一聲。當年若女兒一直安心跟著柳擎南過日子，不再去想那些虛浮的情情愛愛，如今又怎會過得這般……

她憐愛地撫摸著外孫女額角，柔聲道：「妳既實在不喜他，那……只是，外祖母瞧他倒是個謙謙君子，實不像妳所說的那種人。」

「這世上表裡不一的偽君子可多了，您又哪能一一見過。」永寧縣主努努嘴。

「妳啊！」太皇太妃好笑地捏捏她的臉蛋，可卻仍舊不願相信自己看好的年輕人真如外孫女所說是個刻薄男子，她想了想，有些遲疑地問：「這當中是否有些誤會？」

「絕對不曾有誤會，千真萬確！」永寧縣主急了，生怕她真會被許配給紀淮。

「妳讓外祖母想想，讓外祖母想想……」太皇太妃頗有些頭疼。

永寧縣主見她仍是不肯鬆口，心中又急又惱，可也知道今日是不可能如願了，只得不甘不願地離宮回府。

今科一甲三人，除了榜眼是位年逾四十的中年男子外，狀元及探花均是年輕一代，令同啟帝這段日子心情甚好，甚至在麗妃撒嬌著說要跟去見識皇室秋狩時也不拒絕，乾脆直接下旨，允許朝臣攜帶女眷一同前往。

旨意下達各府，有分前去的女子欣喜不已，均為這難得的機會暗暗慶幸。

得知父母要帶她參加秋狩，柳琇蕊差點樂壞了，她雖對皇室之事不甚瞭解，可這回可是能光明正大地跟著去看熱鬧，也不用聽人整日對她念叨各種禮節規矩，這樣好的事不去才傻呢！

而今年的秋狩除了多了女眷外，連仍未有官職的一甲三人亦獲准參加。紀淮原有些頭疼，他一介文弱書生跟著去，這不是找罪受嗎？但待聽聞柳琇蕊亦會跟隨父母一同前往後，他倒添了幾分期待。

自那晚借酒表白心意後，他一直尋不到機會再見柳琇蕊一面，畢竟如今與在祈山村不同，他想見她並不是那樣方便；而柳敬南雖已不如早些時候那般冷待他，可至今仍未鬆口何時允他向家中父母稟明親事，讓人上門提親，令他苦惱不已，心中憂慮不知何時才能娶得佳人歸。

就這麼到了出發當日，在馬車上的柳琇蕊一路興奮不已，嘰嘰喳喳地說個不停，讓李氏及高淑容滿是無奈，至於關氏則因前幾日身子著涼，是故留在了家中。

一抵達目的地，便有人迎上前來，引著她們到安排給威國公府的帳篷裡歇息。

待得次日的狩獵，年輕的皇帝一馬當先衝入了圍場，跟在他身邊的自是御前侍衛，其中便有柳耀海。

柳琇蕊激動地望著聲勢浩大的隊伍歡呼著策馬奔入林中，捲起的陣陣塵土彌久不散，她羨慕地輕吁口氣。可惜她不會騎馬，否則也能策馬奔騰一番。

正遺憾間，永寧縣主騎著匹棗紅馬靠了過來。「野丫頭，妳過來。」

柳琇蕊瞄了她一眼，神色淡然地別過臉去。

「叫妳呢，野丫頭！」永寧縣主見她居然不理自己，不由得提高了音量。

柳琇蕊悠悠然地理了理鬢髮，也不理會周圍那些貴女們的各式目光。

永寧縣主急了，翻身下馬，噔噔噔地走到她面前，氣急敗壞地道：「妳怎麼不理人？」

「我不姓野。」柳琇蕊慢吞吞地道。

永寧縣主正想反駁她幾句時，想起了自己的目的，只得應付性地改口。「柳琇蕊、柳姑娘、柳大小姐！這樣可以了吧？」

柳琇蕊認真地點點頭。「可以了。」

永寧縣主見她居然還真的順勢爬杆，恨恨地瞪了她一眼，不耐煩地道：「隨本縣主騎馬去！」

柳琇蕊本是打算無論對方說什麼都不理會的，但一聽是去騎馬，眼睛頓時一亮，生怕對方看出來會太過於得意，便慢條斯理地道：「我不會騎。」

「不會就學，磨磨蹭蹭的做什麼。」言畢，也不等柳琇蕊再說，直接拉著人便走了。

周圍的貴女見前些日子還劍拔弩張的兩人居然手拉手離開，均大感意外。

柳琇蕊被她拉著來到一處廣闊之地，兩位勁裝打扮的女官各牽著一匹馬站在前方，見她們過來，兩人連忙見了禮。

「這兩匹馬都是本縣主特意尋來的，與方才本縣主騎的棗紅馬一樣，性子和順，最適合初學者騎了。怎麼樣？本縣主夠意思了吧！」她指了指一白一棕兩匹馬，得意地道。

柳琇蕊懷疑地上上下下打量了她一番。「妳真沒在馬上做手腳？」

她雖然很想感受一下策馬奔騰的快感，可小命更重要。

永寧縣主惱羞成怒，用力跺了一下腳。

「妳別狗咬呂洞賓，不識好人心！」見對方仍是一臉不相信，她發狠道：「若我對這兩匹馬做了任何手腳，便讓我臉上長滿痲子，一輩子也消不了！」

世上不會有女子不重視容貌的，若是對方以別的起誓，柳琇蕊未必會信，可這位高貴嬌蠻的縣主卻敢用容貌擔保，這便讓她信了幾分。

「我真的不會騎。」她老老實實地道。

「放心，她們會教妳的。」永寧縣主見她終於相信了，不禁暗暗鬆口氣。這野丫頭的防備心怎麼就那麼強呢？

柳琇蕊也不與她客氣，在兩位女官的教導下騎著小白馬慢慢地行走，直到她漸漸掌握了些許方法，女官才撒開手來讓她試著操控馬匹。

她騎了一會兒，正得意著騎馬也不過如此，身後一陣噠噠的馬蹄聲伴著永寧縣主歡暢的笑聲傳來，讓她停住馬匹，側頭循聲望去。

永寧縣主揚著馬鞭疾馳而過，灑下一串得意的嘲笑聲。「野丫頭，學這麼久還在溜馬，妳羞不羞啊？」

柳琇蕊氣鼓鼓地瞪了她的背影一眼，雙腿一夾，小白馬便也噠噠噠地小小跑了起來。

遠處兩位女官見她突然加速，均嚇得不輕，待看她控制得極好，這才擦了一把額頭滲出的冷汗。

一陣陣風聲在耳邊響起，兩側的樹木急速往後，讓柳琇蕊心情一下子飛揚起來。

「怎麼樣，騎馬還是得快些吧？慢慢溜有什麼意思！」

柳琇蕊拉住韁繩後，永寧縣主亦在她身邊停了下來。

柳琇蕊滿臉紅撲撲，興奮地連連點頭。「確是如此！」

「柳小姐學得極好，只是初次接觸，還須慢慢來。」氣喘吁吁跟上來的兩位女官聽她們兩人的意思似是要再快跑，差點一個踉蹌。縣主倒也罷了，這位柳小姐明明是初次騎馬，怎的也這般大膽？

柳琇蕊只能遺憾地暗嘆口氣，羨慕地望著永寧縣主再次揚鞭策馬奔跑起來。

她有些沮喪地任由兩位女官一左一右地跟在身側，時不時輕聲指點幾句。

這些方才她們都已經講過了，怎的還要重複地講來講去？她心下嘀咕了句。

「柳琇蕊！」又跑了幾圈回來的永寧縣主，臉上透著興奮的紅暈，她驅著馬來到柳琇蕊身側，突然壓低聲音道：「咱們跑吧，這兩人太討厭了！」

柳琇蕊心中一動，緊接著興奮起來。是啊，該教的她們都教了，接下來便得讓自己練習練習才是，總這般坐在馬上慢吞吞的，哪還有半點樂趣。

兩人心照不宣地別過頭去，不一會兒，永寧縣主率先揚起馬鞭。「駕！」

兩位女官正打算避讓幾分，便聽到柳琇蕊同樣一聲嬌喝，緊接著小白馬噠噠幾下跟隨在永寧縣主那匹棕馬身後飛奔而去——

柳琇蕊伏低身子，感受到周遭一切均飛速地從她身側閃過，她初時有些緊張，但慢慢的也就適應了。

一棕一白兩匹馬馱著兩人很快便消失在廣闊的草地上，只剩下嚇得臉色煞白的兩名女官。

也不知過了多久，永寧縣主才慢慢地停了下來，柳琇蕊見她停下，隨即控制馬匹減了速度，最終停在了永寧縣主的棕馬旁。

「不跑了不跑了，先歇一會兒。」永寧縣主翻身下馬，尋了塊大石頭坐下，柳琇蕊同樣覺得有些累了，在離她不遠的地方亦坐了下來。

「柳琇蕊，妳可訂親了？」永寧縣主突然問。

柳琇蕊疑惑她怎會問這種問題，但也誠實地搖了搖頭。「不曾。」

永寧縣主鬆了口氣，雖早就打聽過對方尚未訂下親事，還是要再確認一番，萬一那些人打探的消息有誤，那可不大好辦了。

柳琇蕊見她奇奇怪怪地問了一句後便沈默了，不禁好奇地問：「妳問這做什麼？」

永寧縣主故作鎮定地別過臉。「沒什麼，隨便問問，就是想知道妳這種野丫頭哪家不長眼的敢娶！」

聞言，柳琇蕊正要出聲反駁，卻見對方猛地站了起來，直接翻身上了馬，她亦連忙起身拍拍衣裙。「要回去了嗎？」

話音剛落，便見永寧縣主猛然回過頭來衝她詭異一笑，馬鞭一揚，啪的一聲抽在白馬身上。

吃痛的白馬嘶叫一聲，撒開腿飛也似地跑開了。

「妳做什麼？那是我的馬！」柳琇蕊大驚，急忙奔跑上前欲制止，可永寧縣主計劃了這麼久，絕不容許再次功虧一簣，揚手又是一鞭抽在棕馬身上，馬匹一聲長嘶，眨眼便消失無蹤。

「江敏然，妳給我回來！」柳琇蕊拔腿追去，但又怎可能追得上？她累得跑不動，一個不留意摔了一跤，恨恨地捶了一下地。「混蛋，下次若再讓我遇到……」

「阿蕊？妳怎會在這兒？」

一聲驚叫從她身後響起，她喘著粗氣回過頭一望，竟然發現紀淮一身狼狽地出現在她眼前。

紀淮遇到意中人的歡喜在看到柳琇蕊跌坐在地時便消失殆盡了，他急步走上前去，小心翼翼地扶起她。

柳琇蕊原本還只是感到氣惱不已的心情，在見到他擔憂的表情後霎時便多了幾分委屈，她抿著嘴由著紀淮一手抓住她的手臂，一手環住她的腰肢將她扶了起來。

「可摔著了？」紀淮見她眼中有幾絲閃閃的淚意，心中更為焦急，伸手就要去撩柳琇蕊的褲腿，查看她是不是真的摔傷了，早將男女之防拋到了九霄雲外。

柳琇蕊嚇了一跳，也顧不得心中那絲委屈了，紅著臉撥開他的手掌，低聲道：「我沒事。」

紀淮滿是懷疑地緊緊盯著她，確定她臉上無痛苦神情，這才勉強相信她的話。

「阿蕊，妳怎的一人在此處？」他稍放下心後，再次問道。

這次秋狩因有女眷伴隨，是以安全保衛比以往更為嚴格，為了方便女眷行走，甚至還圈出一寬廣平坦之處來，讓她們可以盡情享受這難得的愜意；可如今他們所在之地，早已遠離了那處。

柳琇蕊被他這般追問，不禁又惱又委屈。「都怪那江敏然，她將我的馬趕跑，自己也騎著馬走了，把我一個人扔在這兒。」

紀淮眉頭一擰，想到自己先前莫名其妙地被人引來此處，卻一個人都見不著，兜了幾圈後才聽得馬蹄聲響，想著過來一探究竟，不料居然見到了柳琇蕊，他不禁猜測，莫非亦是永寧縣主將他引到了此處？只是，她這又是為何？

「紀書呆，你怎麼也在這兒？」柳琇蕊見他皺著眉不知在想什麼，不禁開口問道。

紀淮從沈思中回過神來，笑笑地道：「一時走迷了路。」

柳琇蕊鄙視地瞄了他一眼。「都一把年紀了，居然還會迷路，說出去也不怕笑死人。」

紀淮失笑，攤了攤手。「所以我也只告訴妳，對別人自然不會這般老實。」

「你總算承認平日在人前總是假模假樣了吧？虧得爹和大伯父他們還老誇你，騙子！」

柳琇蕊充分展示了她的唾棄。

紀淮更感好笑，伸手輕輕彈了一下她的腦門。「小笨蛋！」

柳琇蕊一掌拍開他，憤憤不平地反駁。「你才笨！你不只笨還壞！壞胚子！」

紀淮笑嘻嘻地望著她，也不回嘴。

柳琇蕊如同一拳打在了棉花上，只得努努嘴別過臉去。

她打量了一下四周環境，見離此處不遠便是層層疊疊的林木，林木深處隱隱似是傳來猛獸的咆哮，她臉色一下刷白，緊張地揪緊紀淮的袖口，結結巴巴地道：「紀、紀書呆，咱咱、咱們快走吧！」

紀淮亦聽到了那聲咆哮，心中一突，見柳琇蕊嚇得小臉煞白，他忍不住上前輕輕環住她的肩，柔聲安慰。「別怕，有我在，咱們這便回去。」

柳琇蕊嚇得根本無暇留意他的動作，只是連連點頭，任由對方半扶半抱地攙著她，兩人一步一步朝著大本營方向走去。

「吼吼——」

方走了片刻，又是一陣猛獸吼叫聲，這回叫聲比之前更清晰可聞。

「是、是老虎叫聲……」柳琇蕊嚇得腿都軟了，再也顧不得其他，回身一把抱住紀淮，整個人拚命往他懷裡縮去。

紀淮倒也想乘機享受一番溫香軟玉，可他亦被虎嘯聲嚇了一跳，緊接著柳琇蕊又突然撲了過來，他一時不察，腳下一滑，兩人齊齊往一旁山坡滾落——

「嘶！」紀淮背部撞上石塊，終是止住了跌勢，未等他從那陣痛楚中回過神來，柳琇蕊便直直撞上了他，痛得他又是一聲悶哼。

他心中猶有餘悸，豈料卻是禍不單行，轟隆一聲，兩人身下的那處山壁竟突然塌陷！

「紀書呆！」柳琇蕊一聲驚呼，還來不及抓住紀淮的手，兩人已雙雙掉了下去……

——未完，待續，請看文創風308《獨愛小虎妻》下集

作伙來尋寶

★頭獎 ASUS MeMO 7吋多核心平板................共2名

極致輕盈，窄邊框設計不只時尚有型，還讓顯示螢幕變大了！

★二獎 美國Nostalgia electrics棉花糖機.............共2名

時髦復古的外型，直接放入糖果就能製作出個人口味的棉花糖，讓你邊玩邊吃！

★三獎 CHIMEI 9吋馬達雙向渦流DC循環扇..........共2名

沙發馬鈴薯必備款！附有無線多功能遙控器，循環+風扇2合1，還內設DC節能靜音馬達唷！

★四獎 狗屋紅利金200元....................共20名

狗屋紅利金最貼心！超實用的省錢術，下次購書可抵結帳金額喔～

【買1送1】→ 買參展新書1本，即贈送精緻書套1個。

【滿千免運】→總額滿一千元，幫你免費送到家！

【好物加購】→購買指定新書+25元，時髦小物讓你帶著走！

【FB樂趣多】→書展期間記得鎖定 f 狗屋/果樹天地 ，參加活動還能贏好禮～

【狗屋大樂透】→ 不管您買大本小本，只要上網訂購且付款完成後，系統會發E-Mail給您，附上抽獎專用之流水編號，一本就送一組，買愈多中獎機率愈大！**2015/8/17**在狗屋官網公布得獎名單，公布完即開始寄送，祝您幸運中大獎！

★小叮嚀

(1) 購書滿千元免郵資，未滿千元郵資另計。請於訂購後兩天內完成付款，未於2015/8/8前完成付款者，皆視為無效訂單。
(2) 如果訂單上有尚未出版之預購書籍，會等到書出版後一併寄送。
(3) 活動期間，親自至本社購買亦享有相同折扣，但請先電話聯絡確認欲購書籍，以方便備書。
(4) 5折、50元、5本100元的書籍，皆會另蓋小狗章。
(5) 特賣書籍因出書時間較久，雖經擦拭、整理，仍有褪色或整飾痕跡，故難免不如新書亮麗。除缺頁、倒裝外無法換書，因實在無書可換，但一定會優先提供書況較良好的書給大家。若有個人原因需要換書，需自付來回郵資。
(6) 各書籍庫存不一，若遇缺書情形可選擇換書。
(7) 歡迎海外讀者參與(郵資另計)，請上網訂購，或mail至love小姐信箱(love@doghouse.com.tw)詢問相關訊息。

狗屋．果樹有權修改優惠活動的實施權益及辦法。

為流浪貓狗加油 和貓寶貝 狗寶貝 廝守終生(一定要終生喔！)的幸福機會

對人來說，貓寶貝狗寶貝只是生活的一部分，但妳(你)對牠們來說，卻是生活的全部，領養前請一定要考慮清楚——

▲ 活潑乖巧小貓兒BB

性　別：女孩
品　種：米克斯
年　紀：約3個多月
個　性：活潑親人不怕生
健康狀況：已除蚤驅蟲，左眼稍微感染治療中，
　　　　　未結紮也還未打預防針
目前住所：彰化市

本期資料來源：http://www.meetpets.org.tw/content/59680

『BB』的故事：

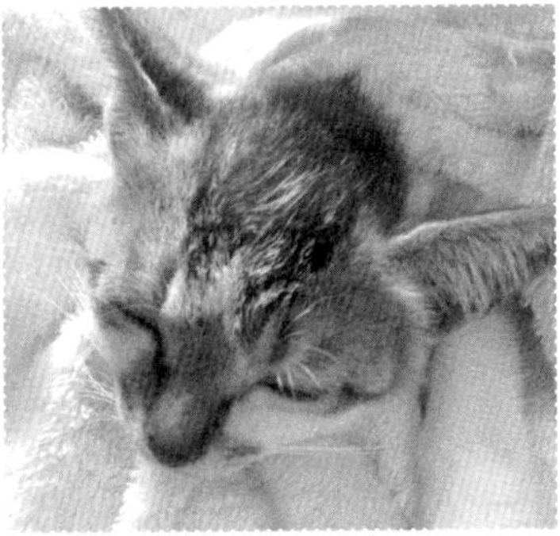

BB是我有一天在路邊撿到的小貓，剛出生沒多久的牠嬌小得脆弱，叫聲微弱稚嫩，卻一點也不怕我，反而很親人。可愛的模樣實在讓我不忍心放牠繼續留在危險的路邊，便決定先帶BB回家。

BB相當活潑好動，甚至醫生一摸就知道牠是個愛玩的小孩，而只要被摸，牠就會呼嚕呼嚕地叫。BB也是個大膽的小孩，天不怕地不怕，當然也不害怕被人修理。看著這隻小貓一副初生之犢不畏虎的模樣，既好笑又有些頭疼之餘，不免也好奇地觀察起來——發現BB目前怕的大概只有陌生的腳步聲了。

不過BB其實也是隻很乖很乖的小小孩，如果限制了牠的活動範圍，牠是不吵也不鬧，只會乖乖聽從你的指示。而這麼能動且靜的貓兒，一旦熟了還會用那濕潤小巧的鼻子頂人的手，軟軟地跟你討摸摸喔！

由於家中早有養鳥，本來想說能安然相處的話應該沒問題，但畢竟是貓咪，特別是處於對什麼都好奇的幼小年紀，如果家裡沒人在時，為防萬一就得把牠關起來……在評估一段時間後，發現我家真的不適合長期飼養BB，只能尋求他人認養。有意認養BB者，歡迎來信usu061810@gmail.com。希望可愛的BB找到一個好人家，健康快樂地長大。

認養資格：

1. 認養者須年滿20歲，有獨立經濟能力，並獲得家人與同住室友的同意。
2. 學生情侶或單獨在外租屋的學生，須提出絕不棄養的保證。
3. 生病要能帶牠去看醫生，不關籠飼養，讓牠生活自由自在。
4. 同意送養人日後之追蹤探訪。
5. 領養者需有自信對牠不離不棄，愛護牠一輩子。

來信請說明：

a. 個人基本資料：姓名、性別、年齡、家庭狀況、職業與經濟來源等。
b. 想認養「BB」的理由。
c. 過去養寵物的經驗，及簡介一下您的飼養環境。
d. 若未來有當兵、結婚、懷孕、畢業、出國或搬家等計劃，將如何安置「BB」？

國家圖書館出版品預行編目資料

獨愛小虎妻 / 陸戚月著. --
初版. -- 臺北市 : 狗屋, 2015.06
冊 ; 公分. --（文創風）
ISBN 978-986-328-468-0（上冊：平裝）. --

857.7 104007548

著作者	陸戚月
編輯	黃湘茹
校對	沈毓萍　馮佳美
發行所	狗屋出版社有限公司
地址	台北市104中山區龍江路71巷15號1樓
電話	02-2776-5889～0
發行字號	局版台業字845號
法律顧問	蕭雄淋律師
總經銷	知遠文化事業有限公司
電話	02-2664-8800
初版	2015年6月
國際書碼	ISBN-13　978-986-328-468-0
原著書名	**《柳氏阿蕊》**，由北京晉江原創網絡科技有限公司授權出版

定價250元
狗屋劃撥帳號：19001626
網址：love.doghouse.com.tw　E-mail：love@doghouse.com.tw